繁星告白时

下册

无尽相思 著

青岛出版社
QINGDAO PUBLISHING HOUSE

第 七 章

生日、烟火、钢琴、他

眼看着原本到手的钱就这么没了，叶母差点儿气得晕过去。

她冲了过来，抓着叶繁星的衣襟哭诉道：“我养了你这么多年，你就这样对我！叶繁星，我怎么会生下你这样的女儿？”

叶繁星一句话都没说，一双漆黑的眼睛望着叶母，像看着一个小丑。

她也想不明白，为什么她的妈妈会是这副模样？

想到这里，她顿时就觉得有点儿心酸。

很快叶子辰就过来了。他来的时候，叶繁星坐在沙发上，叶母当着所有人的面，还在控诉叶繁星，说叶繁星绝情、不孝顺……

然而不管她怎么哭，叶繁星都没有动摇。

她很坚持自己的想法，一分钱都不会让母亲拿到。

“妈！”叶子辰走了过来，连他都觉得有点儿抬不起头来。

看到儿子，叶母如同看到希望：“儿子，你劝劝你姐，她说要跟我断绝关系。”

叶子辰看了叶繁星一眼——刚刚叶繁星已经用手机把叶母要在婚房上面写上他的名字的事情告诉他了。

他也不是不讲理的人，母亲这样，就连他也觉得过分，难怪叶繁星那么生气。

他皱着眉，瞪向叶母：“你还嫌不够丢人？赶紧回去吧！爸。”

叶子辰看了叶父一眼。叶父这人个性比较软弱，所以经常在叶母做出一些荒唐的事情时，他也不阻止。

对这样的父亲，叶子辰也很无奈，扶着叶母先出了门。

他是男孩子，力气比较大，叶母犟不过他，而且她在儿子面前一向要面子，也没那么泼辣。

直到叶子辰将叶母带走，整个客厅里才安静下来。

傅玲珑望着叶繁星：“星星。”

“姐，”叶繁星站了起来，表情严肃，糟糕透顶的心情让她挤不出半分笑容，“我明天早上还有课，先回学校了。”

叶繁星现在只想找个地方冷静冷静。

可以说，她所有的脸，都被这个可笑的母亲给丢光了。

傅景遇道：“今晚就在这里住，明天再回去。”

“不了，现在回去还来得及。”

叶繁星说着，拿起自己的书包就准备出门。

“叶繁星！”傅景遇突然抬高音量，吓得叶繁星握着门把的手本能地停了下来。

傅景遇命令道：“这么晚了，你想去我还不放心。上楼，去洗澡睡觉。”

他向来不凶她，但此刻态度无比强硬。

她这副模样，他怎么放心放她回去？

叶繁星看了傅景遇一眼，见大叔沉着一张脸，怕惹得他不高兴，不得已只好转身上了楼。

过了一会儿，傅景遇才跟着去了楼上。

叶繁星正一个人站在卧室的阳台上思考人生。

“叶繁星。”傅景遇敲了敲隔着阳台和卧室的玻璃门。

叶繁星听到他的声音，身体僵了僵，低下头不敢看他。

傅景遇说：“我最讨厌女孩子哭了，你再哭，我就不要你了！”

叶繁星：“……”

她哪里哭了？

而且她明明这么难过，他还这么说，会不会有点儿过分？

傅景遇的声音无比严肃，他用威胁的语气道：“赶紧过来哄我，不然明天我就让蒋森重新给我找个新娘。”

听到他的话，叶繁星忙转过身来，委屈地皱了皱眉：“我的心情已经很差了，你还这样欺负我！”

傅景遇坐在轮椅上，对她招了招手。他背着光，一张俊脸带着几分冷酷的感觉。

叶繁星走了过来，在他面前蹲下。

他伸出手，放在她的头顶上轻轻揉了揉，放柔了语气说：“多大点儿事，有什么好难过的？你这么讨厌你妈妈，结婚的时候就不让她来了。”

叶繁星是真的觉得很悲伤，抓住他的手问他：“大叔，你说我是不是不是我妈的亲女儿啊？要不然她怎么会这样？”

虽然是问句，但她只是在倾诉，这种时候她只是想找个人发泄一下心中的不快。

傅景遇一直没插话，只是静静地陪着她。

直到她倾诉够了，傅景遇才对着她问道：“说完了？”

叶繁星望着傅景遇点了点头，只是为什么大叔的眼神……看起来好像不太高兴？

傅景遇当然很不高兴。

他看着叶繁星，并没打算就这么放过她：“刚刚在楼下，你是不是说你不嫁了？”

“……”叶繁星没想到大叔的关注点竟然会在这个上面。

她咳了一声道：“我就是随便说说的，你怎么当真了？”

“你确定只是随便说说？”傅景遇眼神充满怀疑地看着叶繁星的眼睛。

如果他们家真的让叶母拿到钱，以叶繁星的个性，可能真的会做出毁婚这种事情来。

叶繁星抱住傅景遇的胳膊："我错了，下次再也不敢了。"

那种情况下，她是不得已才那么说的。

那是她的妈妈，傅家任何人看在她的面子上，都不好做得太过分。

所以只有她自己来处理这件事。

傅景遇一脸傲娇，并未出声。

他可不是这么好哄的！

叶繁星讨好地道："大叔，别生我的气啊！你知道我是开玩笑的。"

"……"傅景遇倒是忍耐得住，就是不跟她说话。

叶繁星见傅景遇一直不出声，奶凶奶凶地威胁道："你再不理我，我就亲你了啊！"

傅景遇："……"

叶繁星这句话，让他差点儿没有绷住笑出声来。

她一个女孩子，怎么就能面不改色地说出这种不知羞的话的？

下一秒，叶繁星已经抬起头来，在他的脸颊上亲了一下。

柔软的唇只是在他的脸上轻轻碰了一下，却弄得他心头狠狠地跳了一下。

叶繁星亲完傅景遇，小声哼哼道："想让我亲你就直说嘛！"

傅景遇被她撩得不要不要的，然而他这样的钢铁直男，怎么可能承认自己是在骗她亲他？

他用一种老干部的语气道："很晚了，去洗澡。"

"哦。"叶繁星望着他，"所以，你不生我的气啦？"

"……"傅景遇看了她一眼，"这次先放过你，再有下次……"

"不会有下次了。"叶繁星接下他的话，保证道，"就算你赶我走，我还不走呢！我去洗澡了？"

"去吧。"傅景遇听到她的保证，心情好了不少，脸上却还是高冷的样子。

好在叶繁星习惯了他这样，进了门拿了换洗衣服，进了浴室。

看着她恢复成平时欢快跳脱的模样，傅景遇才放心一些。

第二天一早，两人坐在傅家的餐厅里吃早餐。叶繁星望着傅景遇，想到自己很快就要嫁给大叔了，还有点儿紧张。

傅景遇发现叶繁星在偷看他，问道："我脸上有东西？"

"没有啊。"叶繁星望着他那张英俊的脸——被他抓住，不再偷看，而是改为正大光明地看，"你长得这么帅，我看一下又怎么了？"

"……"傅景遇望着这个皮得要命的小丫头，端起水喝了一口，拿她毫无办法。

傅玲珑刚刚起床，从楼上下来，看到餐厅里的小夫妻俩，说道："你们好早啊！"

她困得不行。

因为顾雨泽和顾父都不在家，一个人太孤单了，傅玲珑都是直接住在这边的。

"姐，早。"叶繁星望着傅玲珑，"你怎么不多睡一会儿？"

"想早点儿起来运动一下。"

"哦。"叶繁星端起杯子喝了口果汁，突然听到傅玲珑问道："星星，你跟雨泽是同学吧？他在学校怎么样？"

"咯咯！"这个问题弄得叶繁星呛了一口果汁……

醋王就坐在对面，傅玲珑当着他的面提顾雨泽的话题，这是要害死她啊！

傅玲珑见叶繁星呛着了，忙递了张纸巾过来："小心点儿。呛着没有？"

叶繁星好一会儿才缓过来："还、还好。"

主要是姐姐的这个问题，问得她不知道应该如何回答。

她看着傅玲珑："姐怎么想到问这个？"

"他每次回来都闷不吭声的，问他什么，他也不肯告诉我。唉，这孩子大了就是让人操心。他在学校里有没有走得近的女生什么的？"

叶繁星一看就知道傅玲珑是个八卦的人，因为一提到顾雨泽在学校里的事情她眼睛就冒着光，好奇得很。

叶繁星想起顾雨泽，自己的确跟他是同学，早知道会变成这样，她干吗要跟他约好上一所学校啊！

可惜现在她后悔也来不及了。

叶繁星偷偷看了一眼傅景遇，发现大叔没什么反应，才对傅玲珑道："姐姐长得好看，他像你，在学校里很受欢迎，喜欢他的人挺多的。"

叶繁星发誓，她没有夸顾雨泽，夸的是姐姐。大叔应该不会生气吧？

不过她说的也是实话，这才刚开学没多久，顾雨泽都成系草了，在论坛上火得很。

傅玲珑被叶繁星一夸，忍不住笑起来。谁不愿意听好听的话？

尤其是女人，最喜欢听别人夸自己了。

她笑了笑，问叶繁星："赵嘉淇有没有再纠缠他？"

傅玲珑并不知道叶繁星跟顾雨泽的事情。上次赵嘉淇在家里折腾了一通，结果这件事情被傅景遇轻松就压了下来。

不管是叶繁星还是顾雨泽，都不可能主动提起这个已经过去的话题。

倒是赵嘉淇，似乎还沉浸在叶繁星被赶走的美梦里。

赵嘉淇大概没想到，自己折腾一通，搬石头砸自己的脚就算了，叶繁星还好好的！

叶繁星说："暂时没有。"

傅玲珑满意地道："那就好。你帮我盯着他，别让他跟赵嘉淇走得太近。那个赵嘉淇一看就是个会惹事的人，以后要是来了家里，这个家里还不知道会变成什么样哦。"

叶繁星点头："好。"

总算是回答了傅玲珑的问题，叶繁星感觉自己连命都没了半条，也不知道自己有没有说错话。她看了傅景遇一眼，希望大叔能够明白：她这是迫不得已，可不是非要在他面前提起顾雨泽的。

傅景遇吃着东西，当着傅玲珑的面也没说什么。

可叶繁星总有一种慌慌的感觉。

就在这时，蒋森走了进来，对叶繁星说："太太，该出门了。"

这里过去还有段路，她要是晚了，怕是会赶不上上课。

叶繁星拿起自己的书包，忙站了起来："那我走了。"

饭都没吃完，她就赶紧走了。

她跟着蒋森到了外面，蒋森帮她开了车门，她在车上坐下来后才松了一口气。

这样她就不怕大叔吃醋了吧？

叶繁星刚这么想着，手机就响了起来，是一条微信信息："我跟顾雨泽，谁比较帅？"

叶繁星的内心原本是充满担忧的，看到傅景遇的这句话，她忍不住笑出声来……

哈哈哈——大叔也太逗了吧！

叶繁星看了一眼车窗外，今天的江州市依旧很美。她拿起手机拍了一张照片，给傅景遇发了过去。

傅景遇打开手机，看到叶繁星发过来的照片下面配了文字："早上的江州市美不美？"

过了一会儿，他才回了一个字："嗯。"

江州这座城市，有着自己独特的地方，被网上称为3D立体魔幻都市。因为特殊的地理位置，所以拍出来的照片每一张都可以是风景照。

再加上这又是他们从小长大的地方，在心中的地位自然不言而喻。

傅景遇回复过去之后，没过多久，叶繁星的信息就回了过来："不及你的万分之一。"

"……"傅景遇坐在餐桌旁，嘴角忍不住扬了起来。

傅玲珑看着他这样，觉得有些奇怪："你盯着手机傻笑什么呢？傻乎乎的。"

傅景遇有些自豪地说："我媳妇的短信！"

傅玲珑望着他这样，更觉得奇怪了。要是平时她说他傻乎乎的，他理都不理，然而这一刻，他不但没有介意，还耐心地回答了她的问题。

傅景遇脸上的笑容，一直到下午开会都是持续着的。

大家都感觉到傅总今天的心情好像很好。

周六晚上，傅玲珑请吃饭，顾雨泽的爸爸从北京出差回来了。

叶繁星和傅景遇有点儿堵车，所以到的时候，傅家人全部到了。

这是叶繁星第一次见到顾雨泽的爸爸，确切地说是傅景遇的姐夫，她也应该跟着叫一声姐夫。

对方看起来并不算特别年轻，脸上有浅浅的皱纹，但是很有气质，看得出来，年轻的时候应该长得很帅，给人一种温文儒雅的感觉。

他坐在傅玲珑跟顾雨泽身边，望着顾雨泽，对他有点儿严厉："听说你在家的时候，总不听你妈妈的话？"

"没有。"顾雨泽觉得自己很听话。

顾长平说："听说你总跟你小舅妈作对？我平时忙，顾不上管你，你就把我说的话给忘了？一个男人如果不懂得尊重女士，那像什么？"

顾雨泽被训得没出声。

在叶繁星的事情上，他很委屈，却连辩解的立场都没有。

如果是以前，傅景遇还好好的时候，他不会有任何顾虑，可是如今一家人都得顾虑着傅景遇。

傅玲珑见儿子这样，有点儿心疼，对老公道："你别说他了。"

见叶繁星和傅景遇从外面进来，顾长平站了起来，跟傅景遇打招呼："景遇，好久不见了。"

傅景遇说："姐夫好。"

顾长平的目光又落在叶繁星身上："这是弟妹吧？"

傅景遇在一旁提醒叶繁星："叫姐夫。"

叶繁星叫了一声："姐夫。"

一家人打过招呼，坐了下来。

顾长平看了眼一直没说话、叶繁星进来也无视的顾雨泽，道："我说你两句你就不高兴了？你舅舅、舅妈来了你也不知道打个招呼？"

顾雨泽站了起来：“舅舅，舅妈。”

打完招呼，他又坐了回去，看上去很怕他爸爸。

叶繁星还从来没见过这样拘谨的顾雨泽，他在他爸爸面前完全没有平时的冷漠和孤傲劲儿。

他爸叫他做什么，他就做什么。

叶繁星坐在傅景遇身边，努力当个透明人。

今天的主角是顾长平，大家的注意力都在他身上，叶繁星只管安心当个吃货。

顾雨泽一边吃东西，一边看叶繁星。

一张桌子的距离能有多远？

可他觉得自己和她之间隔着千山万水，他再也无法靠近她了。

叶繁星被顾雨泽盯得有些不自在，对傅景遇小声说了句：“我去一下洗手间。”

然后她就站起来，溜出了门。

她躲在洗手间的隔间里，拿出手机要起来。每次回家，当着大叔的面她都不敢明目张胆地玩手机，但她在这里玩，大叔总看不见吧！

说来也巧，门口竟然响起熟悉的声音：“嘉淇，你跟顾雨泽分手了啊？”

这人说话的时候，外面还有水龙头流水的声音。

赵嘉淇一边对着镜子补妆，一边道：“没有啊！只是吵架而已。”

没错，他们就是吵架。

在她看来，她跟顾雨泽之间只是被叶繁星害得吵了一架而已。

这次国庆晚会，她报了舞蹈节目，等她一炮而红，就不相信顾雨泽还敢像最近一样忽视她。

她虽然成绩不如叶繁星，但还是有很多优点的。

她要做的就是让顾雨泽看到她的优点，让他认清楚谁才是应该值得他喜欢的女人。

江婷婷问道：“那他来哄你了吗？”

“没有。”顾雨泽怎么可能会主动来哄她？

好在赵嘉淇早就习惯了主动讨好他。

在她看来，感情这种东西就是要自己主动争取的。

江婷婷说："天哪，你们在交往，吵架他也不哄你的吗？这种男朋友你还是别要了。"

"……"赵嘉淇白了江婷婷一眼。如果不是跟宿舍里的几个人闹得不开心了，她是绝对不会重新跟这个猪队友联系的。

上次在同学聚会上，因为江婷婷，她就已经丢了不小的脸，本来对江婷婷厌烦极了，但是她没人可找了，只好把江婷婷叫出来。

赵嘉淇忍着情绪没说话，继续补妆。

江婷婷有个男朋友，但是很普通，长得普通，成绩普通，没什么出色的地方，处处哄着江婷婷。

可要是让赵嘉淇找个那么差劲的男朋友，她会疯掉的！

还是她的顾雨泽好，无论哪一方面都是拔尖的。

就在这时，叶繁星打开洗手间的门走了出来。

赵嘉淇从镜子里看到叶繁星，愣了一下。

因为今天在宿舍里的事情，赵嘉淇还气着呢，没想到叶繁星竟然会在这里！

她看着叶繁星："你偷听我们说话！"

叶繁星走到洗手台前，把手伸到感应水龙头下面，看着水自动流出来，嘲弄地扬了扬嘴角："我只是刚好在这里。"

"你竟然在这种地方？"赵嘉淇有点儿不敢相信。

这家餐厅可贵了，叶繁星也吃得起？

叶繁星望着赵嘉淇："你能来，我怎么就不能来了？"

可能在赵嘉淇眼里，自己就不可能在这种地方吃饭吧！

赵嘉淇扬了扬嘴角："你知道这种地方多贵吗？就算你打工一个月，也不一定吃得上一顿。你会舍得花这个钱？"

一看她就是跟别人一起来的！

"是啊。"叶繁星说，"有人请我吃饭，所以我来了。"

她的确没钱这么挥霍，毕竟不像赵嘉淇，家里有钱，想怎么花就怎么花，也不用为钱的事情操心。

赵嘉淇望着叶繁星，试探道："你跟谁来的？不会是顾雨泽吧？"

赵嘉淇现在对叶繁星和顾雨泽的关系关心得很，很想看看自己上次闹了那么大动静，叶繁星现在落得个什么下场。

叶繁星当然不会傻到回答她这种问题，就是要让她急死："我不告诉你。"

"……"赵嘉淇瞪了叶繁星一眼，悻悻地走了，刚出门就在门口遇到了顾雨泽。

她瞬间就将叶繁星和顾雨泽的关系做了牵扯。

难怪叶繁星什么都不说，她果然在勾引顾雨泽！

赵嘉淇心中气得要命，但脸上还是露出了笑容："雨泽。"

顾雨泽看到她，应了一声就要去洗手间，赵嘉淇将他拦住："你来这里吃饭啊？"

顾雨泽白了她一眼："你才来这里吃饭。"

谁吃饭会来厕所里吃？

赵嘉淇笑了笑，亲昵地挽住他的手："我不是这个意思。我们好久没见了，要不要一起吃顿饭？"

"……"顾雨泽头痛得很，"放开。"

"你还在生我的气？"赵嘉淇无奈地望着他，尽量让自己表现出温柔的样子，"上次的事情我已经知道错了，你原谅我好不好？"

江婷婷在一旁不敢相信地望着这一幕，顾雨泽明显不想理赵嘉淇，赵嘉淇却还能好脾气地凑上去。

顾雨泽望着她："我上洗手间，你要跟着我一起去？"

赵嘉淇松开他的手："那我等你。"

顾雨泽进去后，江婷婷望着赵嘉淇，说："嘉淇，你这样不好吧？你对待男人不能这么惯着，得让他来哄你才行！"

在她看来谈恋爱就是这样的，如果男的不懂得低头，自己是绝对不会低头的。

"你烦不烦？"赵嘉淇烦躁地吼道，觉得江婷婷真是烦死了。

顾雨泽跟她那男朋友能一样吗？

如果她不主动讨好顾雨泽，以顾雨泽的个性，这辈子都不会找她的。

“嘉淇……”江婷婷突然被赵嘉淇吼，有些意外地看着她。

赵嘉淇平时在人前都喜欢塑造一副温柔又完美的形象，突然被赵嘉淇一吼，江婷婷有点儿没反应过来。

赵嘉淇看了她一眼，想解释什么，没来得及解释，叶繁星已经出来了，看到这两人，笑了一声：“怎么不走啊？等我？”

赵嘉淇看着叶繁星。在她看来，叶繁星当初差点儿成为傅景遇的妻子，现在再跟顾雨泽在一起，如果让顾雨泽的爸妈知道，他们肯定不会同意的。也不知道叶繁星有什么可得意的。

叶繁星也没跟她们多说什么，赶紧回去。要是回去晚了大叔该不高兴了。

赵嘉淇见状，让江婷婷先回去，自己则跟在了叶繁星身后。

既然叶繁星跟顾雨泽一起来的，那么她只要跟着叶繁星过去，就能够找到两个人吃饭的地方吧。

她跟在叶繁星身后，看到叶繁星进了吃饭的包厢，就在外面等着，果然没多大一会儿，就看到顾雨泽来了。

顾雨泽从洗手间出来，没见到赵嘉淇，以为她走了，没想到竟然在这里看到她。

他有些不悦地问道：“你怎么跑这里了？”

赵嘉淇笑了笑，温柔地对上冷冰冰的顾雨泽：“等你啊！”

顾雨泽说：“我们已经没关系了，你别来找我。”

如果让爸妈看到，以为他又跟赵嘉淇来往，估计他还得挨顿骂。

平时只有傅玲珑在的时候还好，傅玲珑再凶也只是随便说他两句，可现在他爸回来了，他还是挺忌惮的。

赵嘉淇说：“大家认识一场，一起吃顿饭也不行吗？雨泽，我真的知道错了，要不我进去跟叶繁星道歉？”

如果是不知道顾雨泽跟叶繁星约会就算了，现在撞见这两人在这里约会，她怎么能够让这两人继续下去，肯定要破坏他们的关系，不能让他们这么顺利。

顾雨泽想起里面的情形：“不行。”

今天一家人吃饭，如果赵嘉淇一个外人突然出现，爸妈问起来，说不定还以为是他叫来的。

赵嘉淇见他这样，更坚定了要进去的决心。里面不就是个叶繁星吗，有什么好怕的？

“我就进去跟星星说两句话。”赵嘉淇说完，不等顾雨泽同意，直接推开了包厢的门。

包厢的门突然被打开，正在吃饭的一家人看了过来，还以为是顾雨泽回来了，结果一看，竟然是赵嘉淇。

赵嘉淇：“……”

她本来以为里面就叶繁星一个人，结果看到傅家所有人都在的时候，有点儿蒙。

叶繁星怎么会……跟傅家人一起吃饭？

这里只有顾长平没见过赵嘉淇，其他人都是见过的。

傅玲珑问道：“你怎么来了？”

她家宝宝是疯了吗？他要把赵嘉淇带过来，也不跟她说一声。

面对这种场景，赵嘉淇如果直接退出去又不太礼貌，只好进来打招呼道：“外公外婆好，阿姨好……”

“进来坐吧。”傅玲珑也不好赶她走，毕竟是认识的人。赵嘉淇也去过家里好几次，如果直接赶她走，岂不是太不给儿子面子？

赵嘉淇走了过来，傅玲珑让人给她添了把椅子，位置也不好放在别处，就放在了顾雨泽旁边。

赵嘉淇坐下来，看了一眼坐在傅景遇旁边的叶繁星，有些不敢相信自己看到的一切。

叶繁星跟傅景遇竟然还在一起！

明明上次发生了那么大的事情，傅叔叔也知道了顾雨泽跟叶繁星的关系，竟然没有赶叶繁星走？

她明明因为这件事情被顾雨泽赶走了，结果叶繁星竟然还相安无事地留在傅家？

她瞬间有种吐血的冲动。

叶繁星望着赵嘉淇，也很意外，赵嘉淇竟然找到了这里来！

顾长平对着傅玲珑问道："这是？"

"儿子的女朋友。"傅玲珑也是完全不懂，她这个儿子怎么就偏偏喜欢跟这种女人搅在一起。

真的太不听话了！

顾长平一听是女朋友，就皱起眉来，小屁孩儿毛都没长齐，成天就想着谈女朋友。

他的声音顿时有点儿凶了："顾雨泽人呢？"

傅玲珑道："应该是去洗手间了。"

赵嘉淇忍不住看了看门口，顾雨泽就在那里，听到他爸叫他，应该会进来吧。

她一个人坐在傅家人面前，心里其实还挺慌的，进来之前，也没想到里面是这个场景。

所以，赵嘉淇挺希望顾雨泽来救她。

她跟顾雨泽很熟，顾雨泽又是个比较心软的人，看到她孤立无援，肯定不会狠心拆她的台。

然而她等了一会儿，也没见到顾雨泽进来。

倒是傅玲珑收到了一条短信，抬起头来对顾长平道："宝宝说他的朋友找他有点儿急事，他先走了。"

反正都是要挨骂，他还不如先跑，总好过在叶繁星面前被老爸骂。

"……"

赵嘉淇不敢相信自己听到的一切。顾雨泽竟然跑了？

他竟然就这么把她扔在了这里？

作为一个外人，在这里面对傅家一家人，赵嘉淇感觉无比尴尬。

可她是自己进来的，又不好马上就走。

顾长平对顾雨泽挺严厉的，家里虽然有钱，但很怕这个儿子会不学无术，成天在外面乱来，活成一个十足的败家子，所以顾雨泽刚上大学就往家里带女朋友，心里有点儿不悦，忍不住对着赵嘉淇问道："你跟雨泽是同学？"

赵嘉淇说："是，顾叔叔。"

顾长平一直沉着脸，道："那年纪也不大吧！年轻人多读点儿书，谈恋爱以后有的是机会。你看顾雨泽现在那副模样，连他自己都养不活，还能养活你？作为一个女孩子，找对象要睁大眼睛，别光看着他好看，那有什么用？"

虽然在赵嘉淇眼中，顾雨泽成绩好，长得又帅，家境也好，可在顾长平眼里，这个儿子也就有长得好看这个没用的优点。

家里的钱不是顾雨泽赚的，真要让他去赚钱，他估计一分钱也赚不回来。

就连叶繁星也不敢相信，在学校里这么受欢迎的顾雨泽，竟然被他父亲损成这样。

可见顾父真的很严厉。

他这一番话说出来，赵嘉淇感觉尴尬极了。她又不敢反驳顾父的话，只能点头："是。"

过了一会儿，她才想起什么，又补了一句："其实我觉得顾雨泽挺好的，成绩很好，各方面也很优秀。"

"优秀？"顾长平说，"那你可能是看走眼了。"

"……"

傅玲珑坐在顾长平身边，有些严肃地看着赵嘉淇，问道："你今天来这里，你爸妈知道吗？"

听说之前两人都分手了，也不知道怎么又搅在一起了，傅玲珑只觉得心里很痛，态度也显得有点儿严肃。

"不、不知道。"赵嘉淇声音有些颤抖地说，总觉得这家人一个一个的都好凶。

她原本就是想过来看看叶繁星，没想到会面对这一幕。

在她被训的时候，叶繁星的待遇却完全不同，一直坐在旁边吃菜。

傅妈妈给她夹着菜，生怕她会饿着："星星，多吃点儿这个。"

"谢谢妈。"叶繁星的碗里已经堆成了一座小山。

她发现自己根本吃不了这么多，但这是傅妈妈的一片心意，又不好浪费，只好看向一旁的傅景遇，小声求助："大叔。"

傅景遇望了她一眼，知道她是吃不下了，将筷子伸过来，把傅妈妈给她夹的排骨夹走，放进了他自己的碗里。

傅景遇做这一切的时候很是从容，仿佛替她分担吃不完的菜是理所当然一样。

傅家条件好，傅景遇何时还吃过别人的剩菜?

然而他一点儿都不嫌弃那是从叶繁星碗里夹过来的。

叶繁星看着他若无其事地吃下排骨，感觉心头仿佛被什么东西攫住了一下，酸酸软软的。

她找他帮忙，只是希望他能够帮自己想想办法，怎么也没想到他会直接帮忙吃掉啊。

傅玲珑的注意力依旧在赵嘉淇身上，她看着赵嘉淇说："我们家顾雨泽年纪还好，我们都不希望他这么早找女朋友。以后你还是尽量离他远一点儿吧！这样对你自己也好。"

她的语气虽然客气，但要表达的意思已经非常明显：她并不喜欢赵嘉淇成为顾雨泽的女朋友。

这个赵嘉淇一看就是会来事的。

要是两个人真的交往，不小心做了错事，弄出个孩子什么的，到时候她估计得打落牙齿和血吞，认下赵嘉淇这个人。

但傅玲珑哪里是愿意吃这种亏的人?

所以，她提前就把这些想好了。

任凭山珍海味在前，赵嘉淇这顿饭也吃得要多憋屈有多憋屈。

散场的时候，傅玲珑说："要不我们送你吧?你一个小姑娘这个点回去，我们也不放心。"

"不、不用了，谢谢叔叔阿姨。"已经被训了一顿饭的时间，赵嘉淇现在只有一个想法：有多远跑多远。

再被训下去，她会疯的。

这是她第一次开始怀疑人生，开始怀疑自己喜欢顾雨泽是不是个正确的选择。

要是以后她真的嫁给了顾雨泽，有这样的公公婆婆，相处一辈子，她可能会疯掉吧？

在家里，她从来都是很自由的，父母都是将她当成公主一样宠着，甚至从来不会凶她。

看着赵嘉淇落荒而逃，傅玲珑忍不住扬了扬嘴角。她就不相信以后赵嘉淇还敢再来。来一次，她教训一次，一定要训到赵嘉淇不敢出现在顾雨泽身边为止。

因为顾长平回来，傅玲珑便没有回傅家了。

叶繁星和傅景遇也回了自己的住处。

洗完澡，躺在床上，叶繁星收到了“淇淇小宝贝”给她发的微博私信：“姐姐，我今天心情不好，你能陪我聊聊吗？”

叶繁星靠着枕头，想起被训了一晚上的赵嘉淇，能够体会到赵嘉淇的感受。

换谁遇到今天晚上的场景，估计都不会好受的。

只是，看着赵嘉淇这样，叶繁星只想说两个字：活该！

她猜测，赵嘉淇可能是以为自己跟顾雨泽在这里吃饭，才跑来的，结果进来后看到了一大家人，顾雨泽又跑了，事情才会变成大家看到的样子。

但是叶繁星还是回了过去：“聊什么？”

对赵嘉淇能说出什么话，叶繁星还挺好奇的。

赵嘉淇发了个哭的表情：“我今天心情特别不好，但是又不知道跟谁说。”

毕竟丢脸的事情跟朋友说只会被笑话，而且她也没什么真心的朋友。

可能是因为之前被叶繁星拒绝了，所以这段时间她一直在看叶繁星的微博。

虽然叶繁星写的是跟傅景遇的小故事，但并没有描写傅景遇的条件和情况，赵嘉淇也看不出来那个人就是傅景遇。

重点是，她不相信叶繁星在微博上会有这样的人气，所以还挺喜欢叶繁星写的那些故事的，经常把顾雨泽和她自己代入进去，总觉得那就是他们的经历，对叶繁星的好感也越来越深。

反正对方也不知道她是谁，就算她说了自己的事情，别人也不会知道是她，所以，她就放开胆子，把今晚的事情说了一下："我真的不知道为什么！那个女生家里条件真的很差，她跳舞没我跳得好，长得也没我好看，但是她的运气就总是比我好。"

尤其是自己付出那么多，叶繁星在傅家的地位却完全没有受到影响，简直让她受到了打击。

叶繁星看着赵嘉淇的话，气得忍不住咬牙。这个赵嘉淇真是踩她踩上瘾了，说到最后都得补上几句。

气了一会儿，叶繁星又忍不住笑了。想不通吗？想不通就对了。

她突然觉得，以赵嘉淇的个性，可能这辈子都不会想通这件事的。

毕竟在她眼里，叶繁星就是一个一无是处、生活在最底层的人。

周三学校有国庆晚会，所以接下来的几天，大家都在忙着练习。

晚上叶繁星因为练歌耽误了时间，所以回宿舍时有些晚，赵嘉淇已经回来了。

赵嘉淇穿着睡衣，坐在她自己的床上望着叶繁星，看不惯叶繁星这么努力的样子："你每天这么努力练习，不会以为自己能够拿第一吧？"

这次的晚会，新生的节目单独分成了一组，会进行评分。赵嘉淇从小就学各种才艺，舞蹈、钢琴样样精通，她对自己的舞蹈很有自信，觉得第一肯定是她的。

现在可不像在一中的时候，高中主要看成绩，但大学主要比才艺。

她比成绩是比不过叶繁星，但才艺方面，叶繁星这种连钢琴都没摸过的人，怎么会赢过她？

"不试试怎么知道？"叶繁星望了一眼赵嘉淇自信满满的样子，拿上自己的毛巾去浴室洗澡。

明天就是国庆晚会，她这两天一直在练习，想早点儿休息。

赵嘉淇白了一眼这个异想天开的女人，在床上躺了下来。也不知道是不是因为太想赢过叶繁星，又或者最近被叶繁星打击得太多，她做了个梦，梦到叶繁星得了第一，站在台上，得意的样子让人看了就生气。

早上起床的时候，赵嘉淇整个人心情都不太好了，她洗漱完出了门，觉得不能就这样坐以待毙。

以前在一中的时候，叶繁星只用成绩就碾压了她，可是现在，她再也不会眼睁睁地看着这样的事情发生。

下午，叶繁星彩排完从台上下来，胡小知给她递了水过去："星星。"

叶繁星望了她一眼："谢谢。"

之前天天跟着赵嘉淇的胡小知，因为跟赵嘉淇吵过架，现在倒是每天都跟着叶繁星了。

这次晚会，胡小知没有参加任何项目。

赵嘉淇排在叶繁星后面彩排，看到叶繁星从台上下来，冷冷地笑了一声。

她不得不承认，叶繁星唱歌很好听，但是她现在一点儿都不害怕。她早就做好准备，别说让叶繁星拿第一，连前五都不会让叶繁星进。

胡小知对叶繁星说："我们先回去休息吧。"

彩排已经结束了，现在叶繁星应该养好状态，准备晚上的演出才对。

"等等。"叶繁星知道，现在这个节目过了，下一个节目就是赵嘉淇的。

很快就到了赵嘉淇上台。她穿着舞蹈服，身材好得很，一旁的几个男生都呆呆地看着她。

虽然平时大家觉得林薇好看，但赵嘉淇一到了舞台上，就跟白天鹅一样，仪态各方面都很美，简直就是公主一样的人物。

胡小知站在叶繁星身边，望着叶繁星："看她做什么？别看了！"

她现在讨厌赵嘉淇讨厌得要死，压根不想看到赵嘉淇那张脸。

叶繁星说："没什么。看一看又不会少块肉。"

胡小知只好忍耐着留下来，陪叶繁星一起看赵嘉淇跳舞。

虽然只是彩排，但赵嘉淇跳得很认真。

她要让叶繁星好好看看她们的差距，要让叶繁星知道，人的命生下来就是注定的，无论叶繁星怎么努力，都不会比她出色。

胡小知说："她跳得好好啊！"

虽然她不想承认，但赵嘉淇这方面的确很厉害。

叶繁星也觉得赵嘉淇跳得很好，在赵嘉淇表演之后，叶繁星突然觉得自己的表演有点普通了。

"走吧。"胡小知还被赵嘉淇吸引着的时候，叶繁星已经转身走了，胡小知赶紧跟了上去。

赵嘉淇看着叶繁星灰头土脸地走掉的样子，忍不住扬了扬唇。知道厉害了吧？

叶繁星和胡小知刚刚走出去没多久，就听见了赵嘉淇嚣张的声音："叶繁星。"

叶繁星停下脚步，看到刚刚表演完的赵嘉淇向自己走了过来。

赵嘉淇站在叶繁星面前，得意地看着叶繁星："我说过，我跟你是不一样的。丑小鸭变成白天鹅，这是童话故事里才有的情节，现实中是不可能有的。"

"赵嘉淇。"胡小知说，"你说话太过分了！"

赵嘉淇白了胡小知一眼："我怎么过分了？我有说错吗？不管是你还是叶繁星，像你们这种底层出身的人，除了成绩好一些，一无是处，这辈子都是不可能逆袭的，还是早点儿放弃吧。"

"你……"胡小知气得扬起了手。

赵嘉淇看着她，躲都不躲："你倒是打我啊！"

她知道，胡小知胆子这么小，不敢跟她动手。

而且在学校里打架，情况严重的，参与者会被直接开除。

胡小知看着赵嘉淇无赖的嘴脸，气得要命。叶繁星抬起手握住胡小知的手腕，试图让她冷静："我们先回去吧。"

"气死我了！"一直到了宿舍门口，胡小知那口气都没消，"为什么偏偏像她这样的人，长得这么美，家里又有钱？真是不公平。"

叶繁星走在前面，不知道在想什么，没说话。胡小知看着她："星星……你对自己有信心吗？"

叶繁星道："尽力就好。"

叶繁星表演结束下了台，听到评委给她打的分，是目前上场的新生里面分数最高的。

赵嘉淇在一旁听着，却忍不住握了握拳头。开玩笑，叶繁星怎么可能得最高分？

她明明已经跟评委说好了，不会让叶繁星进前五的。

虽然不甘心，但她只能上场，进行自己的表演。

她不能输！绝对不能！

抱着这个念头，赵嘉淇完成了自己的表演。分数出来的时候，她比叶繁星高了零点五分，在新生节目里排名第一。

赵嘉淇像一只高傲的白天鹅般走了下来，头抬得高高的，仿佛自己赢了全世界。

她走过来，看着叶繁星："叶繁星，我说过，想跟我比，你还差得远。"

她骄傲得很，鼻子差点儿没仰到天上去。

想到以后大家都会记得她的名字，赵嘉淇无比得意。

胡小知生气地看着赵嘉淇："星星的表演也不比你差，你这么得意做什么？星星不过就差你零点五分而已。"

"零点五分也是输！"

赵嘉淇被叶繁星气了这么久，好久没有这么痛快过了。

就在这时，外面喇叭里突然传来教务处长严肃的声音："下面插播一则通报：赵嘉淇同学赛前贿赂评委，她的成绩全部作废，按零分计算。希望所有同学引以为戒，杜绝这种败坏校风的事情。”

“……”

台下的观众刚刚还沉浸在赵嘉淇美丽的舞姿中，突然被这则通报雷得外焦里嫩。

什么情况？

她竟然贿赂评委？

这种学校的活动，大家只是随便玩玩图个开心，她竟然能够干出这种事情！

事实上她跳得很好，完全不用这样做啊！

“不会是有什么误会吧？”人群里传来议论声。

“我看她长得挺好看的，怎么可能会做出这种事情？”

“长得好看又怎么样？舞跳得好又怎么样？连这种事情都做得出来，可见她的人品有多差。”

“就是！大家都在努力表演，她却只想着走后门，可真够无耻的。”

至于赵嘉淇本人，上一秒还沉浸在胜利的喜悦之中，正扬扬得意着，突然听到这样的消息，整个人都傻了，脸上浮出难以置信的神情。自己不会是听错了吧？

不等赵嘉淇反应过来，胡小知突然笑了起来：“原来你的分是这么得来的？赵嘉淇，就是一个小活动而已，你竟然去贿赂！”

赵嘉淇皱紧了眉。怎么会？怎么会这样？

不可能！

叶繁星亲眼看到赵嘉淇的脸色变了又变。这个消息倒是让叶繁星没有想到。

赵嘉淇本身的实力摆在这里，可……她居然去做这种事情。

也是，毕竟赵嘉淇一向以为自己家里有钱就高人一等，无所不能。

估计赵嘉淇是怕输给自己，才做出这种事情的吧！

此刻，叶繁星的目光和胡小知的笑声都像巴掌一样打在赵嘉淇的脸上，她连妆都来不及卸，就跑了出去。

望着她离开的背影，胡小知狠狠地说了句："活该！"

本来她快被赵嘉淇气死了，现在只觉得大快人心。

现在整个学校的人都会记住赵嘉淇这个名字了，当然，不是记住她的舞姿，而是记住她贿赂评委。

比赛结束后，大家都散了，赵嘉淇跑过去拦住了那个她收买的姓方的评委老师，也顾不上师生礼仪，直接就质问道："这是怎么回事？"

方老师好歹也是学校的老师，见赵嘉淇这样跟自己说话，忍不住皱了皱眉，觉得她太没有礼貌，实在不像一个优等生该有的样子："赵同学，你这个人舞跳得很好的，就是心术不正。学校是公平公正的地方。这次我已经跟教务处长求过情，看在你是初犯的分上，只是对你这次的成绩进行作废处理，你还是好自为之吧。"

在这个世界上，也不是所有人都能被钱收买的，怪只怪赵嘉淇运气不好，找上了他。

赵嘉淇被训了一通，气得要命，站在夜空下，眼泪忍不住落了下来。

气死她了，气死她了！

"咦，那不是赵嘉淇吗？"左煜和顾雨泽看完比赛出来，正好看到赵嘉淇。

他们是同学，赵嘉淇又闹出了这么大的笑话，大家想不记住她都难。

顾雨泽没出声。

赵嘉淇看到他们，也顾不上脸面，走到了顾雨泽面前："顾雨泽，这件事情是个误会，是他们陷害我……你要相信我。"

"滚。"现在，跟赵嘉淇多说一句话顾雨泽都觉得丢人。

他才不要跟这种女人扯上关系。

赵嘉淇当初之所以参加这个活动，完全是为了挽回自己在顾雨泽心中的形象，万万没想到事情会发展成这样。

她觉得自己彻底完了。

叶繁星洗干净脸，换了自己的T恤和牛仔裙。林薇说："星星，今晚你回宿舍还是回家啊？"

明天就要放假了，胡小知这时候已经去赶飞机了，林薇觉得假期太短，就没打算回去。

叶繁星望着林薇说："我打算现在回去。"

这几天她一直在忙，都没怎么跟大叔联系，想到又能见到大叔了，有点儿迫不及待地想要回家。

林薇说："好吧。"

大家都走了，就她一个人在宿舍。

就在这时，左煜走了过来："叶繁星。"

叶繁星看到他："你怎么来了？"

这小子之前躲她不是像躲瘟神一样吗？

现在他竟然主动来找她。

左煜说："你拿了第一，我来恭喜你。"

叶繁星原本是第二，但因为赵嘉淇的成绩作废，所以第一就落到了叶繁星的头上。

林薇说："那星星，我先回去了。"

"要不要让左煜送你？"叶繁星想起之前林薇对左煜的热情态度，还以为她喜欢左煜，试图撮合两人。

林薇说："不用了，我自己可以的。"

她喜欢的人是顾雨泽，并不是左煜，加左煜的微信也不过是想拉近跟顾雨泽的关系而已。

不过叶繁星并不知道这个，目光落在左煜身上："你怎么还不走？也不去送送人家女生。"

左煜没管林薇，想起自己来找叶繁星的目的："我来是想问问你，要不要搭我们的车回去？"

叶繁星说："你们？"

"顾雨泽也在。"左煜望着她，知道她跟顾雨泽是一家人，以为提到顾雨泽的名字她会放心一些。

结果原本想蹭车的叶繁星听到顾雨泽的名字，摇了摇头："还是算了。"

以左煜对她的嫌弃程度，跟他一起搭车她放心，但顾雨泽，她还是离远一点儿比较好。

叶繁星直接去了地铁站。这时候也不算太晚，搭轻轨还来得及，只是比坐车要多花一点儿时间。

叶繁星到家的时候，蒋森来给她开的门，看到她有点儿意外："太太，您怎么回来了？"

他打过电话问叶繁星要不要过去接她，叶繁星说明天才回来，结果一转眼，人就出现了。

叶繁星说："我不是怕你专程去接我麻烦嘛，就自己回来了。"

蒋森头痛："您这么晚回来，傅先生知道会担心的。"

她毕竟是个女孩子。

叶繁星问道："大叔呢？睡了吗？"

"先生今晚有点儿不舒服，睡得早。"

这会儿都已经十一点多了。

"他的身体没事吧？"听说傅景遇不舒服，叶繁星担心不已。

"问题不大，医生让多休息。"蒋森的话刚刚说完，换上拖鞋的叶繁星已经跑上了楼。

她轻手轻脚地去了傅景遇的卧室，看到大叔躺在床上睡得很熟。

大概两点的时候傅景遇终于睡醒，翻了个身，却发现怀里不知道什么时候，多了只柔软的小猫咪……

房间里没有开灯，黑漆漆一片。

他闻到舒心的味道，知道这是叶繁星。

叶繁星一双手环在他的腰上，像是将他的一颗心紧紧地拽在手心里。

傅景遇先是一愣，心中随即充满困惑。

蒋森说叶繁星要明天才回来，现在还是半夜，她怎么在？

睡着的叶繁星抱紧他的腰，很是依赖着他。如果不是对他无比信任，她不会这样抱着他。

想到这里，傅景遇觉得温暖极了，没有吵醒她，而是陪着她一觉睡到了天亮。

他昨天有点儿感冒，睡前吃了点儿药，也不知道是不是叶繁星回来的原因，睡了一觉醒来的时候，整个人感觉好多了。

已经天亮了，窗帘被拉开，阳光从窗户照进来，傅景遇躺在床上，听到了叶繁星在洗手间里洗漱的声音。水流声很小，她怕吵到他，将水开得很小。

叶繁星正在刷牙，刷得满嘴泡泡，突然听到有人叫她："叶繁星。"

听到傅景遇的声音，叶繁星都顾不上清理完嘴边的泡泡，从门口露出一张脸，望着傅景遇："你醒了？"

"你什么时候回来的？"傅景遇望着她这副有点儿滑稽的模样，忍着没笑。

叶繁星想起昨晚蒋森的话，如果让大叔知道她是大晚上自己跑回来的，大叔可能会担心。她忍不住扯了个谎："刚刚啊。"

傅景遇眨了眨眼睛，望着叶繁星，不敢相信她竟然又对他撒谎了。

这个小骗子！

他顿时有点儿不悦："现在才七点，这么说你天还没亮就起来了？"

虽然他的语气很平静，但叶繁星还是感觉得出来，自己撒谎被知道了。

她干脆放弃抵抗，老实交代，语气弱弱地说："其实……我是昨晚回来的。"

她知道大叔不喜欢她说谎，但有的时候总是控制不住自己的本能……

傅景遇继续严肃地看着她："为什么不提前让蒋森去接你？"

叶繁星被看得有点儿慌："蒋先生每天工作也挺忙的。我本来是想今天回来的。”

虽然傅景遇让蒋森做什么蒋森都不会有怨言，但叶繁星的个性就是，能自己动手的事情，绝对不麻烦别人，所以她真的不是太喜欢麻烦蒋森。

傅景遇望着她，黑色的眼眸像海一样深沉：“那……为什么又提前回来了？”

叶繁星望着他，对着他眨了眨眼睛，俏皮地道：“当然是想你，我就回来了。”

她这句话，让刚刚还正经的气氛顿时就不正经起来。

傅景遇突然想，如果公司的人全部是她这个样子，可能他都不用工作了。

这丫头，真是无时无刻不在想着怎么撩他！

傅景遇最讨厌的事情，就是随随便便被叶繁星撩到，所以不管再难，他还是控制住了自己上扬的嘴角。

叶繁星趁着大叔没说话的时间，三两下漱完口，将泡泡冲洗干净走了过来。

她身上穿着宽松的T恤，见傅景遇一脸严肃，生怕他生气，主动搂住他的脖子，在他的颊边讨好地亲了一下：“我真的是很想你才回来的。”

傅景遇无比严肃地伸出双手，将她扳开：“好好说话，别动不动就撒娇，我不吃你这一套。”

“……”叶繁星只好坐直身体，一副乖乖等着被教训的模样，“是。”

她知道的，大叔有时候比她还害羞，只能配合他。

傅景遇看着她这样，原本想要教训她，语气变得软了下来。他安抚地揉了揉她的脑袋，说：“我知道你很自立自强，但是一个女孩子这么晚回来，我会担心。你自己说说，除了我，还有谁会这么关心你？”

“我知道。”叶繁星笑嘻嘻地望着他，说，“我会好好记住大叔的话的。”

傅景遇靠在枕头上："你继续去忙。"

叶繁星坐在床边没动，眼里是满满的关心："听说你生病了，好点儿没有？"

"嗯。"有媳妇儿问这么句话，他感觉自己神清气爽，一点儿毛病也没有。

叶繁星还是伸出手在他的额头上摸了摸，然后又摸了一下自己的，对比了一下，并不烫，于是放心很多，对着傅景遇柔声道："既然你生病了，为什么不跟我说一声啊？"

之前她生病的时候，是大叔一直在照顾她，她一直记着这份恩情，就想着什么时候大叔生病了她也照顾回来，然而他压根没给她机会。

傅景遇沉声说："你不是在忙着训练吗？不想让你分心。而且我这么大一个人，又不是你，你还怕我照顾不好自己？"

每次他有点儿不舒服，蒋森比他还紧张。

而且他觉得自己比叶繁星大，照顾叶繁星是正常的；如果他生病了，反过来让她照顾他，他自己又觉得怪怪的。

叶繁星望着傅景遇，双手紧紧地握住他的左手，大眼睛一眨不眨地看着他。

傅景遇换了个话题："训练得怎么样？"

说到这个，叶繁星就笑了："我唱歌拿了第一。"

虽然只是新生组的第一，但想到自己赢了，赵嘉淇却丢了那么大的脸，她忍不住小孩子气地幸灾乐祸起来。

傅景遇的眼睛亮了亮，脸上却不动声色："是吗？"

"当然。"

叶繁星的书包还放在一旁，她拿了过来，从里面取出奖杯给他看："你看，我没骗你吧！"

她有一种自豪的感觉。

之前大叔总说她唱歌不好听，她还挺怀疑自己的，好在这次得了个奖，虽然没什么用，却有点儿开心。

虽然就是一个小活动，但听到叶繁星拿了第一名，傅景遇莫名其妙地有一种自豪的感觉。

我媳妇就是厉害啊！

他望着她那张布满喜悦的小脸，笑了笑："做得很棒。"

不想叶繁星竟然装出没有听清楚的样子，问道："大叔，你刚刚说什么？我没听清，你能不能再说一次？"

他一连损她两次，让他夸自己一次还真不容易，她怎么可能会放过这个机会？

"……"

傅景遇看着她这副模样，索性一把将她拉进怀里，在她的额头上像盖章似的印上了一个吻："叶繁星唱歌最好听了，可以了吗？"

叶繁星靠在他身上，故意问道："那之前是谁说我唱歌不好听的？"

他说的每句话，她可都记在心里，记得清清楚楚。

傅景遇抖了抖眉："我说过吗？"

他怎么可能会说这种话！

不可能！

叶繁星："明明说过啊！"

就她上次回来的时候他说的，这才过去几天，他就忘了？

还是说，他根本就是在装傻？

傅景遇伸出胳膊，将她圈在自己怀里："我怎么可能说这种话？我们星星唱歌这么好听，说这种话的人，耳朵肯定有毛病。"

"……"叶繁星忍不住笑了起来，有这样说自己的人吗？

算了！

听到大叔都这么说了，叶繁星也不好再跟他计较了。

"傅叔叔好。"下午，叶繁星跟在傅景遇身后刚刚踏进傅家客厅，就听见了左煜的声音。

左煜现在跟顾雨泽一个战队，走得很近，所以经常出现在傅家，也不让人意外。

傅景遇看了左煜一眼，表情很复杂。

左煜站在一旁，被傅景遇一盯就忍不住心慌。

傅景遇的眼神实在是太可怕了，左煜只是看一眼，就感觉头皮发麻。

左煜笑了笑，无比狗腿子般地说："傅叔叔放心，我现在对叶繁星同学没有半点儿冒犯的意思。她可是您的太太，我再不懂事也不会打她的主意的。"

"……"知道就好。

见他还算懂事，傅景遇的眼神才缓和了一些。

叶繁星望着左煜的模样，忍不住笑了出来。难怪左煜最近怪怪的，原来是被大叔教训过啊！

蒋森推着傅景遇到了客厅，傅妈妈和傅玲珑都在。

"星星，快过来。"傅妈妈对叶繁星招了招手，很慈祥的模样。

叶繁星乖巧地走了过去："妈，姐。"

傅妈妈握住她的手，像亲妈妈一样："听说你在学校唱歌得了第一名？"

叶繁星忍不住瞪向一旁的左煜，抱怨道："左煜，你怎么什么都说啊！"

就是一个小活动而已，她跟大叔说是因为跟大叔亲密，但还拿到大家面前来显摆，这就有点儿不妥当了，怪丢人的。

左煜一脸无辜："不是我……"

他可没说这个。

叶繁星："……"

不是左煜，难道是顾雨泽？

她正困惑着，就听见傅玲珑说："是景遇说的。"

她早上给傅景遇打电话，傅景遇就说了这个消息，就怕谁不知道他媳妇在学校得了第一一样。

叶繁星："……"

她不敢相信地看向傅景遇。就这么点儿事，竟然是大叔说的？

他这是在逗她吗?

傅景遇一脸严肃的样子，仿佛这本来就是一件理所当然的事情。

一时之间，叶繁星竟然找不到话来说他。

左煜见机说道：“傅叔叔，我有礼物要送给你。”

“礼物?”蒋森不解地看着左煜。

在他看来，左煜不添麻烦惹傅景遇生气就已经阿弥陀佛了，还给傅先生准备礼物?

左煜赶紧把手机拿出来，把他录的视频打开给傅景遇看：“您看，这是叶繁星在学校里比赛的录像。知道您没有机会看到，我专门为您录的呢!”

“……”作为本人的叶繁星，已经瞪大了眼睛。

左煜竟然还录了视频?

要是让大叔看到她那副妆容……叶繁星简直不敢想象。

“你赶紧删掉!”叶繁星着急地想要阻止左煜，却听见傅景遇一本正经地说：“发我的手机上。”

“好。”左煜说，“我加一下您的微信。”

傅景遇无比配合地把手机拿了出来。

“……”

左煜成功地加了傅景遇的微信，开心得很，很快就把视频传给了傅景遇，还很熟地跟傅景遇聊起之前的事情：“之前在学校的时候，有个男的想要跟叶繁星搭讪，直接被我赶跑了!傅叔叔，您放心，以后我就是您在学校的眼睛，是叶繁星的保镖，我不会让任何人打她的主意的。”

“……”

这货说的是假的吧?

叶繁星不敢相信地望着左煜。

听他这意思，他分明是在替大叔监视她啊!

真的是太过分了!

因为左煜的这句话，傅景遇看他的眼神都和善了好多。

叶繁星："……"

这个左煜确定不是来跟她抢大叔的吗？

他当着她的面这么讨好大叔，真是太过分了！

晚上，叶繁星洗完澡从浴室出来，看到傅景遇躺在床上，戴着耳机正在看手机。

要知道，他平时在床上都看书，不玩手机的。

"大叔。"叶繁星喊了一声，发现傅景遇没理她。

他玩手机还玩得这么投入？

连她说话，他也没听见？

叶繁星走过来，亲昵地抱住傅景遇的胳膊："你在看什么？"

她顺便还望了他的手机一眼，发现手机上竟然是……她唱歌的视频。

叶繁星不打工的时候，是不化妆的，都是素颜，人又是清新温柔的那种类型，和昨天上台表演的时候完全是两种风格。

几乎是在出场的瞬间，她的样子就紧紧地抓住了傅景遇的心。

男人几乎不喜欢浓妆艳抹的女人，他们就喜欢女人化了妆跟没化妆一样的样子。

可……看到化着浓妆的叶繁星，傅景遇却觉得，好惊艳！好好看！

这样的妆，要是换在驾驭不住的人身上，简直就是车祸现场，可叶繁星化这样的妆，就只剩下惊艳了。

叶繁星忍不住咳了一声："你别看了，没什么好看的。"

说完她就要把他的手机拿过来，却被傅景遇挡住了："别闹。"

他的态度，简直比有人打扰他工作的时候还严肃。

叶繁星望着傅景遇："你不是已经看过了吗？"

左煜发给他的时候，他就看了一遍，这时候还看，难道看不够？

傅景遇的眼睛一直看着视频。如果是其他人，就算是拿了世界歌手大赛的第一名，他也觉得无所谓。

可这是他老婆啊！

他对叶繁星说："你困就先睡吧，不用管我。"

"……"

叶繁星在一旁躺了下来，玩了一会儿手机，难得她今天玩手机傅景遇也没说她，可能是因为他自己也在玩吧。

她更新完自己的微博，再看傅景遇，险些晕倒。

他……怎么还在看她唱歌的视频啊？

她甚至有给他删掉视频文件的冲动。

"大叔，你还不睡觉吗？"叶繁星放下手机，专心地看着他。

他的眉毛很浓，鼻梁高挺，唇轻轻地抿在一起……叶繁星盯着他看了一会儿，看得色心大起。

怎么会有这么好看的人？

而且，这人还是跟她结婚的对象。

叶繁星越想越激动。

傅景遇戴着耳机，并没有听到叶繁星在说什么。

叶繁星伸手扯了扯他的袖子："睡觉了。"

他看了她一眼："你先睡。"态度敷衍得很！

叶繁星看着他，感觉大叔变了。他从来不看手机的，而且总是会关心她，哪里会像现在这样，盯着手机管都不管她？

"你再这样我就去睡沙发了哦。"

傅景遇的注意力这才收了回来："好好的床不睡，去睡沙发做什么？"

"你都不理我。"叶繁星说，"所以我还是自己睡吧。"

她说完就要下床。

傅景遇拉住了她的手："到我怀里来。"

"不要，我生气了。"

"快点。"他的语气很严肃。

叶繁星看了他一眼，才爬到他的怀里，被他抱着有一种踏实的感觉。

她的嘴角这才扬了扬。

傅景遇搂着她，轻轻吻了吻她的发丝：“睡吧，在我怀里睡。”

“我想跟你说说话。”叶繁星靠在他的怀里，双手摸着他修长的手。

傅景遇的声音很温柔：“说什么？”

“你知道吗，这次比赛本来应该是赵嘉淇得第一的。”

“然后呢？”

“她明明跳舞跳得很好，也不知道怎么想的，竟然跑去贿赂评委。然后她的分就被取消了，我才拿了第一。”叶繁星到现在也很惊讶。

如果赵嘉淇不做这种事情，她就是第一了。

傅景遇看了叶繁星一眼，道：“自信也是实力的一种，她对自己不自信，这是活该。”

就比如高考，有人平时成绩很好，但因为紧张没有发挥好，别人并不会再给他重来一次的机会。

而赵嘉淇虽然被评了最高分，但她对自己没有自信，生怕会输给别人，落得这样的下场也不冤枉。

叶繁星笑了笑：“其实我以前还挺羡慕她的。”

“羡慕什么？”

“她从小就会很多才艺，跳舞、弹钢琴，这些我都不会。”叶繁星家里的情况，直到现在也不好，爸爸妈妈能让她和叶子辰吃饱、穿暖、上学，就已经很不容易了，又哪里还顾得上培养他们其他……

这个世界上像她这样的孩子有很多很多。

也就是这样，赵嘉淇在叶繁星面前才总觉得高高在上，见不得叶繁星在任何方面超过她。

傅景遇说：“她会的，别人也都会，可你有的，别人未必有。”

叶繁星抬起头，看着傅景遇：“你说的是你吗？”

她有，别人没有的，那就是大叔了。

“……”傅景遇无奈地看着她，很佩服她的脑洞。

而傅景遇说的，当然是她比别人更勇敢、更敢去拼的精神。

她起点低，才不害怕失败，所以比谁都努力，也很大胆，敢去做自己想做的任何事情。

而生来家里条件就好的赵嘉淇，却时时刻刻害怕自己会失败。

国庆假有七天，傅玲珑和顾长平、傅爸爸及傅妈妈一起出去玩了。

顾雨泽沉迷游戏，没有跟着去。重点是，去了他也是看他爸妈撒“狗粮”，说不定时不时还得被他爸教训。

赵嘉淇心情不好，又在学校丢光了脸，也去外面散心了。

比起他们这些出去旅游的人，叶繁星的长假安排就是一股清流：打工、打工、打工。

傅景遇因为腿不方便，所以也留在家里休息，并没有外出。

蒋森推着他从书房出来去餐厅吃午饭，没有见到叶繁星。

这让傅景遇忍不住皱起了眉：“她人呢？”

蒋森说：“她去打工了，和她朋友在一家咖啡店里工作。”

国庆长假，江州作为网红城市，客流量很大，这时候打工拿到的钱也比平时多一些。

傅景遇皱了皱眉。叶繁星也就周四陪着他在家里待了一天，之后一连三天都没见到人，他有一种自己被忽略的感觉。

蒋森望着傅景遇，觉得很不理解：“傅先生为什么不直接给她钱，要让她去外面打工呢？”

叶繁星在外面辛苦打工，一天能拿到两百块钱就已经是老板仁慈了。

她完全可以养尊处优，什么都不做，每天只要负责陪伴傅景遇就行。傅景遇随便给个零花钱，也不会比她打工得到的少。

傅景遇说：“她是自由的。”

叶繁星是一个独立的个体，而不是他的附属品。

她虽然是个不甘现状、时刻想要改变的人，但她的目标绝对不是想通过男人来改变生活。

她那么缺钱，但就连当初她第一次来傅家，傅景遇的爸妈给她的红包她也一直好好地放着，从来没有拿出来说给自己买买衣服什么的。

她偶尔会买新衣服，依旧是用她自己的钱，买的也都是挺便宜的衣服。

这样的叶繁星，又怎么可能拿他的钱，然后放弃属于她自己的时间？

蒋森说："没想到她的自尊心还挺强的。"

当初叶繁星答应跟傅景遇结婚的时候，蒋森还在想，她肯定是看中了傅先生的钱，却没想到除了上学时候的学费，她从来没在傅景遇这里要过钱。

就连上次傅景遇给了她一张交学费的卡，里面多出来的钱，后来回来的时候叶繁星也还给了他。

傅景遇看了看蒋森："是你看轻她了。"

他知道，叶繁星是不一样的。

也正是因为如此，傅景遇才从来没有干涉过她每天做什么的自由。

只要她早点儿回来，别在外面逗留太久让他担心就好。

五号是叶繁星的生日，傅景遇订了餐厅给她过生日，叶繁星请了假。

她进餐厅的时候，看到傅景遇独自坐在轮椅上。

他今天穿得很正式，像是专程准备过的。

看到叶繁星，他抬了抬眉："来了？"

"嗯。"叶繁星在他身边坐了下来。

因为打工的地方不远，这时候又有点儿堵车，她怕堵在路上，一路跑过来的，跑得满头大汗。

傅景遇望着她这副模样，皱了皱眉，让服务员拿了毛巾过来，帮她擦了擦脸上的汗，动作很是温柔："外面很热吗？怎么弄成这样？"

"我怕自己迟到，所以跑过来的。"

傅景遇忍不住扬了扬嘴角："我会等你。"

就算她稍微晚一点儿，他也不会就这么走掉，而是会等她过来。

叶繁星望着给自己擦汗的傅景遇，他好温柔，虽然跑得累，她却有一种赚了的感觉。

叶繁星来之前，傅景遇已经点过菜了，全是叶繁星喜欢的，小龙虾、大螃蟹、口水鸡、冰激凌……

叶繁星看着上了好多菜：“大叔，这太奢侈了。”

什么品种都有，好在他为了不浪费，让人做得分量不算很多。

傅景遇说：“你不是喜欢吗？今天随便你吃。”

“会长胖的。”她仿佛看到了自己长成个胖子的模样。

傅景遇一脸严肃地道：“那你吃不吃？不吃就让别人吃了？”

“吃。”虽然嘴巴上嫌弃，但叶繁星的身体很诚实，生怕傅景遇把东西拿走，“我要吃。”

他望着她这样，忍不住笑了笑。

今晚傅景遇订的这家餐厅风景很好，打开窗户就能看到江面，尤其是到了晚上，上面还有不少游船。

叶繁星坐在椅子上就能看到外面的美景，憧憬地说：“我也好想去坐船，可惜人太多了。”

坐船，船票并不贵，但是每次至少得排队排上两个小时才行。

傅景遇望了一眼窗外：“以后带你去。”等到他的腿好起来，行动方便的时候。

虽然这可能要等很久。

叶繁星回过头来：“好啊，好啊！”

说到这个，她也想起了傅景遇的腿，不知道大叔的腿什么时候才能好起来。

傅景遇看着叶繁星的目光，感觉她好像跟自己想到一起去了。

他笑了笑，看向一旁的蒋森，蒋森很快就让人把蛋糕拿了出来。

今天是她的生日，当然要吃生日蛋糕。

蛋糕的造型是小猪佩奇一家，叶繁星看到这个蛋糕，差点儿笑出声：“大叔，这个蛋糕是你订的？”

傅景遇望着叶繁星：“你不喜欢吗？”

“喜欢。”叶繁星脸上都是灿烂如阳光般的笑容，“太可爱了！我只是没想到你会订一个这么可爱的蛋糕。”

“你喜欢就好。”听说小女生都喜欢这种蛋糕，他就选了这个，看她笑得这么开心，应该还算满意。

傅景遇帮她戴好生日帽：“许个愿望。”

“还要许愿望啊！”叶繁星有些尴尬。

说真的，这是她第一次这么正式地过生日，以前连生日蛋糕也没买过。

每次她过生日的时候，大家都很忙，就总是忙忘了。

时间长了，就连她自己也经常忘记生日。

所以，一下子让她许生日愿望，她觉得还挺紧张的。

傅景遇催促道：“快点儿。”

在他眼里，她就是他的小公主，他会用自己的办法宠着她，该有的都会给她。

叶繁星望着燃起的蜡烛，双手合十，闭上眼睛在心中许下愿望：希望大叔能够赶快好起来！

他人很好，对她也好，所以她更希望他能够健健康康、平平安安的。

许完愿望，叶繁星吹了蜡烛，蜡烛刚刚吹灭，外面就突然响起烟火的声音。

市区有烟火管制，能够看到这么盛大的烟火表演是件很难的事情。

叶繁星说：“运气好好哦。”

蒋森在一旁听着叶繁星的话，忍不住笑了笑，道：“当然是知道这里要放烟火，才把餐厅订在这里的。”

“是吗？”叶繁星看向蒋森。

蒋森正要回答，却发现傅景遇瞪了他一眼。

他𡨚得要命，咳了一声，不说话了。

得，好好的他插什么话？

叶繁星长这么大，还是第一次看到这么多的烟火，好像整座城市都被烟花笼罩一样。

回家的车上，她依旧有一种烟火在耳边绽放的感觉。

傅景遇望着叶繁星："生日快乐。"

"谢谢大叔。"叶繁星趴在他的肩膀上，望着他的侧脸，"谢谢你记得我的生日。"

"记住对方的生日，不是该有的礼貌吗？"

"……"喀喀，她到现在也不知道大叔的生日是什么时候。

她看着傅景遇："大叔是什么星座的？"

"你直接问我的生日是什么时候不就好了？"傅景遇一眼就看出来了，叶繁星这是压根不记得他的生日。

被拆穿的叶繁星尴尬得很："我保证以后会记住的。"

蒋森替傅景遇回道："傅先生的生日是十二月二十九日，他是摩羯座的。"

叶繁星说："那我知道了，肯定会一辈子记住，一刻都不会忘。"

傅景遇望着她一本正经的样子，嘴角不自觉地扬起一个让人不易察觉的弧度。算她有良心！

"那你不打算送我一点儿别的生日礼物吗？"叶繁星讨好地看着他。

"……"傅景遇看向她，仿佛这是个很过分的要求，"还想要生日礼物？"

"嗯。"叶繁星可不觉得自己这个要求有什么不合理的，在他耳边小声道，"你亲我一下，当作生日礼物好不好？"

说话的时候，她在他耳边轻轻地吐气。

在傅景遇身边这么久，她现在撩傅景遇撩得很顺手，时不时就想要皮一下。

傅景遇："……"

叶繁星有些失望："不愿意就算了。"

下一秒，她就听见傅景遇说："闭上眼睛。"

叶繁星笑了笑，听话地闭上眼睛，把脸蹭到他面前。

傅景遇望着她对自己毫无防备的样子，低下头，在她的唇上吻了一下。

甜蜜的气氛，瞬间在车内回荡。

蒋森正在开车，看到这一幕，吓得赶紧移开视线。

他越来越觉得，自己的这份工作实在是太难了。

傅家，顶楼，蒋森守在门口，听到琴房里传来断断续续的钢琴声。

他们从外面回来后，傅景遇就把叶繁星带来了这里。

这是叶繁星第一次接触钢琴，而傅景遇对她很有耐心。

屋里的灯光很浪漫、很有情调，叶繁星望着身旁的傅景遇，有些意外：“大叔，你怎么会想到带我来弹钢琴啊？”

“喜欢吗？”傅景遇望着她，“我送你的生日礼物。”

他没有送她珠宝，没有送她其他东西，而是带她来做她最想做的事情。

她之前跟他说过，她很羡慕赵嘉淇，觉得自己连钢琴都没有弹过。他都记得。

叶繁星低下头道：“喜欢。”

她突然有一种热泪盈眶的感觉。

他上次送她昂贵的玉石，她没这么感动，可是这一次真的是忍不住这种情绪。

玉石虽然难得，心中的梦想却更加珍贵。

傅景遇望着她，声音温柔又深情：“以后你想弹钢琴，我教你；你想跳舞，等我好了教你。”

“……”叶繁星看着傅景遇，他的话让她原本就在眼眶里打转的眼泪没忍住掉了下来，“抱歉。”

她转过身，不想让傅景遇看到她落泪的样子，好丢人啊！

晚上，一直到过了十二点，叶繁星和傅景遇才从楼上下来。他们刚出电梯，就看到顾雨泽站在走廊上。

“雨泽少爷。”蒋森看到顾雨泽，有些意外，“您怎么在啊？”

最近大家都出去了，他还以为顾雨泽不在。

顾雨泽手里握着一个礼物盒子，抬起头看到叶繁星帮傅景遇推着轮椅，两个人很甜蜜的样子，下意识地把盒子往身后藏了藏：“没、没什么。”

然后，他直接转身走了。

他走得很快，像逃似的，很快进了他自己的房间。

他关上门，手中的盒子被握得紧紧的。想起刚刚看到的那幅画面，明明叶繁星和傅景遇什么都没做，可他觉得那一幕那么刺激、那么甜。

顾雨泽走后，蒋森一直看着他的背影，他的样子是想送叶繁星礼物？

他回过头看向叶繁星，发现叶繁星脸上的笑容动都没有动过，从头到尾仿佛没有看到顾雨泽，推着傅景遇往他们的房间走去。

平时这时候两人都睡下了，也就是今天比较晚一些。

可能是因为太兴奋了，洗完澡后叶繁星躺在床上依旧睡不着。

她看了一眼旁边的傅景遇。这个房间的床很大，两人躺在各自的一边，中间还能空出位置来。

傅景遇也没有困意，在拿平板电脑看照片，都是蒋森今晚发过来的，拍了不少叶繁星的照片。

每一张，都是她幸福的笑脸。

叶繁星忍不住又想皮一下，大着胆子说：“大叔，我觉得你一点儿都不喜欢我。”

“……”傅景遇忍不住看向她。他这还叫不喜欢她，那要怎么才叫喜欢？

他觉得自己对叶繁星简直是尽心尽力了，长这么大，他还没这么哄过一个女孩子。

“我怎么了？”傅景遇还挺想看看，她这张嘴又能提出什么意见。

“你从来都不主动抱我。”

“有吗？”傅景遇一直觉得自己挺主动的。

“有啊！”叶繁星说，“你看你哪次不是躲我远远的？我有丑到让你连看都不愿意多看一眼的地步吗？”

“没有。”叶繁星长得也许不是最好看的，却是最合他眼缘的。

谁敢说他老婆丑，眼睛都给他挖掉。

“那你主动抱抱我。”叶繁星一个没忍住，暴露了自己的目的。

“……”傅景遇看着她这样，就知道她又欠教训了。

他把手中的平板电脑关上放到了一旁，态度淡漠，一副生人勿近的模样。

叶繁星对他这种冷淡的反应一点儿都不意外。

通常她要撩他老半天，他才会给她一点儿反应。

没办法，傅景遇就是这么正经的人。

叶繁星猜想：可能他这么多年来，从来不撩女孩子的吧！

偏偏他越是这样，她就越想撩他！

她干脆直接凑过去，搂住了他的脖子：“睡不着，要大叔亲亲才能睡着。”

“……”傅景遇看着凑到眼前来的叶繁星，他今晚并没有要碰她的打算。她过了生日，身份证上就满二十周岁了，等上班日他就带她去领证。

但他怎么也没想到，她还跑来招惹他。

傅景遇望着叶繁星，伸出手放在她的腰上搂住她，一个绵长的吻落在她的唇上。

叶繁星以为他会像以往那样亲一下就将她放开，可是没有。

傅景遇搂住她轻轻一翻身，她就被压在了下面。

突然交换位置，让叶繁星的心跳得很快。

傅景遇将她压在身下亲了好一会儿，才离开她的唇，却并没有退开，脸埋在她的脖颈间，闻着她刚刚沐浴后的香气。

叶繁星还从来没见过他这副模样，一种危险的感觉扑面而来。

她有些心虚地道：“大叔，你生气了？我以后不跟你开玩笑了。”

傅景遇抬起头来，望着叶繁星紧张不安的样子，扬了扬唇：“怕了？”

看着他熟悉的笑容，叶繁星才松了一口气：“我是怕你生气。你要是不喜欢我这样缠着你，那我以后听话一点儿，不招你了。”

她以为他在生气?

这人真是单纯!

可见她对男人的了解实在是少得可怜。

“我不生气。”傅景遇望着叶繁星，手指轻轻地帮她捋开脸颊边的发丝，望着她这张白净的小脸，拼命克制住自己身体里狂涌的血液，“睡觉吧，等长假结束，我们去领证。”

领了证，她就真的是他的妻子了。

第八章

领证

长假结束得很快，傅景遇的爸妈和傅玲珑夫妇回来的时候，都给叶繁星带了礼物。

一家人简直是将叶繁星当成了亲闺女来宠。

叶繁星望着面前的一堆礼物，听到他们在商量她和傅景遇的婚事。

傅妈妈问道：“打算什么时候去领证？”

结婚的日子就在这个月，也没几天了。

傅景遇说：“明天。”

明天就是上班日。

叶繁星听到傅景遇的话，抬起头看了他一眼，突然认清一个事实：明天她就要跟大叔领证了！

虽然已经有了很久的心理准备，可真到这一刻的时候，她还是有一些说不出来的紧张感觉。

叶繁星曾经想过自己以后的人生：自己会像大多数人一样，上大学，毕业，工作，然后结婚……

她却没想到，自己直接越过前两步，这时候就结婚了。

客厅里大家还在谈论结婚的事情。

他们的婚礼是在十月二十一日，那天是周日，叶繁星正好放假。

傅景遇看了一眼从刚刚开始就一直沉默着不知道在想什么的叶繁星，虽然谈论的是他们的婚礼，但她并没有任何参与。

叶繁星静静地坐着，突然一只手伸过来握住了她的手。傅景遇望着她，声音温柔地道：“累了？要不先去休息？”

叶繁星今天也去上班了，刚刚回来，一回来就坐在这里听大家说话。

叶繁星见大家都在，自己也不好离开，对着傅景遇道：“没事。”

她只是有点儿紧张。

想到明天要领证，叶繁星也不知道紧张还是兴奋，很晚才睡着，然后第二天一早就起来了。

因为已经到了十月，天气没那么热了，外面时不时有凉风吹进来……

傅景遇坐在轮椅上，望着叶繁星严肃地在镜子前穿衣、整理头发的模样，忍不住笑了笑。

她的一举一动都透露着她的紧张和忐忑，同时又有点儿雀跃。嫁给他，她竟然也开心吗？

明明他是个别人躲都躲不及、怕被拖累的人。

“好了吗？”耐心地等了很久，他才问了一句。

因为领证的时候要拍照，所以叶繁星穿的是白衬衫，看着镜子里的自己：“好了好了。”

知道让大叔等了很久，她忙走过来，推着傅景遇出门。

蒋森已经为他们安排了车。

路上，叶繁星望着车窗外，一直没有说话。

傅景遇望着她：“怎么，不想嫁给我？”

他这句话问得正在开车的蒋森愣了一下，整颗心都悬了起来。

傅先生怎么突然问这种问题？

虽然叶繁星很乖，但万一这时候她作死地说一句她不想嫁了，那事情会变成什么样？

然而傅景遇都问出口了，蒋森也无力阻止。

想想今天叶繁星似乎有点儿怪怪的，这女人不会是想要反悔吧？

如果是这样……他一定不会原谅她的！

叶繁星正望着窗外的风景调节自己紧张的情绪，听到傅景遇的话，回过头来说出原因："不是。我第一次领证，有点儿紧张。"

她不是有点儿，而是非常紧张。

这还没到民政局，她紧张得一颗心都像是要跳出来了。

傅景遇听着她孩子气的话，忍不住笑了起来："我也是第一次领证。"

好像是哦！

叶繁星反应过来，看着傅景遇："那你紧张吗？"

她期待地看着傅景遇，傅景遇望着她，并没有回答她这个问题。

开玩笑，就算他紧张，他会说出来吗？

叶繁星见他没有回答，望向窗外有些别扭地道："也是，大叔什么场面没见过，哪里会紧张。"

就是领个证而已，他肯定不会紧张的啦！

然而听着她的话的傅景遇，却感觉自己的心脏跳得比平时快了很多。

领证有个重要的环节，就是宣誓。叶繁星好不容易趁着填资料的时候平复了自己内心的情绪，结果进去之后，工作人员重复问了三遍："你是自愿嫁的吗？"

这问得叶繁星又紧张起来，以至于她照着民政局推荐的宣誓词念的时候，都紧张得出了汗："我们自愿结为夫妻，从今天开始，我们将共同肩负起婚姻赋予我们的责任和义务：上孝父母，下教子女，互敬互爱，互信互勉，互谅互让，相濡以沫，钟爱一生！今后，无论顺境还是逆境，无论富有还是贫穷，无论健康还是疾病，无论青春还是年老，我们都风雨同舟，患难与共，同甘共苦，成为终身伴侣！我们要坚守今天的誓言，我们一定能够坚守今天的誓言！"

因为其他人不能进去，蒋森在外面急得团团转，好怕出什么意外。

等了很久，他才终于看到叶繁星他们从里面出来。

他赶紧迎了上去：“傅先生，太太。”

叶繁星紧张了这么久，这一刻却变得轻松起来。她看着蒋森急得快要冒汗的样子，忍不住笑起来：“蒋先生，您怎么比我还紧张啊？”

蒋森严肃地看了她一眼：“还不是怕你出什么岔子。”

他觉得来的路上叶繁星一直怪怪的，生怕她突然反悔。

叶繁星听完他的话，忍不住笑了，看向傅景遇说：“我是真的太紧张了。”

现在弄完了，她松了一口气，脸上的表情也轻松多了。

她早上因为紧张，连早餐都没有吃好，此刻肚子饿得咕咕直叫，对傅景遇说：“我们先去吃点儿东西吧，我饿了。”

“好。”

傅景遇脸上看上去还是不动声色的样子。然而只有他自己知道，他此刻内心的幸福感一点儿都不比叶繁星少。

他看了一眼她脸上明亮的笑容，忍不住笑了笑，是该好好奖励奖励她。

车上，叶繁星把两本结婚证放到腿上，拿起手机调了亮度，拍了张照片。

回想起领证的过程，她忍不住笑了：“没想到还要宣誓什么的，我以为只是拿个证就行了。”

傅景遇因为她的话，想起了叶繁星宣誓的时候紧张得话都没说清楚的样子，虽然他自己也紧张，但还是忍不住笑了。

叶繁星拍完照片，说：“大叔，我把照片发在你的微信上。”

这样他就不用再拍了。

傅景遇轻轻地应了一声：“好。”

很快叶繁星就把照片发了过去。

这一天，向来没有什么的傅景遇的朋友圈里，突然多了一条领证的消息。

第一个点赞的人当然是他的老姐傅玲珑。傅玲珑没想到傅景遇竟然也会发朋友圈，评论了一句：“恭喜，不过，你不是不玩朋友圈的吗？”

叶繁星也发了消息。

叶繁星没有加林薇和胡小知的微信，只加了QQ，所以她的微信朋友圈里是一些打广告的人以及以前高中的同学。

看到她的这条消息，大家都不敢相信：“叶繁星，你疯了吧？真的结婚了？”

之前同学聚会的时候，大家就听说了叶繁星要结婚的事，没想到她竟然真的把自己嫁了！

甚至还有人怀疑她只是在网上找的照片来开玩笑。

餐厅里，傅景遇正在帮叶繁星倒茶，这已经是他给她倒的第五杯茶了。

他倒茶的时候，叶繁星就坐在一旁，一脸微笑地看着他。

他把杯子递给她：“一直看我做什么？”

“看你好看啊。”

啊！她只要一想到这么优秀的男人现在彻底属于她了，内心就无比激动。

她现在是有家、有丈夫的女人了，不再是一个人。

虽然她现在结婚很早，但这种感觉好像也不坏！

傅景遇望着被叶繁星又一次一口喝掉的茶水杯，宠溺地道：“你已经喝了五杯茶了，还喝吗？”

“好喝。”叶繁星说，“你不介意的话，我可以再喝一会儿。”

傅景遇望着她，忍不住笑了笑道：“就你这傻乎乎的样子，还分得出来茶好不好喝？”

傅景遇是个很爱喝茶的人，觉得这家餐厅的茶也就一般，除了能解解渴，还真谈不上好喝。

叶繁星扬起嘴角：“我怎么就不知道了？茶叶好不好我虽然不知道，但是大叔泡的茶就是好喝！”

她还说得挺理直气壮的。

傅景遇望着她这副模样，简直不知道该说什么了。

两人在餐厅吃这顿饭吃了快两个小时，吃完出来，叶繁星说："我下午还有课，就先回学校了。"

"我让蒋森送你。"

"不用。"叶繁星说，"你让蒋森陪你回去吧。前面就是地铁站，我自己去就行了。"

一直到看着叶繁星从前面走掉，傅景遇才和蒋森回家。

今天是周三，叶繁星原本是打算上完周五的课再回家，毕竟路程有点儿远，一来一回还挺麻烦的。结果她才上完下午的课，就接到了蒋森打来的电话，说在学校门口等她。

从学校出来，叶繁星上了车："蒋先生，您怎么来了啊？"

话刚问完，叶繁星就发现傅景遇坐在一旁，一双黑色的眸子深沉地望着她。

没想到傅景遇也在，叶繁星更惊讶了："大叔？"

他竟然和蒋森一起来学校接她！

傅景遇的大手已经落在了她的头上，他声音低沉地道："我有这么吓人？"

她一副惊讶的神情，好像他是魔鬼一样！

叶繁星握住傅景遇的手，她的手指很细，指腹软软地贴着他的手背，温柔地道："蒋先生过来接我就好了，你怎么也来了？这么远跑过来，挺辛苦的。"

一来一回，路上要是堵个车，他就得坐上四个小时了。

傅景遇说："没事，想带你去一个地方。"

这里去江府花园的路上并不拥堵，很快就能到。

当初他挑这里做新房的时候，也是考虑到叶繁星要上学，方便她回家近一点儿。

叶繁星坐在傅景遇身边，握住他的手放在膝盖上，就像握住什么重要的东西，对着傅景遇问道：“我们这是要去哪里啊？”

这看起来不像是回家的路。

傅景遇说：“去看房。”

“啊？”叶繁星不解地望着傅景遇。他已经有房子住了，还去看房？

傅景遇见她一副惊讶的样子，解释道：“你忘了上次你妈妈去家里说要一套房子的事情了？”

想到叶母，叶繁星感觉很有压力：“我妈就那么一说，你把这件事情忘了就行了。”

她跟傅景遇在一起，又不是为了房子。

傅景遇望着被叶繁星紧紧握住的手，反手将她握住：“就算她不说，这也是应该的。”

“……”

车子到了江府花园，蒋森开着车一直往里面去，走了很久才到别墅门口。

这是独幢别墅，配有游泳池，又在江边，风景好得很。虽然是在市区，但环境无比清幽。

为了让傅景遇出入方便，里面还配备了电梯。

傅景遇留在楼下，让蒋森带着叶繁星去楼上看房子。蒋森走在前面，对叶繁星介绍：“以后你可以随时回来这里，这里离你们学校也不远。”

她就不用像现在这样，只有周末才能跟傅景遇见面了。

叶繁星说：“大叔也会搬来这里吗？”

“是的。”今天下午他们已经搬了些东西过来，不过这里的东西本来也准备得齐全，不需要带多少东西过来。

叶繁星又跟着蒋森去看了看，发现在这里还专门帮她准备了钢琴。蒋森走到钢琴旁解释道：“这是傅先生专门为你买的，以后你什么时候想弹都可以来弹，这是完全属于你的。”

“……”叶繁星压根没想到，自己只是随便跟傅景遇说了一下自己想学钢琴的事情，他就真的送她一架钢琴。

“要不要试试？”蒋森问道。

叶繁星有点儿胆怯：“可以吗？”

蒋森笑了笑，道：“当然，这是属于你的，你可以随意使用。”

叶繁星走过去，生怕自己手上的汗会在上面留下痕迹，擦了擦手才敢去抚摸琴键。

蒋森先去了楼下，留叶繁星在楼上，让她随意看。

叶繁星从琴房出来，又去看了看她和傅景遇的卧室。大叔没有像之前在洋房里的时候，还专门帮她准备了一个房间，而是把她的东西和他的都放在了一个房间里。

她打开衣柜，看到自己之前留在家里的衣服也都被拿了过来，和一些新的秋装放在一起。

他这是又给她买新衣服了？

就在这时，身后突然响起了傅景遇的声音：“喜欢吗？”

叶繁星回过头，看着坐在轮椅上的傅景遇，问道：“怎么又给我买衣服了？”

“按照婚俗礼仪，给新娘子买新衣服都是应该的。你要是觉得不好看，可以放在那里。”

“可是，婚礼不是还没到吗？”

今天才八号，这还有半个月！

傅景遇看着她，挑了挑眉，无比严肃地道：“都领证了，难道还不算新娘子？”

“……”他这句话，说得叶繁星的脸都红了。

是啊！她今天跟大叔领证了！

叶繁星把衣柜的门关好，走了过来，帮傅景遇把轮椅推到桌边，又去打了壶热水上来给他泡茶。

叶繁星学着傅景遇平时泡茶的样子，泡茶给傅景遇喝。

傅景遇端起杯子，闻着茶香。一样的茶叶，但小可爱泡出来的茶，似乎就要香一些是怎么回事？

傅景遇喝着茶，叶繁星坐在一旁看着他，用商量的语气说：“既然我们领了证，那要不以后照顾你这件事情，就别麻烦蒋先生了，让我来吧？”

“……”傅景遇突然听到她说这个话题，差点儿被呛着。他可没忘记，上次她要脱他裤子帮他擦澡的事情。

叶繁星见傅景遇不说话，忍不住分析道：“你看啊，你跟蒋先生都是男人，你又不喜欢男人，总让他照顾你还是挺不方便的，对吧？”

傅景遇看她分析得头头是道，直接开口打断她的话：“谁说我不喜欢男人？”

“……”

因为傅景遇的这句话，空气就这么安静了几秒。叶繁星望着傅景遇，几秒后才用一种不敢相信的语气道：“原来大叔你喜欢男人啊！”

傅景遇：“……”

他看着叶繁星那漆黑如墨的眼珠子滴溜溜地转，就知道她肯定又想了些乱七八糟的事情。

他伸出手，捏了捏她的脸蛋：“你又在乱想什么？”

叶繁星咳了一声：“大叔，你放心，我不会歧视你的。有句话说得好，同性才是真爱……”

傅景遇只感觉自己额角青筋隐隐暴起。

就在这时，蒋森走了进来：“傅先生，太太，吃饭了。”

负责做饭的用人已经过来把饭做好了。

最不该出现的时候，他出现在这里，傅景遇看到他就一肚子火：“滚出去！”

“……”

蒋森一脸困惑。他刚刚一直在楼下，好像没做什么会得罪傅先生的事情吧？

虽然如此，蒋森还是赶紧退了出去，还把门给关上了。

叶繁星望着眼前的画面，忍不住笑了笑，收拾了桌上的茶具，对傅景遇说："大叔，我们去吃饭吧。"

提到吃，叶繁星都很积极。

然而傅景遇并没有回她。

他抬起头看了她一眼，好像恨不得用眼神把她冻住。

叶繁星毫不害怕地对着他做了个鬼脸，然后推着他出了门。

两人到了楼下餐厅里。这是两人第一次在新家吃饭，这也是他们自己的家。

领了证，搬了家，一切好像都跟之前不一样了。

叶繁星给傅景遇夹菜："吃点儿这个。"

傅景遇没理她。

叶繁星继续夹："这个也好吃。"

傅景遇还是没理她。

面对被老婆误会他喜欢男人这种扎心的事情，他哪里还有心思吃饭哦，吃她还差不多！

蒋森在一旁开口："傅先生和太太今天领了证，又搬了新家，要不要开瓶酒庆祝庆祝？"

"好啊好啊！"叶繁星说，"不过这里有酒吗？"

"有的。"蒋森立马吩咐人去取。

听说喝酒，她起哄得最厉害了，傅景遇终于看了叶繁星一眼："你还会喝酒？"

"呃……"叶繁星说，"会啊！怎么不会？"

她学一学不就会了？

叶繁星是个很谨慎的人，在外面也不乱喝酒，很怕自己喝飘了遇上图谋不轨的人。

她总觉得女孩子要比谁都更爱自己。

不过在这里不一样。

这里有大叔，大叔也不会把她怎么样，她放心得很。

蒋森接了酒过来，将酒塞打开，给傅景遇和叶繁星一人倒了一杯。

叶繁星端起杯子，先跟傅景遇碰了碰杯："大叔，这杯我敬你，希望你的腿赶紧好起来！”

蒋森在一旁提醒道：“都领证了，还叫大叔？太太是不是该改口了？”

叶繁星愣了一下，望着傅景遇：“不叫大叔，那叫什么啊？蒋先生您教教我呗！”

她都叫习惯了，感觉都有点儿改不过来了。

蒋森说：“当然是叫老公。”

叫大叔听起来很生疏，傅先生又这么宠叶繁星，要是叶繁星改口的话，傅先生肯定很高兴。

傅景遇听到蒋森的这句话，心里顿时舒坦多了，看向叶繁星，眼里隐隐有着期待之色。虽然听她叫大叔叫得顺口，但他也想听她改口。

下一秒，他就听见叶繁星说：“大叔，蒋先生在叫您。”

蒋森：“……”

傅景遇：“……”

蒋森听了叶繁星的话，险些倒地不起，看着叶繁星，严肃地说：“太太，你拿我开玩笑就算了，怎么能够拿傅先生开玩笑呢？我们两个都是男人！”

“说不定大叔就喜欢男人呢！”刚刚在楼上傅景遇亲口这样说的，叶繁星可没忘记。

傅景遇：“……”

他看着皮得要命的叶繁星，没有搭话，只是默默地喝下杯中的酒，然后问叶繁星：“还喝吗？”

“喝。”叶繁星说，“这个酒还挺好喝的。”酒味也不重，甜甜的，像喝饮料。

她干脆把酒瓶拿过来自己倒酒。

蒋森看着她这样，有点儿担心：“这个酒还是少喝点儿的好。”

虽然这酒味道不大，但后劲儿很足。

叶繁星说：“没事。”

她一点儿都感觉不到酒劲儿，甚至怀疑蒋森拿的就是饮料。

傅景遇望着她："喜欢就多喝一点儿。"

蒋森："……"

刚刚他提议让喝酒的时候，傅景遇明显还有阻止的意思，怎么这会儿反而纵容上了？

饭后，喝了不少酒的叶繁星抱住傅景遇，趴在他的腿上："大叔，我好喜欢你啊！"

蒋森望着这个正在跟傅先生撒娇的小丫头，听到她说话的语气就知道她是醉了。

他似乎明白了什么。

傅先生不会是故意想让她喝醉的吧？

阴险，太阴险了！

连自己的老婆都要算计的人，可真是丧心病狂。

傅景遇第一次看到叶繁星这副模样，像一只软软的小猫咪，让人心里很暖。然而他严肃地回道："我不喜欢你，我喜欢男人！"

他可是个很记仇的人。

站在一旁的蒋森虎躯一震。刚刚听叶繁星说的时候，他还以为叶繁星是在开玩笑，现在看这样子，傅先生是真的喜欢男人？

难道自己一直照顾傅先生，以至于傅先生对自己生出了不该有的感情？

他颤抖地开口道："那个……傅先生，我、我不喜欢男人的！"

他可是个直男！对，直男，没错！

蒋森这句话说完，就瞧见傅景遇抬起头来瞪了他一眼。

蒋森很怕傅景遇，一直都怕，被傅景遇瞪了一眼就变得尿了起来。

下一秒，他又觉得自己不能这么妥协，对傅景遇说："您只是暂时对女人没有反应，假以时日一定会找到治疗办法的，千万别失去信心……"

要是傅先生因此就改成喜欢男人，傅先生的爸妈恐怕会哭晕吧！

傅景遇冷冷地瞪了他一眼："滚出去！"

蒋森想都没想，得到命令后，飞快地往外面跑去，好像害怕傅景遇会吃掉他似的。

傅景遇望了一眼蹲在自己面前，抱着自己的大腿说话说到快要睡着的叶繁星，叫来了阿姨送叶繁星去楼上休息。

傅景遇自己也上了楼，本来想叫蒋森来帮他，后来想想还是算了。被叶繁星一搅和，他现在都有点儿不能直视自己和蒋森的关系。

傅景遇让用人放了水，自己去浴室洗澡。

他的腿还没好，但是现在已经可以勉强扶着其他东西站立了。所以洗澡这种事情，虽然困难点儿，但他已经可以做到了。

只不过纪明远说，他要好起来自己行走，可能最少还需要大半年时间。

洗澡出来，傅景遇上了床，看着躺在床上的叶繁星，本来以为她睡着了，结果她眼睛睁着，正傻傻地望着他。

叶繁星现在还属于喝多酒的状态，看上去很傻、很不设防的样子。

傅景遇躺了下来，与她对视了两秒，问道："还不睡？"

"……"她什么都没说，只是安静地爬了过来，把脸靠在他的胸口，闭上眼睛准备睡觉。

就算喝醉了，她也知道他是她最信任的人，很依赖他。

傅景遇压根没想到，叶繁星喝醉酒会这么乖。

而且她现在醉糊涂了，估计什么也不知道吧？

房间里又只有他和她两个人。

他的手缓慢而温柔地拍着她的后背，他安抚着她的同时，问道："星星？"

"嗯。"叶繁星都快睡着了，听到傅景遇叫自己，应了一声。

傅景遇说："你最喜欢谁？"

"喜欢你。"此刻的叶繁星就像一个三岁的小朋友似的，问她什么她就答什么。

傅景遇扬了扬嘴角："我是谁？"

"你是大叔！"这个称呼她叫的次数最多，也最深刻。

但傅景遇并不满足于此，继续问道：“还有呢？”

“是傅景遇。”这是他的名字，她当然也记得。

房间里很静，傅景遇能够听到埋首在自己胸口的叶繁星发出的轻浅的呼吸声，像猫爪一样，一下一下地挠着他的心。

傅景遇轻轻地拍着叶繁星的后背，望着这个小可爱，真是爱死了她这副模样。

他也顾不上脸面，直接诱哄道：“乖，叫老公。”

刚刚在楼下他就想听她叫的，但被她打岔，弄得他只顾着生气了。

叶繁星现在乖得很，整个人属于犯懒的状态，也不思考，傅景遇让她说什么她就说什么，闭着眼睛，依偎在他怀里，乖乖地叫了一声：“老公。”

只是两个字，却让傅景遇的心狂跳起来。

她竟然真的叫了！

有一种不可思议的感觉填满了他的心，让他的嘴角慢慢扬了起来。

他望着叶繁星：“再叫一声。”

“老公。”

“再叫一声。”

“老公。”

“……”

“傅先生，起床了，玲珑姐过来了。”早上蒋森敲门的时候，叶繁星从梦里醒了过来。

她揉了揉眼睛，昨晚喝了酒，这一觉睡得很好。

没有听见傅景遇的回应，她以为傅景遇还没醒，正准备叫醒他，结果发现傅景遇正看着她。

睡衣的领口微微敞开，露出他诱惑人的锁骨线条……美色当前，叶繁星立马清醒了一大半，完全不记得自己昨晚做了些什么，对着傅景遇笑了笑：“大叔，早。”

“……”

傅景遇的目光一直锁在她身上。他对她这个称呼并不满意，所以没有回应。

叶繁星的态度还是很温柔："你还没睡醒吗？那再睡一会儿。我先去洗漱。"

听说姐姐过来了，她和大叔要是一直不起床，好像有点儿不像话。

叶繁星赶紧去洗了澡出来，看到床上的傅景遇，问道："我昨晚好像喝多了，没做什么过分的事情吧？"

叶繁星没有喝醉的经历，只听说喝醉的人都会发酒疯，做些荒唐的事情。

她很担心自己有没有在大叔面前出丑。

傅景遇一脸严肃地道："有。"

"啊？"叶繁星担忧地望向他，想起在网上看到的一些奇葩的醉酒丑态，好怕自己也会丢人，"我都做了些什么？"

"你抱着我一直要我亲你，还非要叫我老公。"傅景遇说这句话的时候，语气很是严肃，仿佛他说的都是真的，他才是被勉强的那一个。

叶繁星听完，有些震惊："不会吧！"

她没想到自己喝完酒这么过分，看来以后还是要少喝酒啊！

傅景遇望着叶繁星信以为真的模样，没想到她这么好骗，意味深长地问道："你现在醒了，怎么不叫我老公了？"

"啊？"叶繁星手足无措地望着傅景遇，总觉得老公是个很肉麻的称呼，"如果你喜欢的话，我以后可以改口。"

喜欢？谁喜欢听她改口了？

傅景遇几乎是本能地开口，还是一副高冷的表情："我不喜欢。"

傅景遇这个人长得很英俊，看上去就像是不食人间烟火的那种人。

所以，叶繁星也想象不出叫他老公是什么样。

"那我以后还是叫你大叔吧。"

"……"

昨晚因为听到她叫老公无比高兴的人，此刻只有掐死自己的冲动。

教室里很静，一下课，叶繁星就看到顾雨泽故意在等她。

见大家都走了，她也没有理他，直接从另一边离开了。

“叶繁星。”顾雨泽叫住她。

“有什么事回家再说。”她跟顾雨泽现在难道还有什么在家里不能说的话吗？

如果不是能在家里说的话，那么她情愿他不要开口。

顾雨泽望着她这副模样：“你跟舅舅领证了？”

他昨天在朋友圈看到了她跟傅景遇的结婚证照片。

叶繁星一定不会知道，他知道这个消息之后心有多痛。

他昨晚喝了一夜的酒，眼前都是她的影子。

在这以前他还在想，她肯定会反悔，肯定会后悔嫁给舅舅，但是她竟然就这么跟舅舅领证了。

“是啊！从现在起，我就是你的小舅妈了。”叶繁星回过头，平静地看了顾雨泽一眼。他现在找她说这个做什么？

他不会又想说什么难听的话吧？

顾雨泽说：“你才十八岁，怎么可能领证？”

他深深地怀疑叶繁星领的是假证。

“是，我才十八岁，比你还小一点儿。”叶繁星看着顾雨泽，“不过我身份证上的年纪已经满二十了。你应该死心了。”

顾雨泽压根没想到，还有这种操作。

他总以为只要叶繁星和舅舅还没举行婚礼，自己就还有机会，可是……没想到事情会变成这样。

他看叶繁星的神情，也不像说的假话。

心痛得厉害，顾雨泽声音里突然充满悲怆之意：“你跟他领证了，那我呢？我怎么办？”

他昨晚一夜没睡，现在状态看起来很差，眼眶也有些红。

叶繁星还从来没见过他这副模样，以前认识的顾雨泽骄傲得要命，就算是被傅景遇训了，也从来没像现在这样狼狈过。

他看着她，强烈的悲伤难以抑制：“这么久了，我一直喜欢你，一直很喜欢你。不管我吃饭、睡觉、看书、打游戏，想的都是你！我应该怎么办？叶繁星，你告诉我，你怎么可以这样对我？你怎么可以忘了我们的约定？你嫁给了别人，现在我要怎么办？”

他最近闭上眼，脑子里就全是她的声音：

“顾雨泽，老师来了，你别睡觉了。”

“顾雨泽，其实你笑起来的时候比较好看。”

“顾雨泽，我今天看了一本书，男女主最后分开了，你说，有一天我们会分开吗？”

“顾雨泽，等以后毕业了，我们一起去旅行好不好？”

他那时候虽然喜欢她，可也觉得自己是高高在上的顾家少爷，这个世界上的人都该哄着他。

当听到赵嘉淇说，叶繁星每天躲着他，不喜欢他，只是跟他演戏，而他约了叶繁星两三次，叶繁星也推托的时候，他生气了。

当他的女朋友，已经是她的荣幸了，凭什么她还敢这样对他？

他要跟她分手！

他要找比她更懂事、更温柔、更优秀的女人。

可是现在他后悔了！

骄傲是什么？顾少爷又算什么？

赵嘉淇比叶繁星会讨好他，他生气时赵嘉淇连句多余的话都不敢说。可那又怎么？他再也没有叶繁星了。

现在叶繁星和傅景遇的名字已经紧紧地绑在了一起，他知道自己再也没有机会了。

叶繁星望着后悔不已的顾雨泽，笑了笑，说：“既然你这么爱我，那就一辈子不要再爱别人，一辈子守护着我好了！不求回报的爱才是真正的爱，你说呢？”

“……”顾雨泽不敢相信地看着她，“你也太看得起你自己了吧！”

他本来挺伤心的，被她这么一说，心中顿时充满愤怒。她都成他的小舅妈了，凭什么自己要一辈子守着她？她算哪根葱？

叶繁星挑了挑眉道：“既然我给你提的主意你不愿意照办，那你就别来问我。看着你这样就烦！”

叶繁星说完，也不管顾雨泽什么反应，直接走了出去。她跟傅景遇约了晚上一起吃饭，想早点儿回家，没有继续在这里逗留。

晚上傅景遇跟人吃饭，带了叶繁星一起。叶繁星坐在旁边默默地吃着东西，突然收到左煜发来的照片，他们在KTV唱歌，而顾雨泽在喝酒。

左煜发了条消息：“他喝了一晚上的酒。”

叶繁星打字回了过去：“他喜欢就好。”

她并不觉得自己对待顾雨泽的态度有什么不对。

既然如今他们都已经分手了，当然是让顾雨泽越讨厌她越好。

事实上顾雨泽今天来找她，她还挺震惊的。

她跟他谈恋爱的时候，也没见过他这么不要自尊的样子，如今她结婚了，他还来说那些话，她能怎么办?

她又不可能给他回应。

顾雨泽现在的反应，反而是她想要看到的样子。

叶繁星回完左煜的信息，抬起头来，突然发现傅景遇的眼睛正盯着她的手机。

他……好像看到了刚刚左煜发过来的照片。

因为她跟顾雨泽尴尬的过往，所以叶繁星一直避免在傅景遇面前提到顾雨泽这个名字。

所以碰到他的目光，她几乎是本能地就把手机往桌下藏了藏。

傅景遇皱了皱眉，望着叶繁星没有说话。

叶繁星看着他这副模样，又把手机拿回来，准备好好跟他解释一番。

“傅爷，听说您这个月就要结婚了是吗？不知道有没有荣幸去参加您的婚礼？”坐在对面的人跟傅景遇说话。

傅景遇点头：“当然。我回头让人把请帖给您送过去。”

叶繁星看着眼前的场面，只好先把这件事情放下。也不知道他到底有没有看到照片，应该没有看到吧？

叶繁星现在只想拍死自己。明明没什么，她干吗要躲？

弄得她好像做贼心虚似的。

吃完饭，叶繁星和蒋森、傅景遇一起从楼上下来，在酒店门口等待司机开车过来。

傍晚下了些雨，这时候有点冷。

叶繁星只穿了一件衣服，晚风一吹，感觉有点儿冷。

她在原地跳了跳，开口道："好冷啊！你们冷不冷？"

蒋森说："车马上就到了，再坚持一会儿。这两天有点儿降温，下次出门的时候，太太还是多穿一点儿比较好。"

"没想到晚上这么冷！白天还热和着呢。"叶繁星望着傅景遇，发现傅景遇没接她的话，看样子他真的是吃醋了。

她就知道大叔肯定会吃醋。

看来她又得想办法哄这个大猪蹄子了！

叶繁星对傅景遇说："大叔，我冷，你要不要把你的外套脱下来给我穿一下？"

傅景遇和蒋森穿的都是正装。

傅景遇上下打量着她，并没有回答她这个问题，看起来似乎也并没有要回答她的欲望。

这就有点儿尴尬了！

蒋森看情形不对，也不知道这两人在闹什么，赶紧说："要不穿我的吧。"

他也不能让太太冻着不是？

她要是病倒了，傅先生又得心疼了。说完蒋森就要把衣服脱下来。

傅景遇说："不用。"

他把自己的衣服脱下来，直接给了叶繁星。

他自己的老婆，怎么能穿其他男人的衣服？

叶繁星看着他递衣服给自己时候一脸严肃的样子，小心翼翼地把衣服接了过来："谢谢大叔。"

他还愿意理她就好！

她知道他是最心软的，就算生她的气，也不会真的不理她。

叶繁星刚穿上傅景遇宽大的外套，司机就开着车过来了。

在车上，傅景遇也没跟叶繁星说话。到了家里，叶繁星推着傅景遇的轮椅，和他一起回了房间。

她把包放下，又把还穿在自己身上的外套脱了下来，看向不跟自己说话的傅景遇："一路上没跟我说一句话，你打算一直当哑巴啊？"

她竟敢说他是哑巴？

傅景遇瞪向叶繁星，眼神更冷漠了。

他亲眼看到她的手机上出现了顾雨泽的照片，尤其是被他看到了，她还想把手机藏起来！

光是想到这里，他就觉得气愤。

叶繁星走过去蹲在他面前，望着他道："不生气了好不好？生气会长皱纹的，你再这样，恐怕要不了多久我都得叫你大爷了！"

"你叫一个试试！"

她叫他大叔他忍了，毕竟他的确比她大了七八岁。

可叫大爷，这个他实在忍不了。

她敢叫，他马上把她扔出去。

叶繁星笑了笑，眼睛笑得像花儿一样，讨好地道："不叫大爷。我错了，老公，不生气了好不好？"

虽然叶繁星总装傻，但其实心里跟明镜似的，大叔虽然嘴巴不承认，心里却很爱听这个称呼。

果然，傅景遇听到她这么叫他，眼神都柔和了很多。

他看着叶繁星问道："那你跟顾雨泽怎么回事？"

"什么怎么回事啊？"

"别装傻。"傅景遇提醒道，"那张照片。"

他都看到了，她还装。

明明知道他为什么不高兴，她就是故意气他！

太可恨了。

叶繁星握住傅景遇的手，解释道："是左煜发给我的，他说他们在喝酒，跟我一点儿关系都没有！"

"他突然发照片给你做什么？看不出来你们走得这么近。"

傅景遇的语气里醋意满满。

叶繁星笑了笑道："我们是同学，在班级群里说一下不是很正常吗？"

郁闷就郁闷在他们是同学，每天在学校里总是要碰到的。

傅景遇望着叶繁星："还有呢？"

他不傻，左煜不会突然给叶繁星发照片，肯定还有别的原因。

叶繁星也知道，大叔这么聪明，瞒不过他。

"今天顾雨泽找我了。"

"……"顾雨泽对叶繁星有想法这件事情，傅景遇是清楚的。

上次顾雨泽来找自己要自己成全他和叶繁星；那天叶繁星生日的时候，顾雨泽又想送礼物给叶繁星。

虽然他们都不提这个，但不表示这件事情不存在。

傅景遇说："他在学校里总骚扰你吗？"

如果是这样，那小子又欠教训了。

叶繁星笑道："没有，他平时在学校里都不跟我说话的，今天是第一次。可能是知道我跟你领证了吧，所以他看起来挺悲伤的。当初我跟他分手，是因为赵嘉淇在背后挑拨他误会了我。我看他好像很后悔的样子。"

傅景遇看着叶繁星，听完她的话，手慢慢地僵硬起来，低沉着声音问道："后悔了？"

女人大多心软，不管男的犯了怎样的错，只要对方回来认个错，女人就不记得那些不开心的事情，选择像圣母一样原谅对方了。

如果叶繁星也是这种无脑的女人，傅景遇压根不会吃醋，因为他觉得这种女人不值得自己帮她。

叶繁星望着傅景遇严肃的样子，知道大叔这是吃醋了，而且还是很厉害的那种吃醋。

她故意说："是啊！后悔了。"

傅景遇伸手捏了捏她的鼻子："好好说话。"

他知道她是开玩笑的。

如果真的后悔了，她不敢当着他的面说出来的。

叶繁星正经地道："都已经是过去的人，我有什么后悔的？前任就是前任，当时没有好好把握，现在又谈什么深情？而且，我知道如果我没有跟你在一起，他肯定连看都不会再看我一眼。只是因为看到我每天在你身边，他才会不甘心。"

男人都这样，只要是曾经属于自己的女人，就会有种这个女人一辈子都属于自己的错觉，哪怕自己不喜欢，也不愿意看到她去别人身边。

傅景遇捧住她的脸，声音温柔如水："以后他再来找你，记得告诉我。"

他发现叶繁星是个很理性的人，并不会沉浸在过去的感情里走不出来，这一点让他很满意。

做人就该拿得起放得下，不管两人当初是为了什么分开，但是既然错过了，这段感情就已经不值得留恋。

叶繁星点头："好。大叔最好了！"

她看得出来，比起吃醋，傅景遇更害怕她被顾雨泽纠缠欺负。

第九章

婚礼

周日早上十点，顾雨泽还在睡，家里的阿姨第三次来喊他："雨泽，起床了，你妈妈刚刚又打电话过来了。今天是你舅舅结婚，你赶紧收拾一下，去参加婚礼吧。"

傅景遇是他的亲舅舅，如果他不去参加婚礼，傅玲珑不会放过他的。毕竟傅玲珑不知道顾雨泽跟叶繁星的关系。

婚礼的时间是十二点。

顾雨泽从床上爬起来，去洗漱。他站在镜子前，一边刷牙，一边望着镜子里的自己，眼里竟然有血丝。

想到叶繁星要结婚，对他来说，每一天都是煎熬。

可就像左煜说的那样，现在的他，又能做什么？

参加婚礼的衣服，傅玲珑走之前就给他准备好了，就放在那里。他走出去，脱下自己身上的睡衣，换上西服。

婚礼是在酒店举行的，酒店是顾家名下的。顾雨泽到的时候，已经来了很多宾客，包括之前退了婚的苏父苏母，以及赵嘉淇母女。

顾雨泽刚进门，赵嘉淇的妈妈就看到了他，跟他打招呼："雨泽。"

顾雨泽之前去过赵家，赵妈妈对他很好。

赵嘉淇坐在母亲身边，看到这一幕，忍不住皱了皱眉。

顾雨泽走了过来，虽然他对赵嘉淇没好感，但是出于礼貌，还是过来跟赵妈妈打了声招呼："阿姨好。"

"你都好久没去我家里了，"赵妈妈说，"嘉淇说你一直在忙。记得去我家里啊，阿姨给你做好吃的！"

坐在他们这一桌的宾客，都是赵妈妈认识的，平时来往挺多的人。赵妈妈平时都要面子，看到顾雨泽，忍不住跟大家介绍："这是顾雨泽，我女儿的男朋友。"

她连说话的语气都是骄傲的。

在座的也许不是每个人都见过顾雨泽，可顾雨泽的名字，他们不可能没有听过。

傅家的外孙，傅玲珑的独生子，可以说顾家以后的一切都是他的。

赵嘉淇的爷爷其实是工人出身，赚的钱全部供了赵嘉淇的父亲上大学。

上了大学之后，赵父结了婚，老婆把所有的嫁妆都给了赵嘉淇的父亲，又让娘家帮了很多忙，帮他创业，赵家的生意才做了起来。

有了钱之后，他却跟他老婆离了婚，娶了赵嘉淇的妈妈。

在大家眼里，赵妈妈就是个"小三"一样的存在，所以平时都不大看得起她。

却没想到，今天竟然让她出尽了风头！

顾雨泽看着赵妈妈，说："您误会了，我跟赵嘉淇，已经分手了。"

如果是以前，旁人说他跟赵嘉淇的关系，顾雨泽懒得去解释。

可赵嘉淇国庆活动的时候，在学校里丢光了脸，他现在一点都不想跟赵嘉淇扯上关系。

顾雨泽的话声音不小，这一桌的人都听得见。

赵妈妈的脸色僵了僵，原本只是想出个风头，却没想到，竟然打了自己的脸。

偏偏她又不能发作，强撑着笑颜："那以后你还是经常来家里玩。”

“那我先去忙了。”顾雨泽没说要去，直接离开了。

赵嘉淇坐在位子上。之前妈妈一直问她和顾雨泽的事情，为了能够保住自己的零花钱，她都一直搪塞着，并没有说她和顾雨泽分手的事情。

没想到今天，竟然会发生这种事情，她有一种死定了的感觉。

坐在一旁化着浓妆的女人向来最喜欢在赵妈妈面前炫耀，看到眼前的画面，忍不住笑了笑：“你们家嘉淇真厉害啊，竟然跟顾雨泽谈过朋友。”

这句话放在这时候，完全就是讽刺的味道了。

赵妈妈看了一眼赵嘉淇，没想到这个女儿，不但没有跟她说和顾雨泽分手的事情，还一直骗她给零花钱，真的快要气死她了。

被旁人看笑话，被母亲责怪，赵嘉淇感觉这个地方再也待不下去，站了起来：“我去下洗手间。”

赵嘉淇跟着顾雨泽的方向去的，过去之后，看到顾雨泽正在跟顾长平说话。

父子俩穿着西装站在一起。站在顾长平身边，顾雨泽显得有些稚嫩。

“顾叔叔。”赵嘉淇鼓起勇气，走了过去。

她想起自己如今在学校里被那样对待，顾雨泽不理她，刚刚还那样对她，反倒胆子大了很多。

顾雨泽看到赵嘉淇，皱了皱眉，但赵嘉淇已经走了过来。

顾长平看着她，今天毕竟是傅景遇的婚礼，来的都是客人，他也没发挥自己怼人的功夫，只是略显淡漠地问道：“有事？”

这个小女孩儿一看就不是什么好人。顾长平身份摆在那里，平时来投怀送抱的女人不要太多。

类似于赵嘉淇这种的，想要勾引别人的，看着就讨厌。

赵嘉淇说：“今天傅叔叔结婚，我来参加婚礼，看到您，忍不住过来打声招呼。”

“是想跟我打招呼，还是想跟我儿子套近乎？”顾长平说话也直接。

赵嘉淇的脸色僵了僵。上次吃饭之后，她被顾长平怼得有点怀疑人生，本来以为今天会好一点，结果他这人说话怎么就这样啊？

一点都不顾及她是女孩子，给她留点面子。

顾雨泽站在一旁，也不看赵嘉淇，仿佛自己跟她什么关系都没有。

上次因为赵嘉淇捣乱，他就被父亲训得够惨了，如今可不敢再作死。

赵嘉淇望了一眼顾雨泽，心里一阵悲伤，曾经是最好的朋友，甚至还做过几天的恋人，现在……他对她却这么冷漠。

她握了握拳头，对顾长平笑道：“就算我对顾雨泽同学有想法，他也看不上我啊，毕竟他喜欢的人可是……”

赵嘉淇看向顾雨泽。顾雨泽听到赵嘉淇的话，反应过来她想说什么，瞪向她。赵嘉淇并没有像平时一样受他的威胁，故意挑衅似的说道：“叶繁星。”

“赵嘉淇！”顾雨泽终于气得出声。

当初因为苏琳欢跑了，傅家沦为笑柄。

大家虽然顾忌着傅家不敢当面笑话，但是背后把这件事情当成了茶余饭后的笑谈。

今天是舅舅结婚的日子，如果再爆出这样的消息，会怎么样？

舅舅心里应该会很难过，傅家的面子也会不保。

赵嘉淇看见他生气，并没有善罢甘休。他生气就对了！他刚刚是怎么对她的，也别怪她过分，她可从来都不是个愿意吃亏的人。

她对着顾长平道：“顾叔叔不知道，以前顾雨泽上高中的时候，跟叶繁星是同学，两人谈了很久的恋爱。就连现在，叶繁星跟傅叔叔要结婚了，顾雨泽也依旧对她念念不忘。”

之前顾长平不是说她年纪小？她就想看看，如果他们家人知道当初在学校里和顾雨泽谈恋爱的人不是自己，而是叶繁星，事情会变成怎么样。

顾雨泽望着赵嘉淇："你是不是疯了？"

虽然他放不下叶繁星，虽然他也想过舅舅和叶繁星的婚礼不要举行就好了，可是当赵嘉淇摆明了想来破坏这一切的时候，他却发现自己真的很生气。

舅舅从小就很疼他，而且在他心里，舅舅一直像个英雄……

傅景遇现在好不容易好了一些，怎么能够容许别人来看他笑话？

顾长平看了一眼顾雨泽，脸色很是严肃："她说的是真的？"

顾雨泽没出声，只是盯着赵嘉淇，眼里写满了气愤。

赵嘉淇还是一副温温柔柔的样子："顾叔叔，我说的都是真的。"

顾长平一张脸都垮了下来，瞪了一眼顾雨泽，对赵嘉淇说："你跟我来。"

一看他这副模样，赵嘉淇就知道叶繁星要倒霉了。

赵嘉淇得意地看了一眼顾雨泽，跟上了顾长平的脚步。

顾雨泽跟了上去，拽住了她的手腕："赵嘉淇，你到底想做什么？"

今天这样的场合，关系着傅家的脸面，绝对不能让她捣乱。

"你当着大家的面让我难堪，现在还管我做什么？顾雨泽，以前我们是朋友，所以我都听你的，可是现在……是你先不要我的。"

她就是要看顾雨泽被他家人教训！就是要看叶繁星被傅家所有人讨厌！

最好傅景遇今天结不成婚，傅家人和叶繁星都把脸丢尽了才好。

赵嘉淇推开顾雨泽，跟着顾长平去了休息室。

林薇从叶繁星的休息室出来，正好看到这一幕，忍不住皱了皱眉。

她今天是来当伴娘的，看见这种事情，当然是第一时间告诉叶繁星。

叶繁星现在正在休息室里，张心瑶和胡小知在陪她说话。

林薇走了进来，低下头，对叶繁星小声说了自己看到的一切。

赵嘉淇这个人一肚子坏水，她总觉得赵嘉淇在打什么坏主意。

今天这样的场合，可别出事了才好。

叶繁星穿着婚纱，头纱还没有盖下来，却美到极致。

听到林薇的话，她微微愣了愣。

赵嘉淇在傅家人面前一向不讨好，又在国庆活动上丢光了脸，以顾雨泽要面子的个性，肯定不会再跟赵嘉淇在一起。

自己又没做什么亏心事让她拿住把柄，赵嘉淇还能作什么妖?

但以防万一，叶繁星还是跟傅景遇发了个信息，免得赵嘉淇在背后捣鬼。

赵嘉淇跟着顾长平进了个没人的休息室："顾叔叔。"

顾长平看了一眼赵嘉淇，说："你坐吧。"

赵嘉淇坐了下来。

顾长平坐在椅子上，没有看赵嘉淇，眼睑低垂，眼睛望着桌上的杯子，让人看不出来他的情绪："你在外面说的话都是真的?"

"真的。"赵嘉淇说，"我不敢撒谎，这件事情学校里很多人都知道，您可以去查。"

顾长平没出声。

房间里很安静，赵嘉淇继续道："我一直劝顾雨泽放下叶繁星，那是他的小舅妈，——其实顾雨泽本来也放下了，可是现在在学校里，叶繁星总是跟顾雨泽纠缠不清……"

趁着这个机会，顾长平也愿意听，赵嘉淇把自己想说的话全部说了出来，也没忘记添油加醋，只要能让他们家里人讨厌叶繁星就行。

顾长平也没有阻止赵嘉淇，听得很认真，表情越发凝重。

就在这时他的手机响了，他站了起来，对赵嘉淇说："我先接个电话。"

顾长平走出门，赵嘉淇坐在椅子上，暂时松了一口气，一直揪在一起的手指，也慢慢松开了。

在顾长平面前说话，她真的好紧张。

其实她本来没想这么快把这件事情说出来的，可是现在，顾雨泽和叶繁星对她这么过分，就别怪她无情。

顾雨泽一直在休息室外，看到顾长平从里面走了出来，忙迎了上去：“爸，你不要听她胡说八道。”

他很担心父亲现在就把这件事情告诉外公外婆和母亲，如果他们知道了这件事情，肯定会很伤心吧。

顾长平看了一眼顾雨泽：“你敢说她说的都是假的？”

顾雨泽低下头，握了握拳头：“我跟叶繁星的关系已经结束了，她现在是舅舅的妻子……”

“顾雨泽，我真的为自己有你这样的儿子感到失望。”顾长平斥责道，“你在学校不学好，谈恋爱，我懒得说你。但是作为我的儿子，竟然连这么点破事都处理不好，还让人闹到家里来，我真是为有一个你这样的儿子感到丢人。”

要不是心疼老婆生孩子不容易，他真的想再生个女儿。免得看着这个儿子就恼火。

顾雨泽望着父亲：“我跟叶繁星交往的时候，她还没有跟舅舅在一起，我也不知道他们……”

“我说的是赵嘉淇！”顾长平瞪着他，“你看看这招惹的是什么女人？连个女人都收拾不好，废物！”

说完顾长平就走了。

十二点，婚礼快开始的时候，所有人都坐下了，只有赵嘉淇的位置还空空的。

顾雨泽坐在顾长平身边，看到了傅爸爸傅妈妈，以及傅玲珑脸上的笑容。

今天傅景遇结婚，一家人都很高兴。

他又忍不住望了一眼坐在自己身旁不动声色的父亲，没想到父亲竟然把赵嘉淇关了起来。

此刻，大部分人出来参加婚礼了，只有赵嘉淇被关在刚刚谈话的屋子里，打不开门，手机也没有信号，简直是求救无门，更别提看叶繁星的笑话。

不得不承认，父亲是真的有手段，竟然还能那么淡定地将赵嘉淇哄去休息室关起来。

很快，婚礼就开始了。

台上，司仪正在主持婚礼。

傅景遇，这个在江州市光提名字就有很多人知道的男人——听过他的名字的人很多，但见过他的人很少。

他之前一直在工作，很少回来，也很少在公开场合露面。

所以大家今天都很兴奋，想知道这个男人到底长什么样。

“下面欢迎新郎入场……”

司仪的声音让所有人都精神满满地望着同一个方向，甚至还有人拿起了手机。

大概两秒之后，大家就看到一个坐在轮椅上的男人被蒋森推了出来……

傅景遇今天穿着黑色西服、白衬衫，打着黑色的领带——标准的结婚礼服。

他坐在轮椅上，头发被往后梳，露出光洁的额头，配上精致的五官，显得英俊无比，一双眼好看得如同星辰……

如果……如果他不是坐在轮椅上，这该是多么完美的一个人啊！

人群里很快就有了议论的声音：“怎么是坐在轮椅上的？”

“听说是之前受了伤。”

“可是，这么久还没好？”

“好像是这辈子都好不起来了吧。要不然那位苏大小姐怎么可能放着这么帅的男人不要，直接跑了？”

“好可惜啊！长得这么帅，却要一辈子坐在轮椅上。”

“不止呢！我还听说他这样连生孩子都不行。谁要是嫁给他，就要守一辈子的活寡，估计还得一辈子伺候他。”

“……”

议论的声音连绵不绝。

这次的婚礼为了顾及傅景遇的腿，所以设计的是傅景遇先出来，叶繁星则从另一边的门进来，穿过宾客中间的红毯，被叶子辰送到傅景遇面前。

叶繁星穿着婚纱，从另一边的门进来，头纱盖在头上，她美到了极点。

然而宾客们的议论声是：

“现在的女人可真是越来越不要脸，为了钱宁愿嫁给一个残废。”

“残废又怎么样，人家可是傅家少奶奶，以后有的是钱花。这种快乐你可想象不到！”

“我又不缺钱，要是让我嫁过去守活寡，我才不干呢！”

…………

今天叶母也来了。虽然叶繁星之前说了要跟她断绝关系，但后来孙晴说，如果她结婚，自己的亲生父母都不在场，会传出闲话。

孙晴保证不会让叶母闹事，再加上想起平时母亲的确很怕孙晴，叶繁星才勉强同意让叶母出席。

此刻听了这些话，叶母的脸早就黑成了一团。

原本亲戚们看到婚礼这么隆重，说了不少好听的话，她开心得很，结果傅景遇一出场，一切都变了。

偏偏有孙晴在，她又不敢发作。

叶繁星手里握着捧花。等了这么多天，终于要嫁给傅景遇了，她的心怦怦直跳。

那些人说话小声，她又太紧张，什么也没听见。

宴会厅很大，红毯很长，傅景遇就在红毯的尽头等着她。叶繁星感觉自己走了好久，才终于走到傅景遇面前。

被那么多人看着，她实在是太紧张了。

傅景遇坐在轮椅上，望着走到自己面前的叶繁星。

他知道他的媳妇长得好看，但是看到她这副模样出现，还是被惊艳到了。

蒋森站在一旁看着这一幕，忍不住扬了扬嘴角。

看来傅玲珑不让傅先生提前看叶繁星穿婚纱的这个决定是对的。

现在，傅先生只是看一眼就看呆了。

“傅先生。”见傅景遇一直呆着，蒋森不得不小声提醒道。

傅景遇这才反应过来，对叶繁星伸出了手。

她今天很美，真的很美……

叶子辰把叶繁星戴着婚纱手套的手交到傅景遇手里，还对两人说了祝福的话。

傅玲珑站在一旁，因为离宾客席比较近，所以听到了他们笑话的声音。

好在叶繁星和傅景遇眼中只有彼此，根本没有听见这些，才没有被影响。

只是……委屈星星了。

如果傅景遇是好着的时候，叶繁星嫁给他，别人只有羡慕的份，谁敢像现在这样笑话她？

下午两点，大部分宾客吃完饭准备离开的时候，赵嘉淇还被关在休息室里。

她看着腕表上的时间，就这么被关了三个小时，心里憋着一肚子火，又气又饿，偏偏电话打不出去，又没什么办法，只能在这里忍气。

好不容易门被打开了，她急忙站了起来，出现在门口的是傅玲珑。

傅玲珑走了进来。她长了一张温柔的脸，一看就是好人的那种，可身上的气场，还是让赵嘉淇不敢放肆。

赵嘉淇硬是忍下了一肚子的火：“阿姨。”

傅玲珑望了一眼赵嘉淇，走了过来，态度礼貌：“不好意思，我老公有些事，忘了你在这里。”

傅玲珑态度礼貌，让人觉得顾长平并不是故意的一样。

可赵嘉淇心里清楚，就算顾长平去忙，真的忘了，但把她关在这里，又是怎么回事？

这一切明显就是故意的。

她忍不住笑了笑。

傅玲珑看着赵嘉淇："你笑什么？"

赵嘉淇说："因为我不懂，为什么你们都这样护着叶繁星？明明她……她在学校里跟顾雨泽交往过。我说的都是事实。"

这件事情，傅玲珑刚刚在外面听顾长平说过了，也知道为什么她老公会把赵嘉淇关在这里。

顾雨泽跟叶繁星交往过的这个消息，让傅玲珑想起第一次叶繁星来家里，顾雨泽见到叶繁星时候的态度。

她一直不懂，为什么顾雨泽看着叶繁星，会这么抗拒，态度会那么冷漠，可是现在她明白了，有些心疼自己儿子。

傅玲珑看着赵嘉淇："知道自己为什么会被关在这里吗？"

赵嘉淇僵了僵："因为你们都护着叶繁星！"

都是他们的错，他们一家人都帮着叶繁星欺负她。

傅玲珑望着赵嘉淇不服气的模样，笑了笑，目光落在自己修剪圆润的指甲上："刚刚你被关起来的时候，星星跟景遇的婚礼已经结束了。你要是聪明，以后在外面，不该说的话就不要乱说。"

赵嘉淇一听，就知道，这又是要护着叶繁星的意思了。

不公平！真的不公平！

"为什么？她跟顾雨泽交往的时候，又跟傅叔叔在一起……她不但背叛顾雨泽，让顾雨泽伤心难过，现在又在学校里跟顾雨泽纠缠不清……"

赵嘉淇的情绪有些激动。

她以为，当初傅景遇知道叶繁星跟顾雨泽的关系后，肯定会生气，可是没有，他甚至还像以前一样疼叶繁星。

她又以为，顾雨泽的家里人知道之后，至少会讨厌叶繁星，可看着他们这副模样，是又要护着叶繁星。

她不敢相信这个事实，所以一字一句，都像是吼出来的一般。

然而她的话还没说完，一个耳光，已经招呼到了她的脸上。

休息室里顿时静了几秒。赵嘉淇怔了一下，抬起头，发现傅玲珑的脸上写满了愤怒，眼神也是冷冰异常。

赵嘉淇怎么也没想到，看起来这么温柔的傅玲珑，竟然……动手打她？

傅玲珑已经抛弃了之前的礼貌，看着赵嘉淇：“你给我听好，这样的话，敢拿到外面去说半个字，别怪我不放过你。”

赵嘉淇不解地问道：“为什么……为什么你们这么相信叶繁星？”

傅玲珑看着这个愚蠢的女孩儿：“因为她是傅景遇的妻子，这个理由，够吗？”

“她家里什么都没有，爸妈还那么差劲，有什么资格成为傅叔叔的妻子？”反正都已经这样了，想说什么赵嘉淇就直接说了出来，也不再顾虑什么。

傅玲珑望着她，意味深长地说：“那如果，让你嫁给我弟弟，你会愿意吗？”

这个问题，直接问得赵嘉淇愣了愣。

让她嫁给一个坐在轮椅上的残废？让她嫁给一个连生育能力都没有的男人？

她才不要！

比起傅景遇，她会更喜欢顾雨泽……

虽然赵嘉淇没有回答，但傅玲珑已经从她的态度里面看到了答案。

傅玲珑说：“如果她真的跟顾雨泽有什么，就不会答应嫁给我弟弟。”

当初苏琳欢，还要怎么优秀？

可背景再好又怎么样？自身优秀又怎么样？都抵不过一个愿意真心对傅景遇的人。

赵嘉淇不甘心地道：“叶繁星只是为了钱！她家里没钱，所以，只要为了钱，她什么都可以做。”

傅玲珑望着这个傻子：“如果是为了钱，那为什么……她不选择顾雨泽？”

“因为顾雨泽不喜欢她。”

赵嘉淇的这句话，让傅玲珑笑了：“你错了！顾雨泽很喜欢她。”

傅玲珑了解自己的儿子。

就算顾雨泽什么都没说，回想他一直以来对叶繁星的态度，她就什么都明白了。

叶繁星明明有最好的选择，却还是选择了跟傅景遇在一起。尤其是今天，结婚，那些人都那样看她，这让傅玲珑怎么不心疼？又怎么好意思去计较她跟顾雨泽的那些过去？

赵嘉淇不敢相信地看着傅玲珑，好一会儿，都没能说出来话。

傅玲珑说："你年纪就跟我宝宝差不多，一个小女孩儿，就该有小女孩儿的样子，别成天就打些坏主意，这对你没好处。叶繁星既然已经嫁进了傅家，我们傅家的人就不会让任何人欺负她，希望你好自为知。"

傅玲珑说完，直接走了出去。

赵嘉淇一个人留在房间里，握住拳头，眼泪却忍不住落了下来。

她怎么也不会想到，叶繁星最后，竟然找了一个这么大的靠山，不管自己怎么努力，竟然都拿叶繁星无可奈何。

傅玲珑从休息室出来，看到顾雨泽正在门口，似乎是放心不下赵嘉淇这件事情。

他看到傅玲珑："妈。"

傅玲珑走了过来，望着自己儿子。她之前不知道顾雨泽跟叶繁星的事情，做了很多让他为难的事情。

她对着顾雨泽温柔地道："你要是累了，就先回家去休息吧。"

顾雨泽说："赵嘉淇怎么样了？"

"没事，我跟她打过招呼了。"人都是要脸的，自己话都说得这么明白了，相信赵嘉淇也该知道分寸。

听到母亲这么说，顾雨泽也放心了一些。

舅舅跟叶繁星结婚，他很伤心，可如果今天的婚礼真的出了什么差错，他也不会开心。

好在所有的事，算是风平浪静地过去了。

傅玲珑对顾雨泽道："我去看看你舅舅，你先回去吧。"

如果是平时，她会叫上顾雨泽和自己去看，现在她知道真相，就不做这些多余的事情了。

傅玲珑到了休息室，刚刚推开门，还没看到叶繁星和傅景遇，就听到两人的声音从里面传来。

傅景遇的声音低沉而有磁性："怎么样？舒服不舒服？"

"有点痛，轻一点……"

"没事，忍忍就好了。"

"啊……真的好痛啊！"

听到这里，傅玲珑不敢相信地瞪大眼睛。

虽然今天是两人结婚的日子，可在休息室里就……未免也太夸张了吧！

再也听不下去的她赶紧退出去，把门关上。

下一秒，却又扬起了嘴角。这么说来，景遇这身体是好了？

不错不错。

她仿佛已经看到一只小包子叫自己姑姑时的模样。

"大小姐。"蒋森走过来，看到傅玲珑站在门口，奇怪地道，"您怎么不进去？"

"我刚刚进去了。"傅玲珑准备先去忙正事，过一会儿再来。

蒋森有些奇怪地望着傅玲珑，没管她，就要进门去找傅景遇，突然又被傅玲珑叫住："蒋森。"

"大小姐？"蒋森停下脚步，不解地看着傅玲珑。

傅玲珑直接过来，拽住了他的胳膊将他拖走："我有点事找你帮忙。"

难得人家两个人在做正事，蒋森这时候进去，那不是添乱吗？

休息室内，叶繁星坐在沙发上，傅景遇帮她揉着脚腕："好点没有？"

叶繁星站了起来，走动一下试试："好像好了一些。还是有点疼，不过能忍。"

她穿了半天高跟鞋，还不小心把脚扭了，让傅景遇帮她揉一下。

他毕竟是个男人，把握不住轻重，疼得她嗷嗷直叫。

傅景遇坐在沙发上，对着叶繁星道："今天辛苦了。"

"有什么辛苦的？"叶繁星笑了一下，道，"那个……对了，他们吃饭应该完了，我去看看我朋友。"

因为傅景遇的特殊，所以他们都没有出去，饭就在休息室里吃的。

此刻想起自己的几个朋友，叶繁星觉得自己应该去打个招呼。

傅景遇说："去吧。"

之前化妆的休息室里，张心瑶和胡小知都在。叶繁星才到门口，就听见两人在说话。

胡小知问道："林薇去哪里了？"

吃饭的时候她们三个人一起的，结果吃完就不见林薇。

"不知道。"张心瑶没关注这个，只是拿着手机在玩。

"叶繁星什么时候来啊？"胡小知坐了下来，"要不我们先回去吧。"

"她忙完了肯定会来的，我们等她一会儿。好歹也要跟她打声招呼再走，要不然一声不吭就走，一点礼貌都没有。"

"好吧！"

叶繁星正要进门，就听见胡小知的声音："你说，叶繁星怎么想的，居然嫁一个坐在轮椅上的男人。"

"你乱说什么啊？"张心瑶抬起头来，看了一眼胡小知。

"又不是我在乱说。"胡小知有点不服气，"吃饭的时候你又不是没听见，那些人都在说，说叶繁星是为了钱才嫁的。难怪叶繁星平时那么有钱，买个手机都快一万块。而且她上次请我和林薇吃饭，一顿饭吃了好几百，那可是我一个星期的生活费。"

她本来还以为，叶繁星是跟赵嘉淇一样，家里有钱，却没想到她的钱都是这么来的。

她顿时有点看不起叶繁星了。

明明叶繁星家里比她家还穷，就靠着找了个有钱的男人，才翻了身。

可惜人家是因为残疾了才娶她的！

叶繁星站在门外，听到胡小知的话，忍不住握紧了拳头。

上次她是请了林薇和胡小知吃饭，那是因为她在微博上赚了钱，发了工资，一时高兴才想请自己的室友吃顿饭。

虽然傅景遇会给她钱，但除非是没办法的情况下，她才会拿来救急，其他时候都是存起来的。

就连当初傅景遇的爸妈给她的红包，到现在也原封不动地放着，更别提她会拿大叔的钱来挥霍。

她怎么也没想到，原来在胡小知眼里，自己竟然是这么不堪？

就因为她嫁给了傅景遇吗？

听到这里，叶繁星没有走进去，直接去了宴会厅。里面的人已经少了很多，只有一些和傅家关系比较近的人留下来在说话。

傅玲珑看到叶繁星，走了过来："你怎么出来了？"

"我想过来看看有没有什么可以帮忙的。"是她结婚，但所有事情都是姐姐在处理，她也想分担一些事务。

傅玲珑笑道："没有没有。我们都在这里，这些小事处理得好，你回去休息。"

"那我去跟我姑姑打个招呼。"叶繁星看到了好久没见的姑姑。

傅玲珑看到还有几个叶家的人在，说道："去吧。"

叶繁星的姑姑、孙晴、叶母，以及一个叶繁星不太熟悉的亲戚站在一起。

叶繁星走了过去，孙晴看到她笑了笑。

孙晴跟别人的看法不一样：不管傅景遇怎么样，叶繁星能够嫁进傅家就是赚大了。

叶繁星说："表姑今天辛苦了。"

"乖。"

打完招呼，叶繁星的目光落在姑姑身上："姑姑。"

叶繁星听说姑姑来参加她的婚礼还送了两千块钱的礼金。

这两千块钱对别人来说可能不多，但对姑姑来说，是很难拿出来的。

毕竟她家里有两个孩子，还有卧床养病的丈夫。

姑姑看着叶繁星，笑着道："结婚了就是大孩子了，以后到了别人家要懂事一点儿，知道吗？"

"嗯。"

姑姑一直很温柔，说的话也是为她好的。

那个叶繁星不认识的亲戚站在一旁，多管闲事地说："星星啊，你怎么想的，怎么就嫁了这么一个人？你妈妈也真是的，见对方有钱，也不管人怎么样就让你嫁了。"

有些人就是这样，好像不说点儿让别人不舒服的话会死。

叶母一听这话就不乐意了。什么叫为了钱？叶繁星嫁给傅景遇，她可是一点儿好处都没有捞着。

她生气地道："是她自己要嫁的，跟我有什么关系？"

不光是这个亲戚在说，好多亲戚也说了类似的话。叶母早就憋了一肚子火，现在人都走光了，她也就发泄了出来。

她说这话可不管叶繁星听了会不会难受。

叶繁星听了她们的话才知道，胡小知说的都是真的，原来今天来参加婚礼的，大部分人在笑话她。

毕竟有几个女人会嫁给一个坐在轮椅上的新郎？

孙晴不想被傅家人听到这些话，直接把她们叫走了。

叶繁星站在原地，感觉手心冰凉。

傅玲珑在旁边将这一幕看得清清楚楚，正准备走过去安慰叶繁星，就看到蒋森推着傅景遇停在了叶繁星身后。

叶繁星看到一起过来的蒋森和傅景遇，往前走了两步，停在傅景遇面前。

只要见到傅景遇，不管再不开心的事情，她都会压在心里，脸上露出好看的笑容："大叔。"

傅景遇握住她的手："不是说了别这么叫我？"

“那叫什么？”叶繁星看了一眼旁边的蒋森，“跟蒋先生一样叫你傅先生？”

“……”

傅景遇转开话题道：“事情都忙完了？”

“嗯。”叶繁星点头，说，“朋友们都回去了。”

两人跟傅玲珑打了声招呼，也离开了酒店。

回家的车上，叶繁星望着窗外，一直想着那个亲戚的话。

连身边认识的人都对她是这样的看法，可想而知那些并不认识她的人会怎样看待她。

这世界上大多的人见不得别人比自己好、比自己幸运，所以喜欢用恶意去揣测别人。

叶繁星发现，自己就是一个普通到不能再普通的人，并不是神仙，没办法完美地控制自己的情绪，想到这些还是忍不住会生气。

就在这时，一只温暖的大手伸了过来，将她攥紧的拳头握在了掌心里。

叶繁星愣了一下，看向旁边温柔的傅景遇。他很好，是这个世界上最好最好的人，坐在轮椅上又怎么样？

那些人这辈子都不会了解到大叔有多好。

叶繁星这么一想，心里好受多了。

她反而有点儿担心傅景遇会为那些闲话生气，双手握住他的手，说道：“能够成为你的新娘，是我这辈子最开心的事情。”

虽然她当初签下结婚协议只是临时被他拿来当新娘，但与他在一起的每一天，都是她最幸福的日子。

傅景遇也不傻，看得出来叶繁星这是想要安慰他。

她真是个傻瓜！

明明自己被那些闲言碎语气得要命，结果一转眼反倒安慰起他来了。

他抬起手，本来想揉揉她的头，但看着她的新娘发型，只好改成拍了拍她的肩膀，随后一本正经地道：“嗯，我也替你开心。”

“……”

蒋森坐在前排，听到这话忍不住笑了一声：“噗！”

傅先生这是要笑死他啊！

人家星星好好地跟他说句煽情的话，他还真是有够自恋的！

婚礼结束后，叶繁星回到学校继续上课。

虽然办了婚礼，但她的生活似乎没什么改变。

下课的时候，有几个同学拥了过来：“叶繁星，听说你结婚了，不发喜糖吗？”

“……”叶繁星望着这些人，“你们怎么知道？”

他们又是听赵嘉淇说的？

“你也太不够意思了，大家都是同学，你瞒得这么好。”

赵嘉淇不只说了，还发了昨天在婚礼上拍的照片。

虽然她没有拍清傅景遇的正脸，但现在大家都知道了，叶繁星嫁给了一个坐在轮椅上的男人。

有人看着叶繁星说：“你的动作还挺快的，还没毕业就把婚结了。”

“不过你也真是的，怎么不找个正常人结婚？你找我也好啊！”说这句话的是个男生，是用开玩笑的语气说的。

然而叶繁星的怒火一下子被这句话点燃了：“谁跟你说了我老公不是正常人？”

大叔哪里不正常？

他很正常！

然而被这些人说起来，他好像一个怪物似的。

见叶繁星发火，男生有些不屑地道：“你凶什么凶？你老公算什么正常人？连结婚都坐在轮椅上，有本事你让他来这里打我啊！”

叶繁星一个女的，当然拿他无可奈何。

偏偏她还嫁了个残废老公，男生可是一点儿都不怕她。

叶繁星现在被好几个同学围着，男生女生都有，也没有人出来帮她说话。

没有人愿意多管闲事，而且他们也的确无法理解叶繁星为什么要嫁给一个坐在轮椅上的人。

“马超，你过分了！”林薇就在叶繁星身边，认识这个男生，知道他是班上比较能来事的那种人，平时做事也很嚣张。

马超说：“是她先对我发火的！”

林薇说：“星星，我们先走吧。”

她知道这个马超不好惹，也不希望叶繁星跟他起冲突。

叶繁星望着马超：“你刚刚说，让我老公来这里打你，对吗？”

马超说：“是啊！他要是敢来这里，我跪下叫他爸爸。”

一个连站都站不起来的男人，就算知道自己的媳妇被欺负了，估计也不会管她。

所以，他没带怕的。

他的话刚说完，叶繁星就直接甩了他一个耳光：“用不着他来这里，打你只会脏了他的手。”

马超压根没想到叶繁星会动手。她难道不知道，在学校里打架会被处分的吗？

“叶繁星，你……”

他瞪着叶繁星，想动手，可他是个男人，而且这又是在学校。

赵嘉淇站在一旁，见叶繁星竟然动手，忍不住扬了扬嘴角。她没想到叶繁星的胆子这么大，竟然敢动手！

叶繁星是不想上学了吗？！

面对叶繁星如此愚蠢的举动，赵嘉淇不免幸灾乐祸起来。

叶繁星冷漠地看着马超：“不用叫爸爸，我没你这么大的儿子。”

叶繁星这一巴掌让旁边的人起哄起来：“超哥，你竟然被一个女人打了！”

“哇，真是丢人啊！”

“……”

揶揄的声音不绝于耳，马超恼羞成怒道：“你有种，竟然敢动手！

我今天不打你，因为我不打女人！但这件事情不可能就这么算了。”

言下之意他就是要去告状，让叶繁星被处分。

叶繁星望着他说：“我既然敢动手，就没什么好怕的。你们背后说我什么我不管，但是敢在我面前说，就别怪我不客气。”

叶繁星说这句话时想的是：不就是被处分吗？

她又没把这货打到缺胳膊少腿的，被记个处分就当是丰富人生经历了。

反正她是不能让别人欺负的。

然而这话听在别人耳朵里，就不是那么回事了。

叶繁星连打架都不怕！

天哪！难道她有什么了不起的背景？

马超被叶繁星气得要命，说话也不顾风度了：“你就是个不要脸的女人！为了钱连自己都能卖！你老公就是个残废，怎么了？我还说错了？这是所有人都知道的事情。你敢嫁，还不让人说了？”

话刚刚说完，马超就被身后的人一脚踹到了地上。他一时不防，直接跪在了叶繁星面前……

叶繁星站在他前面，这当然不是叶繁星动的手。

叶繁星抬起头，看到顾雨泽站在那里。他穿着白衬衫，外面套了件黑色外套，五官精致，眉毛浓密，脸上没有什么表情，眼神冷漠……

一看到他，大家都静了下来。

不只在班上，顾雨泽在整个系里都是出类拔萃的人。别看马超平时作威作福的，看到顾雨泽立马㞞了下来。

他觉得不理解：“顾雨泽，你打我做什么？”

难道他是为了帮叶繁星？

整个班上谁不知道，顾雨泽是从来不管这些闲事的！

而且平时就数顾雨泽对叶繁星最冷漠，其他人好歹还会和叶繁星说上两句话，就顾雨泽从来没和叶繁星说过话，甚至有人怀疑他们是不是有仇。

赵嘉淇站在一旁，看到顾雨泽，握紧了拳头。她没想到顾雨泽竟然会跳出来管叶繁星的闲事。

大家嘲笑叶繁星，他难道不应该开心吗？

毕竟叶繁星之前让他那么伤心。

她感觉自己压根看不懂顾雨泽了。

左煜一副吊儿郎当的样子，站在顾雨泽身边，看着马超嫌弃地道：“你爸妈生了你，就是让你欺负女生的？”

马超站了起来，抗议道：“我哪里欺负她？是她动手的。”

“你刚刚指着她说的那些话，我都想打你！你妈妈和你妹妹不是女人吗？有你这种同学，我都嫌丢人！”

“……”马超爬了起来，被左煜这么一说，也觉得有些理亏，看着一旁没出声的顾雨泽，没敢出声。说真的，左煜他还不算怕，但顾雨泽他是真不敢惹。

顾雨泽平时并不多管闲事，甚至很少与人交流，可那张让人神魂颠倒的脸上就是有一种说不出来的威严气势。

几乎他说什么，所有人都会站在他那边，仿佛他说的话就是真理。

女生们都迷恋他、崇拜他，男生们在他面前只会觉得自惭形秽。

毕竟这是个看脸的时代，长得好看的人就是有本钱任性。

顾雨泽望着马超：“我打了你，你可以去告状。”

他的眼眸很黑，眼神给人沉沉的压力。

马越并不想跟他结仇，笑着道：“都是误会！是我不好。今天的事情是我不对。”

他也不傻，看这模样，顾雨泽是想管这闲事。

这件事情得罪叶繁星他不怕，但如果得罪顾雨泽，怎么想都是亏的。

顾雨泽看了看马超道：“我最讨厌背后嚼舌根的人。”

这句话他虽然是对马超说的，然而在场的人都能够听见。

最尴尬的是赵嘉淇，总觉得顾雨泽这句话好像是故意在说她。

从学校出来后，顾雨泽跟在叶繁星身后，叶繁星一直往前走，没等他。

"叶繁星。"走了一会儿，他终于忍无可忍，开口叫住了她。

叶繁星停下脚步，看着走到自己面前来的顾雨泽。可能是因为他今天帮了自己，以至于看他的时候，她发现他比平时顺眼了一些。

叶繁星问道："有事？"

顾雨泽望着叶繁星，脸色无比严肃，看起来像是在生气："你是疯了吗？"

"……"叶繁星不明白自己做了什么，他就说自己疯了。

刚刚在学校里面，他不是还帮了她？

"我怎么了？"

顾雨泽看着叶繁星，无法理解她在想什么："你知不知道，打架是有可能被学校开除的？"

叶繁星低下头，看了看地上自己的影子："我知道。"

"既然如此，你还动手打人？"顾雨泽说，"以前的你从来不会做这种事情。"

她是出了名的乖宝宝，违反校规的事情是从来不会做的。

他没想到，今天的叶繁星竟然当着那么多人的面动手，她还真是不怕死。

顾雨泽的话让叶繁星微微一愣。是啊，以前她并不会做这些事情。

连她都有点儿不敢相信，在那种情况下，她会对马超动手。

可能她真的疯了吧！

明明这是她好不容易争取来的上学的机会，可听到对方那么嘲讽傅景遇的时候，她实在是忍不住。

当了这么多年的乖宝宝，叶繁星也没想过，有一天自己竟然会干出打人这种事。

叶繁星微微迟疑了一下，道："他欺人太甚，我总不能一直忍下去吧。"

听了她的话，顾雨泽却讽刺地笑了一声。

叶繁星看着他脸上浮出来的那抹复杂笑容，微微怔了怔，听到顾雨泽说："你这么生气，是因为他们说了舅舅的坏话吧？"

叶繁星是个很能忍的人，因为她没有背景，没有后台。在这个世界上，当你什么都没有的时候，除了忍，还能怎么样？

所以遇到问题，她也很会开导自己，直接无视那些不开心的事情，不让自己的心情受到影响。

像今天这样动手打人，完全不是她应该有的反应。

叶繁星看着他。

她眼中的情绪，让顾雨泽觉得好笑。

他忧伤地看着叶繁星："你从来没像这样爱过我。"

他能够清楚地感觉到：过去的自己和现在的傅景遇，在她心中的位置有着巨大的差距。

他心里难免有些不平衡，毕竟自己这么喜欢她。

她却从来……没有真的把他放进心底过。

叶繁星看着顾雨泽，没有回答。

她以前觉得自己很爱顾雨泽，可是现在回想起来，那时候的自己哪懂什么爱？不过是偶然间怦然心动地喜欢上这个男孩子，她就觉得自己这辈子好像要跟他一直走下去。

是他们错把喜欢当成了爱情。

如果那是真正的爱情，又怎么可能因为一点点误会以及别人的一两句挑拨就土崩瓦解？

叶繁星叹了一口气："顾雨泽，过去的事情都过去了。今天很感谢你帮了我。"

他摆出这副伤心的样子，反倒让她不知道应该如何面对他。

顾雨泽低着头道："我知道，当初是我不好，误会了你；是我轻信了赵嘉淇的话，才会跟你分手。只是……我想问问你，听到他们笑话你嫁给舅舅，你后悔吗？"

换成一般人，在婚礼上被人笑话，结个婚却被人看热闹，应该很后悔吧？

叶繁星说："我不后悔。"

如果不是傅景遇，她可能连出现在学校里的机会都不会有，为什么要后悔？

她永远不会忘记，在自己最绝望的时候，是傅景遇对她伸出了援手。

在她最悲伤难过的时候，只有傅景遇宠着她。

她没有丝毫犹豫的样子，让顾雨泽有些无奈地扬了扬嘴角。她不后悔，可他……后悔了！

顾雨泽很快就走了，左煜走了过来，看着叶繁星问道："你没事吧？"

"没事。"

"那我们先走了。"他知道叶繁星不会愿意让他们送她，也就不叫她一起了。

而且要是让傅叔叔知道自己跟叶繁星走得近，回头自己怎么死的都不知道。

叶繁星说："嗯。"

她看到顾雨泽跟左煜都走了，才独自走去地铁站。

傅景遇进门的时候，叶繁星正拿着手机躺在沙发上，手机上还有电视剧的声音，她却闭上眼睛睡着了。

傅景遇将轮椅停在她面前，望着她这副模样，无奈地摇了摇头。

看个电视还能睡着，他也真是服了她了。

他伸出手，从她手里把手机拿了过来。

手机刚离手，叶繁星就醒了，睁开眼看着出现在自己面前的傅景遇："大叔。"

傅景遇道："困了怎么不去床上睡？在沙发上不怕生病？"

最近天气已经变凉了。

叶繁星坐了起来："阿姨不是说你今天要晚点儿回来吗？"

"现在八点了。"

叶繁星看了看时间，才发现时间过得这么快。她看着傅景遇："那你吃饭没有？”

“吃过了。”他看着叶繁星，伸出手帮她把凌乱的刘海捋了捋，面色平静地问了一句，“听说你今天在学校里跟人打架了？”

“……”打架毕竟不是什么值得骄傲的事情，叶繁星心虚地否认道，“没、没有啊！”

傅景遇挑了挑眉：“没有？”

他看了叶繁星一眼，这一眼是在暗示她：他什么都知道了。

她想撒谎是不可能的！

叶繁星只能认命地解释：“就是一点儿小摩擦。”

晕死，又是谁在背后打她的小报告？

下午发生的事情，这么快就传到了大叔的耳朵里。

叶繁星望着傅景遇，问道：“左煜跟你说的？”

要不就是赵嘉淇？

怎么也不可能会是顾雨泽吧！

傅景遇挑了挑眉：“谁说的不重要。我记得以前蒋森跟我说过，你上学的时候是三好学生。什么时候三好学生也学会打架了？”

“……”叶繁星望着傅景遇严肃的样子，看起来大叔好像在生气。

也是，她这么大个人了，还在学校里打架，做出这种丢人的事情，大叔会生气也是正常的。

叶繁星说：“对不起，我以后不敢了！”

虽然是马超先招惹她，但不管是什么原因，她打架就是错的。

叶繁星是个聪明人，既然做错了事情，就不会跟傅景遇抬杠，只希望自己认错能够平息他的怒火。

傅景遇望着叶繁星：“为什么打架？”

“没什么，就是他们说话太难听了，我一时冲动没忍住。”叶繁星并不敢跟傅景遇说原因。

大叔因为受伤变成现在这个样子，他心中比谁都难过。

她又怎么能够再把那些人说的难听话说给他听？

傅景遇看着叶繁星，表情很严肃，也不说话，让人看不懂他在想什么。

叶繁星怕他因为这个就误会自己是个坏学生，不好好上学，还打架惹是生非，对着他露出一个讨好的笑容：“我知道错了，你就原谅我这一次好不好？我下次再也不敢了。”

傅景遇瞪了她一眼：“还想有下次？”

“没有，我保证再也不打架了。你别生气好不好？老公？”她说着，还伸手摇了摇他的胳膊。

“……”傅景遇算是看出来了，她只有心虚的时候才会这样叫自己。

他是这么好糊弄的人？

然而，他的脸色还是不争气地变得柔和了很多：“这次就先放过你，下不为例。”

叶繁星见他松了口，才松了一口气，问道：“对了，这件事情你到底是怎么知道的？是不是左煜跟你说的？”

“我回来之前，他给我打了个电话。”自从说过要当傅景遇的狗腿子之后，左煜倒是忠诚，叶繁星在学校里遇到什么问题，左煜都会第一时间给傅景遇汇报。

当然，左煜的本意是关心，说的通常是叶繁星在学校里遇到了什么麻烦。

这货聪明得很，知道傅景遇宠叶繁星，所以知道傅景遇最关心什么。

叶繁星皱了皱眉：“果然是他。多管闲事，我下次非得好好说说他。”

傅景遇望着她这副恨不得去找左煜算账的模样，说道：“我的人，你也敢动？”

左煜现在可是他的眼线，替他在学校里照顾叶繁星。傅景遇平时都在外面，学校里面的事情也不好去管。

叶繁星遇到什么问题，他没办法第一时间赶过去，但有左煜在，他可以稍微放心一些。

叶繁星看着傅景遇，听着他这句霸道无比的话，脑子一时不争气，又……想歪了！

她看着傅景遇道："左煜是你的人？你们什么时候在一起的？我怎么不知道？"

"……"傅景遇瞪了她一眼，发现她总是会把他跟别的男人扯在一起。

用一句话总结她的行为，就是：欠教训。

"洗澡了吗？"

"还没……"

"还不快去？"傅景遇冷着张脸说道。

叶繁星站了起来："哦，这就去。"

叶繁星去拿衣服，傅景遇盯着她的背影，目光在她看不到的时候，变得柔和起来。

她打架的原因，左煜都跟他说了。

傅景遇也知道，她受委屈了。

叶繁星刚进浴室，蒋森就进来了，站在傅景遇面前："傅先生您找我？"

"学校那边你去处理一下。"打架这种事情可大可小，叶繁星平时成绩好，各方面也都很努力，他不想让她因为这次的事情被处分。

蒋森说："是。"

他看着傅景遇，有些意外。

要知道，傅景遇是最讨厌别人在学校里惹是生非的。

傅家家教很严，就拿顾雨泽来说，家里条件再好，他也从来不敢在学校作威作福，更别说打架。

因为一开始家里人就说得很清楚，如果他在学校打架出了事，别指望谁去帮他。

傅家对孩子的教育一向很明确：你做什么都可以，但绝对不能做违法乱纪的事情。

就像打架，这本来就是不对的事情，如果顾雨泽在学校里打架，他们是不会去帮他说情的，有可能他回来还会被打一顿。

连顾雨泽都没有的待遇，没想到傅景遇竟然开口让自己去帮叶繁星打点。

傅先生也太护着叶繁星了吧？

蒋森问道：“那……雨泽少爷那边要不要顺便也打个招呼？”

傅景遇点头：“嗯。”

顾雨泽是为了帮叶繁星才动的手，这本来就是一件事情，当然一并处理了。

傅景遇看着蒋森，叮嘱道：“这件事情不要让星星知道。”

他就是想让她着急一下。惹了这么大的麻烦，如果让她知道他轻易就帮她摆平了，她以后不长记性。

叶繁星从来不做坏事，这是她第一次打架，心慌得很，就连第二天早上吃饭的时候话也很少。

傅景遇看着她：“哪里不舒服？”

叶繁星说：“你说，我不会被学校开除吧？”

“……”傅景遇无奈地看着她，“怕被开除，那为什么要打架？”

“我现在也很后悔。”叶繁星虽然当时出了气，但现在越想越觉得不值得，“大叔，你说我要是真的被开除了怎么办？”

她可不想当一个连大学都没毕业、被人笑话的人。

傅景遇望着她这副模样，道：“能怎么办，既然敢打架，就要敢承担后果。”

“我觉得你一点儿都不爱我。”见他不但不关心自己，还落井下石，叶繁星很是郁闷。

傅景遇望着她，笑了笑：“我什么时候说过我爱你了？”

“……”傅景遇这句话把叶繁星噎了一下。是啊！傅景遇虽然对她好，可从来没说过他爱她，只是因为自己答应了当他的新娘，他才对她好的。

她看着傅景遇，委屈巴巴地低下了头："那我今天晚上不回来了。你又不喜欢我，省得我回来还让你看着烦。"

"……"他什么时候说过不喜欢她了？

傅景遇突然发现，女人简直是这个世界上最难对付的生物。

傅景遇看着她道："你晚上不回来想去做什么？"

"我这么大个人，当然是想做什么就做什么。"仿佛自己的事情都与他无关似的，叶繁星故意道，"顺便找个小哥哥出去约会什么的，才不要在家里陪着某个老男人……"

老男人？

她竟然说他是老男人？

傅景遇的整张脸都垮了下来："你敢！"

看着他生气着急的样子，叶繁星很想笑。他还说不爱她？明明在乎她在乎得要死。

她看着傅景遇，故意气他："我怎么不敢了？我在学校里做什么，不告诉你你又不知道。"

蒋森走过来，不敢相信自己刚刚听到的一切。叶繁星不但说傅先生是老男人，还要去找小哥哥约会？

她怕是不知道自己会怎么死吧？

傅景遇望着叶繁星，明知道她是故意气他，可还是觉得生气。

上午，叶繁星去上课，傅景遇去了公司。

蒋森走进办公室，对坐在那里想事情的傅景遇说："傅先生，苏先生刚刚打来电话，约您晚上吃饭。"

这个月苏琳欢的父亲，已经是第三次约傅景遇了。

傅景遇沉着脸，没出声。

蒋森知道傅景遇很讨厌苏琳欢的父亲，道："知道您不想见他，我已经拒绝他了。"

傅景遇过了半晌，才无比严肃地问了一句："我很老吗？"

"……"蒋森望着傅景遇，"傅先生今年才二十七，哪里老了？"

这让今年都已经三十岁的蒋森有想撞墙的冲动。

傅景遇看了蒋森一眼："不老？"

蒋森愣了一下，随即反应过来："您该不会是还记得太太早上说的话吧？她是故意那么说的。"

没想到傅先生竟然还把这句话放在心上了。

傅景遇说："她才二十岁。"

大学里面全部是年纪跟她差不多大的男生，对比之下，他的确老了。

就在这时，傅景遇的手机响了。

他拿过手机看了一眼，发现是叶繁星打来的电话。

傅景遇给叶繁星的备注是：小可爱。

看到她的电话，他的眼神变得柔和起来，他按了通话键，对蒋森挥手示意了一下，让他赶紧离开。

蒋森走了出去。

叶繁星在电话里有些激动地说："大叔、大叔，告诉你一个好消息。"

隔着电话，他也能够感觉到她的兴奋。

傅景遇问道："什么好消息？"

"我没被处分。"叶繁星很是开心。她本来以为自己就算不被开除，也会被通报处分，结果辅导员只是把她和顾雨泽叫过去问了两句，连骂都没骂她。这个意外之喜，让叶繁星心情很好："晚上你想吃什么，我来做吧！"

好久没做饭了，她迫不及待地想要大展身手。

她高兴的时候，也就只有做饭才能表达她内心的激动之情了。

傅景遇说："都行。"

"那我下课以后，就直接去买菜。"叶繁星说，"你回家等我。"

"行。"傅景遇听着她开心的语气，扬了扬嘴角。

叶繁星还不知道，是他让蒋森帮忙打过招呼了。

但听到她这么开心，他也很开心。

下午，蒋森从外面进来道：“傅先生，晚上张总约您吃饭。”

张总就是上次送了叶繁星一块玉石的那个人。因为现在公司正在开发的那块地跟张总有合作，所以张总每隔几天就会想着请傅景遇吃饭。

“推了吧。”傅景遇说，“我今晚有约了。”

“有约？”蒋森不解地看着他，“我怎么不知道您跟别人有约？谁啊？”

“我媳妇儿。”傅景遇说这话的时候，都是骄傲的语气。

蒋森看着他道：“天天跟太太在一起，您不腻吗？在外面吃也是一样的，等太太下课了，就让她一起去吃饭不好吗？”

叶繁星也见过张总的，大家都是熟人了，吃顿饭再正常不过了。

蒋森不明白为什么还要为此推掉张总那边的饭局。

傅景遇抬起头看向蒋森，觉得他问的问题很可笑。媳妇那么可爱，自己跟她在一起怎么会腻？

而且，他跟叶繁星虽然每天都见面，但两人都是早出晚归，相处的时间并不多好吗！

蒋森被傅景遇盯着，有些尴尬地道：“怎、怎么了？”

“你没有女朋友吧？”傅景遇问道。

蒋森说：“没有。”

原本他有一个，后来对方嫌他太忙，就分了。

自从傅景遇受伤之后，他又一直在照顾傅景遇，不分白天黑夜地工作，更没有时间谈女朋友了。

傅景遇道：“难怪。”

他一个已婚男士，不跟无知的单身狗计较。

“……”虽然不知道傅景遇在想什么，但蒋森感觉自己受到了歧视。

傅景遇又说：“我看你还是赶紧找个女朋友吧！”

一点儿都不解风情，再这样下去，蒋森估计得打一辈子光棍。

蒋森道：“我尽量。”

他也想找啊！

可白天在公司忙，晚上在傅景遇家里忙，傅景遇走到哪里就把他带到哪里，他也很绝望……

不过，这些话他也不敢说给傅景遇听。

因为是傅景遇的要求，蒋森只好打电话推了张总那边的饭局。张总在傅景遇面前脾气也是好的，表示理解，下次再约。

忙完公司的事情后，傅景遇和蒋森就回了家。

傅景遇坐在窗前，一边画画，一边等叶繁星回来。

没多大一会儿，夕阳下，庭院的一角，就栩栩如生地出现在纸上，还多了一个俏皮可爱的身影。

望着自己的杰作，傅景遇忍不住扬了扬嘴角。

吴阿姨端了茶从外面进来："景遇，你饿了没有？要不我去做饭吧？"

"不用。"傅景遇说，"星星说了，她今晚做饭。"

平时他们在家，晚饭都是吴阿姨负责，不过今天叶繁星说了她要回来做，傅景遇就让吴阿姨放着了。

吴阿姨道："那星星什么时候回来？现在已经七点多了。"

"……"傅景遇看了看时间，才发现自己回来都这么久了，皱了皱眉，"她还没回来吗？"

就算去买菜，她也应该回来了啊！

吴阿姨说："没有。"

"再等等吧。"

他对叶繁星很有耐心。

吴阿姨只好走了出去。

这一等等到八点多，他也没见到叶繁星回来，外面天都已经黑了。

吴阿姨走了进来："景遇，你要不要给星星打个电话，看看她是不是遇到什么问题了，她怎么还没回来？"

生怕她出什么事，傅景遇忙取了手机出来，给叶繁星打电话过去，过了好一会儿，叶繁星才接：“大叔。”

“什么时候回来？”听到她的声音，傅景遇感觉一颗心被暂时安放下来。

真害怕她在路上出什么意外。

电话里，叶繁星的声音有些愧疚：“对了，我忘了告诉你，我这里有点儿急事，今晚就在宿舍里住，不回去了。”

原本她是想给他打个电话的，却没想到竟然忙到现在。

“急事？”傅景遇忍不住皱眉。他专门推掉饭局，回来等她几个小时，结果竟然被她放鸽子了？

而且听她这意思，如果不是自己给她打电话，她还不会想起他。

“等我回去再跟你说，我现在有点儿忙，先挂了。”

叶繁星也没有多解释，很快就挂了电话。

傅景遇望着手机，眼眸黯了下来。

蒋森从外面进来：“傅先生。”

看到傅景遇的样子，蒋森愣了一下。

刚刚还一脸开心、等着叶繁星归来的傅先生，现在怎么突然变得阴郁起来？

傅景遇望着画纸上面的女孩儿的身影：“她说她今晚不回来了。”

蒋森想起早上叶繁星跟傅景遇的对话：“不会是因为早上说的话才不回来的吧？”

叶繁星说，晚上不回来，还说要去找小哥哥约会。

蒋森刚刚说完这话，就被傅景遇狠狠地瞪了一眼。

蒋森感觉很冤枉。也不是他想这样猜，而是叶繁星早上说了那样的话，晚上就这样了，他只能这样猜啊！

他看着傅景遇，不敢面对傅景遇的目光：“我去让阿姨做点儿吃的。”

大家就等叶繁星的晚饭，结果到现在都没等到，快要饿死了。

蒋森出去后，傅景遇把面前的画板和画纸收了起来，心情莫名其妙地烦躁起来。那张好看的画，直接被他揉作了一团。

这是叶繁星第一次对他言而无信，也是她第一次这样说算不算话！

重点是，刚刚他打电话过去，她竟然连一句解释都没有就把电话挂了。

他有一种被无视得很彻底的感觉。

平时她在他面前大叔长、大叔短地叫着，对他亲热得很，可这一刻，他忍不住想，不在他面前的时候，叶繁星又是什么样的？

她的人生才刚刚开始，会不会她所有的温柔都只是装出来的？

她其实很讨厌他，讨厌得很？

傍晚，蒋森的车停在叶繁星的宿舍门口，然后他给叶繁星打了个电话。

傅景遇坐在后座上，表情严肃。叶繁星那天没有回家，这两天也一直没回家，都在宿舍里，甚至连个电话也没有。

傅景遇望着窗外，直到天色完全暗下去，才终于看到叶繁星的身影出现在路灯下。

她穿着牛仔裤和连帽衫，在夜风的吹拂下显得格外单薄。

这两天傅景遇一直在生气，此刻见到叶繁星，脸上也没有半点儿喜色。

他对她很好，在她心里却是个随时能被无视掉的人，这让他怎么能够不生气？

叶繁星走了过来，拉开车门上车。她一句话都没跟他说，整个人直接就扑进了他的怀里。

要知道，傅景遇可是一腔怒火，要来找她算账的。结果她这是什么操作？

她闭着眼睛靠在他怀里，一副疲倦到极点的模样。

车内很静，蒋森看着叶繁星这样，也没敢说话，默默地当着背景。

傅景遇望着埋在自己怀里的叶繁星。她的小胳膊环在他腰间，将他搂得紧紧的。

她就好像是走了很久很久，累得快要晕倒的人，靠在他的怀里，让他一句责备的话都说不出来，反而多出一种想要保护她的冲动。

蒋森默默地打开车门下车，将空间留给两个人。

傅景遇望着怀里的叶繁星，没有急着问话。

叶繁星在他怀里，安静得像是已经睡着了一般。

过了一会儿，傅景遇听到叶繁星咳嗽了两声。他低下头，额头贴上她的额头，发现她的额头很烫。

“你在发烧？”他严肃地看着她。

叶繁星说：“没有，就是喉咙有些不舒服。我好困，想睡一觉。”

说完，她在他怀里蹭了蹭，找了个更舒服的姿势——脸靠在他宽阔的胸膛上，睡了起来。

半个小时后，纪明远拉开车门，上来，望着将叶繁星抱在怀里的傅景遇：“怎么把我叫到这里来？”

他也是服了！

下了班人还没到家，他就被傅景遇打电话叫来了这里。

傅景遇并没有为突然把他叫过来的举动感到抱歉，眼里只有叶繁星：“她发烧了。”

纪明远递了温度计过去：“给她量一下体温。”

这个世界上，也就只有傅景遇能这么使唤他了。

测完了体温，纪明远又拿了些药，对傅景遇说：“还好，烧得不是很重。让她多休息。”

纪明远走后，叶繁星在傅景遇的怀里睁开了眼。傅景遇见她醒了，温柔地道：“先把药吃了。”

叶繁星接了药放进口中，又喝了水。

这两天天凉得很，傅景遇的关心好像是雪中送炭，暖得人心都化了。

她抬起头望了他一眼，与他的视线碰了个正着。

傅景遇望着她，问道：“跟我回家？”

她都两天没回家了，还把自己弄成了这副模样。

“……”叶繁星看着他，点头道，“嗯。”

她两天没睡觉，累得不行，可看到傅景遇，不知道为什么有一种格外温暖的感觉。

没多大一会儿，林薇把叶繁星的书包和电脑送来了车里。

她看了一眼叶繁星，对傅景遇道：“星星这两天睡得晚，饭也吃得少，她回去以后，您让她好好休息一下吧。”

虽然不知道叶繁星在忙什么，但看着叶繁星这样，林薇也很担心。

叶繁星看着告自己状的林薇，抗议道：“哪里有？”

这些话让傅景遇听到，她回去又要挨训了。

要知道，大叔一直管她管得很严。

林薇白了她一眼，忍不住笑道：“我还能冤枉你不成？”

蒋森看着林薇：“那就谢谢林小姐了。”

“不用谢。”

很快车子就离开了学校。

最近天凉，家里铺了毛茸茸的地毯，又有暖气，和冷冰冰的宿舍比，完全是天堂与地狱的差别。

叶繁星坐在沙发上，看着吴阿姨献宝似的把吃的都拿了出来：“星星，来，多吃点儿。”

“谢谢阿姨。”只要在傅景遇身边，各种好吃的应有尽有。

傅景遇望着叶繁星没说话，只是一直淡漠地看着她。

叶繁星被他盯了一会儿，有些心虚地道：“你不要听林薇胡说，我真的睡觉了，也吃饭了的。”

傅景遇并不听她解释，冷冰冰地吐出了两个字：“撒谎！”

黑眼圈都出来了，眼底还有血丝，一看，她这两天就是累到了极点。

就这样，她还敢说她好好睡觉了？

叶繁星见傅景遇不好糊弄，弱弱地低下了头：“我头疼。”

“……”

吴阿姨望着叶繁星的样子，道：“星星生病了，景遇你就别凶她了！”

“……”

一看她就是装的！

她怕自己骂她，所以装可怜。

傅景遇也懒得再训她。

算了算了！

谁让她年纪小。

因为吃了感冒药，有点儿犯困，所以叶繁星吃了些东西就去睡觉了。

睡到十一点多的时候，她醒了过来。

想起微博上的腥风血雨，她又爬起来打开了电脑……

傅景遇睡了一会儿，抬起头，就看到某人趴在电脑边上忙。

他已经弄清楚了情况。

大概就是叶繁星在微博上有一个账号，平时会用来写一些小故事，因为写得不错，人气还挺高的，现在越来越好。

但因为好起来了，结果让有的人看不顺眼了。

某个自媒体公司的人见她分走了一部分人气，就请了很多水军，开始在网上黑她。

叶繁星就是个透明的小新人，只想简简单单地在上面写一些故事，有时候给别人打打广告，还能有额外的收入。

她哪里抵得过别人有预谋地黑她？

无论她做什么都错。现在微博上已经是一片乌烟瘴气。

过了三个小时，叶繁星才关上电脑，感觉自己的脖子都快断了。

她坐在床上，没有急着躺下，而是发了一会儿呆，心里涌出一种删账号退出微博的冲动。

那些无中生有、颠倒黑白，甚至连她的家人都一起带上的恶毒评论，实在让她难以承受。

想到这里，她的眼眶都湿了。

叶繁星躺了下来，脑子里一片混乱。突然，旁边伸出一只大手握住了她的胳膊。

叶繁星怔了一下，迅速将自己的眼泪忍了回去，望着傅景遇："吵到你了？"

傅景遇搂住她，在她的额头上吻了一下："遇到问题了？"

傅景遇这句满含关心的话，让她的眼泪终于忍不住落了下来。

她强撑着的坚强也在这一瞬间崩溃，她有些绝望地道："我真的不知道自己还能怎么办。我又没有招惹他们，可他们就不肯放过我。"

这次的事情，对叶繁星来说简直就是祸从天降。

她没想到，自己不过是想要用尽全力去做好一件事情，竟然也会被别人嫉妒。

她几乎把自己休息的时间投到了上面，最后却弄得这样一个后果。

她怎么可能会不难过？

傅景遇望着叶繁星泣不成声的样子，伸出手帮她擦掉眼泪。

叶繁星红着眼眶，望着傅景遇："大叔，你有没有遇到过这样的问题？"

她的话，让傅景遇忍不住笑了笑："断了腿算不算？"

"……"他这句话，让叶繁星的心脏仿佛被狠狠地刺了一下。

是啊！

比起傅景遇遇到的事，她这点儿小挫折算什么？

傅景遇揉了揉她的脑袋，用平静的语气道："我记得，我在医院醒来的时候，医生说，我这辈子都站不起来了。那一刻我想的是，我还不如死了。家里人去看我，我受伤他们比谁都难过。也是因为他们，我才撑过来……其实想想，有的人生来就比别人少一只腿、比别人少一双眼睛，可是不也过来了吗？比起他们，我们已经很幸运了。所以，没什么好难过的……"

这是叶繁星第一次听见傅景遇说他受伤的事情。

为了安慰她，他故意提起自己的伤痛。

明明在他遇到的问题面前，自己遇到的根本算不上是问题，他却这样安慰她。

他越是装出轻松的语气，叶繁星心里越难受。

听完他的话，她不知道从身体何处涌出来的勇气，起身主动吻住了他……

接下来的两天都是周末，叶繁星在家里待了两天，有傅景遇疼着，日子还算快乐。

晚上，傅景遇在书房和蒋森谈事情。

她独自坐在房间的书桌前，终于还是忍不住打开电脑，登录了微博，发现她的消失并没有让那些人消停，反而让他们觉得她是心虚。

她最新的那条微博被骂到了两万多条评论。

就在这时，叶繁星翻到了一条让人意外的私信，是一个想跟她合作的公司发来的。

这时候还有人来找她？

叶繁星挺意外的，回了过去："我不想把自己的账号卖出去。"

之前洛雪所属的那家公司就来找过她，想要买她的账号，她拒绝了。也就是这样，她才会被他们针对。

对方竟然在线，很快回了叶繁星的信息："您误会了，我们只是想跟您合作。账号还是您自己的，您有绝对的权利管理，我们不会干涉您做任何事情。"

叶繁星不解："既然如此，你们签我做什么？"

她之前的账号还有点儿价值，但如今卷入这样的风波之中，连广告都不可能再接得到，就不提其他了。

"您的微博很有潜力，我们很看重。"

潜力？

叶繁星觉得不太对劲儿："你该不会是骗子吧？"

隔壁书房，蒋森开着电脑，望着叶繁星回过来的最后一句话，噎了一下。

没错，他就是跟叶繁星发私信想跟叶繁星合作的那个人，而这一切，当然是傅景遇的意思。

蒋森无奈地看向一旁的傅景遇，说：“太太没有答应。她看起来并不相信我。”

没用!

傅景遇嫌弃地看了蒋森一眼：“电脑给我。”

蒋森感觉自己被鄙视了。

他把笔记本电脑递到了傅景遇面前，看到傅景遇用修长的手指在上面打了一行字。打完了，傅景遇吩咐道：“明天是周一，安排个人去见她，跟她谈一下签约的事情。”

蒋森说：“傅先生，这件事情为什么不直接跟太太说呢？把事情搞得这么麻烦，您做的这些，还不让她知道。”

“她不需要知道。”

“……”行，你任性!

对这样的傅先生，蒋森简直无话可说。

傅景遇看着电脑，问道：“之前让你约见洛雪文化负责人的事情怎么样了？”

“已经约了明天上午十点跟他们见面。”

傅景遇想起叶繁星被他们逼到哭泣绝望的模样，眼眸幽暗：“你亲自去，这次的事情我想让他们得到教训。”

他们活着不好吗？偏偏要欺负他的老婆!

虽然傅景遇知道，在这个世界上没有绝对的公平，打压新人的事在每个行业都有，但欺负到他的小可爱头上，就是他们不对。

蒋森望着傅景遇的模样，点头：“好。”

他总感觉，一遇到叶繁星的事情，傅先生就很较真。

这几个月，傅景遇的注意力一直在苏家上面，这次却专门抽出时间来管叶繁星的事情，还在那些小公司头上耗费精力。

然而这些，叶繁星压根不知道。

天花板上凝结的水滴时不时滴落下来，落在肩膀上，冰冰的。

叶繁星脱了衣服，泡在浴缸里，想起微博上那个人最后发给她的那条信息。

她本来想对方还会说些什么来说服她答应，结果最后竟然直接给她发了地址，让她明天过去当面谈。

好巧不巧，那人也在江州市。

这让叶繁星觉得有点儿诡异，好像对方知道她是谁一样。

要知道，除了傅景遇，她从来没跟人说过这件事情。

洗完澡，叶繁星穿着睡衣出来。她的睡衣是长袖的蓬蓬裙，很保守。

傅景遇已经回来了，抬起头来看到刚刚洗完澡的叶繁星，顿了一下，将目光移开了。

即使她穿得这么保守，也依旧让他的身体难以抑制地有了反应。

叶繁星看着他这副模样，皱了皱眉。

他刚刚躲开了？她有丑到辣眼睛的地步吗？

叶繁星走了过来："大叔。"

"嗯。"灯光下，傅景遇淡漠地应了一声，手指修长，骨节分明，手里拿着一本书正在看。

叶繁星看着他："我有件事想请教你。"

"什么？"傅景遇翻了一页书，也不知道上面写了什么，压根没有看进去。

叶繁星把微博上私信自己的那件事跟傅景遇说了，然后询问他的意见："你觉得我应该去吗？会不会是骗子？"

傅景遇当时之所以只给她发了地址，就知道叶繁星肯定会问他的。

他给的那个公司地址，是江州一家挺大、挺正规的公司，叶繁星肯定会去网上搜一下。

傅景遇望着叶繁星，说："去看看吧！我感觉不像骗子。"

他说完这句，就发现叶繁星一直盯着他。

傅景遇怔了一下："怎么了？"

叶繁星猜测道：“这件事情不会跟你有关系吧？难道对方是你的朋友？你让人帮我？”

毕竟她的微博的事只有大叔知道。

傅景遇没想到她还挺聪明，竟然一猜就中。

可这时候他又不可能承认。

如果他承认，以叶繁星的个性，肯定不会接受他的帮助。

他否认道：“当然不是。他们是大品牌，产品遍布全国，我们家就是做小生意的。我哪里有那么大的面子？”

“做小生意的？”叶繁星不敢相信地看着傅景遇。

她从来不知道傅景遇是做什么的，只是平时看他的排场，觉得不像一般人。

傅景遇扬了扬嘴角，看着她一脸怀疑的样子，打趣道：“怎么，老公只是个小老板，你失望了？”

叶繁星坐了下来：“不是，我就是在想，看来做生意挺赚钱的，做小生意还能住这么大的房子。”

“……”傅景遇看了看自己家这个加上卫生间一百多平方米的卧室，端着脸，严肃地道，“还好吧，是姐的朋友介绍的，就给的成本价，并不贵。”

“还有这种操作？”叶繁星算是长了见识。

傅景遇一本正经地继续忽悠：“你也知道，姐夫是跟人合伙开发房地产的，所以认识的都是那些人。这房子可比市面上的价格便宜不少。”

“……”叶繁星看着傅景遇，“可我怎么听说，南川的房子就是姐夫开发的？”

傅景遇咳了一声，清了清嗓子：“姐夫是跟人合作的，事实上也不过就是帮人做事而已。”

“那我们刚来江州住的那套房子呢？”

“当然是租的。”傅景遇抬起头，望了一下天花板，“现在这套房子还贷着款呢，我现在负债累累，又只能坐在轮椅上，你会嫌弃我吗？”

说完他的眼神充满了委屈。

叶繁星觉得他是在开玩笑，可看他的眼神又像是真的。

她在心里嘀咕着，没有急着回答。

见她不说话，傅景遇伤心地道：“星星肯定嫌弃我了，早知道我就不跟你说真话了。”

“……”叶繁星怕他真的伤心，赶紧道，“我没有嫌弃你。没关系，等我赚了钱，我们一起还房贷。”

傅景遇见她终于信了自己的话，笑了笑，伸手握住她有些冰凉的手：“让你嫁给我，委屈你了，不过以后我会对你好的。虽然我有的不多，但只要是我拥有的，我都会给你。”

“……”他的掌心很温暖，声音又很温柔，叶繁星有点儿感动了。她想起那个人发给她的地址，这么说来应该只是碰巧：“那我明天过去那家公司看看。”

网上能够了解的东西不全面，也许当面聊过之后，她会有不一样的想法。

想到房子还有贷款，叶繁星顿时觉得责任感更重了。

她也要更加努力地赚钱，替大叔分担一些压力才可以！

过了一会儿，傅景遇上了床，看到叶繁星也爬上了床，拿了什么东西直接塞到他手里。

他愣了一下，望着手里多出来的卡：“这是什么？”

叶繁星解释道：“这个卡里面是我最近存的钱，还有就是第一次去你家的时候，爸妈给我的红包。虽然我知道不算多，但是你看看能不能派上用场吧。”

她上学花了傅景遇这么多钱，想想还挺惭愧的。

她从来没有问过家里的事情，还以为他就是这么有钱的，没想到还有房贷。

傅景遇眨了眨眼睛，望着自家可爱的老婆："你全部给我，你自己不用了？"

"没事，我有空可以出去兼职，反正平时也花不了多少钱。"就算微博上不能再接广告了，她也饿不死的。

傅景遇原本就是随便忽悠她，不想让叶繁星知道自己在背后帮她，却没想到竟然能听到她的这番话，心脏软得一塌糊涂。他将她搂在怀里，恨不得将她融进骨子里："不用了，你先留着！我工作这么多年也有些积蓄，家里虽然是做小生意的，但养活你还是可以的。等什么时候我需要了，我再问你。"

叶繁星说："那好吧，等你需要的时候，记得跟我说。我们既然结了婚，我也有义务为这个家付出。"

傅景遇看着她，她年纪不大，责任心倒是挺强。

"好。"他应了一声，随后在她的额头上温柔地吻了一下。

他想亲亲她，亲亲这个小可爱！跟她相处得越久，他就越喜欢她。她真诚而又坦率，让他怎么能够忍住不宠她？

他的吻暖暖的，叶繁星望着他，其实很喜欢被他亲吻的感觉，甜甜的，像糖……

第二天一早，傅景遇公司有重要会议，蒋森去见洛雪文化的人，叶繁星出去见了那个在微博上联系她的人。

人比她想象的靠谱，事情也谈得比她想象的顺利，她当场就答应了跟他们合作，签了约。

傅景遇开完会出来，蒋森和去见叶繁星的人都回来了。

负责去见叶繁星的人叫苏齐，是傅景遇的公司网络宣传部门的人："傅先生，叶小姐那边已经签约了。"

"嗯。"傅景遇点了点头，看向蒋森，"你那边呢？"

蒋森说："洛雪那边的收购合约已经签了。之前参与过这件事情的账号，晚上八点会集体公开道歉。"

"可以。"傅景遇说，"等他们道完歉，那几个人直接开除，账号全部收回来。”

蒋森和苏齐都愣了一下。

尤其是苏齐：“傅总，这样会不会太狠了？”

直接把人开除？

那几个账号都是洛雪文化那几个人苦心经营好几年才经营起来的，原本这次被收购，他们觉得是件好事，都很高兴，因为这意味着公司会有更大的发展。

结果下一秒就要宣布他们被开除，这……太狠了！

傅景遇看着苏齐，没出声，表情很是严肃。

蒋森对苏齐道：“你先下去吧。”

苏齐愣了一下，拿起文件走了出去。

蒋森看了一眼傅景遇，知道傅景遇这是在为叶繁星出气。

傅先生现在宠起老婆来，真是一点排面都不要了。

叶繁星坐车回到江府花园，一路上心情都很好。

苏齐承诺她，跟她签约之后，会帮她处理网上所有的负面言论。

而她只需要像之前一样，继续做自己的微博就行了。

当然这是有代价的，她以后的广告收入，会分给他们公司一部分。不过苏齐也说了，会帮她争取更多的广告。

“姐。”叶繁星刚到家，就看到叶子辰坐在自己家的沙发上。

顾雨泽、林薇、左煜也在，四个人正聚在一起打游戏。

“你们怎么都过来了？”

顾雨泽回道：“我让他们过来的。”

忘了说，顾雨泽前两天找了个借口搬进这里来了。他毕竟是傅景遇的亲外甥，看在姐姐的面上，傅景遇倒也答应了。

“你还真把这里当自己家了。”傅景遇不喜欢吵闹，顾雨泽却叫了这么多人过来，未免也太自作主张了。

面对叶繁星的嫌弃，顾雨泽从容应对道：“这是我舅舅家，可不就是我家吗？”

“……”他说得好有道理。

叶繁星好想打他啊！

林薇看着叶繁星，笑着问道：“星星，你要不要打游戏？我们正好差一个人，带你上分。”

不等叶繁星开口，叶子辰就说：“叫我姐打游戏，你会后悔的，她坑得要命。”

“……”叶繁星吐血，这果然是亲弟弟。

游戏面前就没有亲情了吗？

没良心的东西！

左煜倒是帮叶繁星说了话：“人家是女生，跟你一样？”

在他们你一言、我一语的怂恿下，叶繁星很快就登录游戏加入了他们，好好给他们展示了一下，什么叫作十足的……坑货。

傅景遇到家，蒋森推着他从门口进来，发现客厅里很是热闹，几个人正坐在沙发上开黑打游戏。

叶子辰一直在旁边吐槽叶繁星：“姐，你怎么跑到别人家的水晶里去了？”

“姐，你怎么被野怪打死了？”

“姐，你怎么不买装备？”

“……”

叶繁星现在不想打游戏了，只想拿东西堵住叶子辰那张嘴。

他们个个都玩得很好，而自己一直在送人头。

她想她可能就是那种四个大神都带不动的坑货。

她玩的是小鲁班，就在她背着小书包第十次被人抓，眼看着又要送出一颗人头的时候，我方打野像英雄一般出现了。

她竟然勉强逃过一劫：躲在旁边的草丛里瑟瑟发抖，眼睁睁地看着我方打野独自杀掉了对方四个人。

叶子辰：“队长厉害！”

左煜：“阿泽牛！”

林薇：“好帅啊！”

只有顾雨泽坐在一旁，很安静，一句话都没说，继续认真打游戏。

"……"过了几秒，叶繁星才反应过来。所以，刚刚救她的是顾雨泽？

她才不想承认，刚刚被顾雨泽帅到了。

"景遇，大家晚上都在家里吃饭吗？"吴阿姨从餐厅里走出来问道。

傅景遇应了一声："嗯。"

低沉的声音就在叶繁星的耳边响起，吓得叶繁星立马回过头。

叶繁星看着不知道什么时候出现在自己身后的傅景遇："大叔，你什么时候回来的？"

傅景遇面色平静："有一会儿了。"

"……"听完这句话，叶繁星感觉气氛有一点儿不对。

他来了一会儿，那这么说，刚刚的一切他都看到了？

看到顾雨泽刚刚救她，大叔应该不会多想吧？一定不会的吧？

只是，为什么她还是感觉到了阵阵凉意？

"姐夫。"就在这时，叶子辰礼貌的声音传了过来。

也不知道是不是这句"姐夫"的作用，无形之中，叶繁星感觉傅景遇的情绪缓和了很多。

这是她第一次觉得，这个弟弟还是有几分可爱的。

傅景遇看向叶子辰，只是简单地嗯了一声算作回应，然后就坐在叶繁星身边，看着她送出一个又一个人头。叶繁星感觉自己的脸都丢光了！

这游戏不适合她！

"不玩了！"一局游戏终于结束，叶繁星放下了手机。

叶子辰为自己的先见之明感到骄傲："我就说我姐很坑的吧！"

"你闭嘴。"

叶繁星白了他一眼，站了起来，发现傅景遇已经去了餐厅，直接跟了过去。

傅景遇坐在餐桌旁，安静地喝着水，不知道在想什么。

傅景遇看到苦着一张脸进来的叶繁星，目光温柔：“不玩了？”

“不好玩。”叶繁星在他身边坐下来，抱住了他的胳膊，“他们就会嫌我菜。”

傅景遇扬了扬嘴角，只是淡淡的笑容，却让人不禁神魂颠倒。

叶繁星望着他英俊的侧脸，可怜巴巴地问道：“大叔也笑话我？”

傅景遇握住她的手，话题转到正经事情上：“今天工作怎么样了？”

提到这个，叶繁星笑了起来：“我跟他们签约了，感觉挺可靠的。”

傅景遇望着她眼睛笑起来的样子，温柔地揉了揉她的脑袋：“那就好。”

能够看到她开心，也就不枉他为她花的这些心思。

叶繁星还很年轻，成功的路对她来说注定铺满荆棘，他能做的不过是在她需要帮助的时候拉她一把。

晚饭大家都在这里吃的。

傅景遇喜欢安静，话不多，所以大家都有点儿拘谨，总觉得傅景遇在他们眼里扮演的就是大魔王的角色。

而现在，这个大魔王正在给叶繁星夹菜，把好吃的都给她夹在碗里。

在座的都是单身狗，看着这一幕，只是默默地一边吃着“狗粮”，一边玩着手机。

有人给叶繁星发了QQ消息，她正在回复。傅景遇看着只顾玩手机的叶繁星，皱了皱眉：“认真吃饭，别玩手机。”

“哦。”叶繁星只好把手机收了起来。

其他几个人听到傅景遇的话，跟着放下了手机。

众人心中只有一个感觉：傅景遇好严肃！

但偏偏就是这样一个严肃得让人敬畏的人，对叶繁星又极宠，还帮她夹菜。

第十章
一直在她身后

吃过饭，他们还在玩，叶繁星回到房间打开了电脑。

一上线她就收到了“小天才”给她发的信息：“你也太厉害了吧！”

叶繁星问道：“怎么了？”

“之前黑你的那些人，集体在网上道歉了，还解释了，说是他们冤枉了你。”

叶繁星听了“小天才”的话，立马打开微博，果然看到那几个大V集体道歉的公告。

那些成天在叶繁星的微博上面晃荡的水军也不见了，现在来的都是一些对她表示理解、关心的网友：

“原来之前都是水军在瞎带节奏！”

“就是就是！现在网上的喷子真是越来越过分了，白的都能被他们说成黑的。”

叶繁星没想到苏齐办事这么有效率。

他白天才答应了帮她处理这事，现在她就看到了效果。

难道苏齐就是她传说中的贵人？

“小天才”继续给叶繁星发信息：“你是不是背后找到靠山了？”

"我签了家公司。"

"什么公司这么厉害？竟然一下子就把网上的水军收拾得干干净净。"

"……"

这个问题，叶繁星也想不通，打算下次见到苏齐的时候好好问一问。

叶繁星更新了今天的微博，站了起来，解决完这件大事，感觉一身轻松，走向了傅景遇。

傅景遇坐在沙发上，拿着手机不知在干什么，听到叶繁星跟他分享的消息，淡淡地应了一声。

"大叔，你在做什么？"见他反常地盯着手机，叶繁星好奇地走到了他身边。

平时他不是最不喜欢玩手机了吗？

结果这一看，让她惊讶地瞪大了眼睛。大叔竟然……在打游戏！

而且他打的还是今天她跟顾雨泽他们玩的那个游戏。

这让叶繁星忍不住多看了他两眼。她的直觉没有错，今天顾雨泽救她的事，大叔果然……放在了心上！

第二天早上，顾雨泽起床准备出门去上学的时候，看到了叶繁星。她穿着白色毛衣和牛仔裤，简简单单的，可眼底好像有光。

这和他前两天看到她那如同快要枯萎的花朵一般的神色，完全不一样。

叶繁星往前走着，见到顾雨泽拦在了自己面前，不解地看着他："你干吗？"

顾雨泽望着她白净的小脸："你没事了？"

"我能有什么事？"叶繁星觉得奇怪。

"你之前看起来很不开心。"顾雨泽盯着她的眼睛，澄澈的眼眸让她看起来更美丽迷人。

叶繁星愣了一下，没想到顾雨泽竟然留意到了这个。

难道前两天她的情绪真的有那么明显？

“你想多了。”叶繁星淡漠地看了他一眼，走了出去。

她习惯每天坐轻轨去上学。

这个点人挺多，叶繁星刚刚挤上车，就看到顾雨泽也跟着上来了。

“……”平时他都是坐车或者打车上学的，她还没见过他坐轻轨。

叶繁星望着站在自己眼前，比自己高一个头的人：“你想死？”

如果让大叔知道顾雨泽跟着她，他怎么死的都不知道。

顾雨泽淡漠地看了她一眼：“这里是你家的？为什么你可以来，我就不能来？”

“……”

从轻轨站出来，叶繁星看着还跟在自己身后的顾雨泽，主动叫住了他：“顾雨泽。”

顾雨泽语气淡漠：“怎么？”

“你不会是在嫉妒大叔对我好，想跟我抢大叔吧？”

顾雨泽僵了僵，看了一眼叶繁星。今天没有太阳，可她那张脸上就像是有最灿烂的阳光。过了几秒，他应了一声：“嗯。”

他承认了！

他居然承认了！

叶繁星被雷得外焦里嫩，从来没见过有人当“小三”还当得这么理直气壮的。

两人走到学校北门，正好碰到赵嘉淇从车上下来，一头层次分明的鬈发长至腰间，整个人就像公主一般骄傲。就算她之前在国庆晚会上面丢光了脸，也不影响她的美丽。

见顾雨泽和叶繁星都没有理她，她主动开口道：“星星。”

叶繁星选择无视。

赵嘉淇很快就厚着脸皮跑了过来，跟上叶繁星的脚步，顺便看了一眼旁边如清风朗月般的顾雨泽。

“你们俩一起来的？”

叶繁星语气冷漠："如果我说是，你是不是又想昭告天下？"

赵嘉淇说："我是那种人吗？就只是关心你们而已。星星，虽然我当初做得不对害得你俩分开，可是你应该想想，如果不是我，你能够嫁给傅叔叔，过得像今天这样幸福吗？"

"……"叶繁星从来没见过这么能往自己脸上贴金的人。

这么说来，自己还应该感谢她？

赵嘉淇温柔地道："而且之前的事情，我知道错了，你别生气了。"

"知道错了？"叶繁星看着赵嘉淇，意味深长地道，"你知道错了，还跑去辅导员那里告状，说我跟顾雨泽打架的事情？"

叶繁星和顾雨泽跟马超起了冲突，看在顾雨泽的面子上，马超压根没去告状。

然而这件事情还是被捅到了辅导员那里。

班上的人一直在打听是谁做的，大家都没有答案。

叶繁星心中却清楚。

能够做出这种事情的，除了赵嘉淇，还能有谁？

最近这些天叶繁星被网上的事情分了心，没有跟赵嘉淇算账，没想到赵嘉淇倒是自己找上门来了。

赵嘉淇望着叶繁星，无辜地道："这件事情不是我做的。"

"不是你？"叶繁星不相信，"还能是别人？"

整个班上就赵嘉淇最见不得她好，也最爱作妖。

赵嘉淇说："真的不是我，你现在有傅叔叔撑腰，我哪敢惹你？"

然而，她装得再可怜，叶繁星也不会相信她："不用解释，是不是你做的你心里清楚。"

赵嘉淇最爱做这种事，而且也最见不得叶繁星好。

叶繁星故意当着顾雨泽的面说出来，就是想让顾雨泽也认清这个女人是个什么样的人。

"是胡小知。"赵嘉淇见叶繁星不相信自己，索性把胡小知供了出来。

“她看傅叔叔坐在轮椅上，很看不起你，天天在我面前说你的坏话。你结婚的事情也是她说出去的，告状的也是她，你没被惩罚，她还很不高兴，最近天天跟我抱怨。”

叶繁星迟疑了几秒。

其实那天她结婚的时候，她听到了胡小知在跟林薇说那种话。

她嫁给傅景遇的事，所有人都不理解，觉得她疯了；也有人觉得她是为了钱嫁人。

赵嘉淇见叶繁星开始信了，眼中暗暗闪过一丝得意之色。

叶繁星望了赵嘉淇一眼，没说话。

进了教室，叶繁星发现胡小知已经到了。胡小知正在跟同学说话，看到叶繁星，脸立马冷了下来，就好像叶繁星欠她钱似的。

她是那种讨厌别人就藏不住的人。

赵嘉淇看着胡小知这副表现，忍不住笑了笑：胡小知这样正好坐实了她的罪名，叶繁星现在想不信自己之前那些话都难。

顾雨泽跟在叶繁星身后进来的，没有错过胡小知的反应，深黑色的眼眸黯了黯，去左煜身边的位置坐了下来。

林薇看着背着书包走过来的叶繁星，不敢相信地问道：“你们三个怎么一起来的？”

“路上碰到的。”

叶繁星刚坐下，就收到赵嘉淇私聊给她的消息：“你现在相信我的话了吧？真的不是我说的。”

叶繁星用的是拼音九键，很快回了过去：“这个对你来说很重要吗？你什么时候这样在意我的看法了？”

“我们曾经是朋友，虽然我做了错事，但都是以前的事情了。倒是林薇，你知道她加入顾雨泽的战队的事情吧？”

如果叶繁星之前还不知道赵嘉淇讨好自己是想要做什么，那么现在她知道了。

很明显，赵嘉淇现在是把嫉妒都转到林薇身上了，想离间自己跟林薇的关系！

她故意回复道："不知道。"

赵嘉淇说："她加入了顾雨泽的战队，每天跟顾雨泽在一起。她喜欢顾雨泽，才跟你做朋友，其实还不是为了利用你！"

叶繁星看着赵嘉淇发的信息，扬了扬嘴角。

真是讽刺。

赵嘉淇到底是哪里来的脸，好意思跟自己说这些话的？

当初为了接近顾雨泽，假意跟自己做朋友的是她才对吧！

叶繁星回了一句："谢谢提醒。"

赵嘉淇说："都是应该的。你现在真正的敌人不是我，而是林薇，可别让人把你卖了都不知道。"

"哦。"聊到这里，叶繁星忍不住笑了笑，懒得拆穿赵嘉淇，反正赵嘉淇是什么样的人，她心里一清二楚。

赵嘉淇见叶繁星没有出口怼她，提议道："星星，周末我们一起去逛街吧？好久没有跟你一起逛街了，我还挺怀念以前的，跟你在一起很开心，也很快乐。后来做出那些伤害你的事情，都是我不好，是我太喜欢顾雨泽才会一时鬼迷心窍。以后我们当回好朋友，好不好？"

"没空。"别说赵嘉淇是有目的才假意讨好自己，就算她是真心悔过，叶繁星也不会再跟她当朋友。

伤过自己的人，这一辈子她都不会再与之来往的。

这节课结束后，叶繁星看到顾雨泽站了起来，走到胡小知身边道："我找你有点儿事。"

胡小知望着站在她面前又高又帅的顾雨泽，不敢相信自己听到的话。顾雨泽跟她说话了！

天哪！顾雨泽竟然跟她说话了！

她紧张得心怦怦直跳，直到顾雨泽走了出去，她才反应过来顾雨泽说找她有事。

赵嘉淇坐在胡小知身边，望着这一幕，大概猜到顾雨泽找胡小知是为什么事。

还好自己将锅都推到了胡小知身上。

很快胡小知就走了出去。

林薇也看到了，凑到叶繁星耳边小声问道：“顾雨泽找她什么事？”

叶繁星皱眉。他不会是想找胡小知的麻烦吧？

胡小知出去后，看到顾雨泽站在那里，鼓起勇气跟了过去：“顾雨泽，你找我？”

顾雨泽回过头看着胡小知。胡小知人不高，一米五左右，站在顾雨泽面前显得很矮小。

他语气淡漠，并不像是在质问：“我打架的事情，是你告的状？”

胡小知怔了一下，才发现顾雨泽是来找她麻烦的。

也是，她这样的女生，长得普通，家世又普通，顾雨泽怎么会对她有别的想法？

她有些自暴自弃地道：“打架本来就是不对的。”

顾雨泽继续问：“叶繁星结婚的事情，也是你说出去的？”

“是我说的。”胡小知不是个很会撒谎的人，所以直接承认了，“我又没有说错。”

“呵……”顾雨泽扬起了嘴角，笑了一声，这个笑容却带着几分凉意，这意味着他生气了。

胡小知充满敌意地望着他：“我知道你很厉害，不过我又没做错什么。就算这些事情都是我做的，你能怎么样？”

他要打她吗？

她才不怕！

她就不信顾雨泽真的敢对她动手。

顾雨泽望着胡小知，觉得仿佛她已经认定了自己不能拿她怎么样。

打架吗？

顾大少爷不屑做这种事，而且这无疑是最蠢的方式。

可他也不是让人欺负的主！

难得见顾雨泽跟班上的女生有牵扯，所以有几个同学站在远处偷偷看着，听不清楚他们在说什么，只见顾雨泽伸出手放在胡小知的头顶，像是宠溺地揉了揉。

只有胡小知能够听见顾雨泽冰冷到了极点的声音：“放心，我不会怎样。”

胡小知几乎是发蒙的状态。顾雨泽这是做什么？

她似乎还能感觉到他掌心的温度，这种宠溺的味道让她几乎昏厥。

他平时都不怎么跟女生玩，连话都少，可现在他竟然就这样毫无征兆地摸了她的头……

叶繁星和林薇还在教室里收拾东西，准备上下一节课，突然听见外面一阵哗然，有个男生激动地跑进来跟大家宣布：“天哪！顾雨泽居然喜欢胡小知那一款！”

叶繁星和林薇很意外地望了一下彼此。

随即有目睹了一切的女生走进来，不平衡地道：“凭什么？凭什么是胡小知？顾雨泽怎么可以喜欢胡小知？”

换成是林薇、叶繁星、赵嘉淇……又或者是其他女生，她们都能够理解，可为什么是胡小知？

大多数人不喜欢条件比自己差的人得到比自己更好的东西。

像胡小知这样的人，在她们眼里压根配不上顾雨泽，不配得到顾雨泽的喜欢。

赵嘉淇听到这里，握紧了拳头。虽然不知道什么情况，但光是听到别人说顾雨泽喜欢胡小知就已经够让她生气了。

胡小知自己也是一脸蒙，进来之后听到有女生正在谈论她：“谁知道她用了什么卑鄙的手段？你看她那副模样，顾雨泽会喜欢她吗？”

“就是！太不要脸了！也不看看自己几斤几两。”

“想到她站在顾雨泽身边我就恶心！”

顾雨泽在洗手间里洗手，左煜站在一旁看着他将手洗了一遍又一遍，说：“她怎么招你了，你宁愿恶心自己也要让她被所有人讨厌？你又不是不知道你顾大少爷的魅力有多大！她会被你那些小迷妹的口水淹死的。”

顾雨泽沉默着继续洗手，一瓶洗手液都快被用完了，他总觉得还没洗干净。

左煜见他这样，知道他是不会说了，也不再问，只是在心里可怜了一下胡小知。

下课后，叶繁星刚到家，正好赶上顾雨泽打车回来。他看了她一眼，没出声，往里面走去。

叶繁星问道："听说你喜欢胡小知？"

顾雨泽白了她一眼："我没瞎！"

叶繁星说："那你就是故意让她被所有人讨厌？她今天中午吃饭的时候，被女同学排挤了。"

女同学们一个个看着胡小知跟看见小强似的，都离她很远，就连平时跟胡小知认识的一些女生也把胡小知当成了敌人，不让胡小知跟她们坐在一起。

之前胡小知试图发动大家笑话叶繁星的时候，大概没想到自己会弄得这样的下场。

顾雨泽一脸淡漠："她活该。"

叶繁星看着顾雨泽，揶揄道："好冷血啊！连女生都不放过。"

"……"顾雨泽白了她一眼。

他这是为了谁？她却一点儿都不知好歹。

两人说着话，先后进了屋。

傅玲珑正坐在沙发上，看到顾雨泽从外面进来："宝宝。"

顾雨泽皱了皱眉："你能不能别这样叫我？"

每次在人前还被叫宝宝，他觉得挺尴尬的，自己已经这么大了。

傅玲珑笑了笑，看着随后进来的叶繁星："你俩一起回来的？"

顾雨泽说："没有。"

叶繁星看着傅玲珑："姐。"

结婚之后到现在，叶繁星就没见过傅玲珑，傅玲珑最近一直挺忙的。

此刻看到叶繁星，她笑了笑："星星，听说你生病了，都好了吗？"

虽然知道叶繁星跟顾雨泽交往过的事情，但傅玲珑对叶繁星的态度依旧没变，一样温柔。

"就是有点儿小感冒，已经没事了。"叶繁星走了过来，"姐这两天很忙吗？"

"呃，还好。"傅玲珑解释自己今天的来意，"听说我宝宝跑来这里打扰你们，我过来看看。"

她觉得这个儿子真是太不懂事了，傅景遇和叶繁星新婚宴尔，他非要过来当"电灯泡"。

顾雨泽坐在沙发上说："我在这里挺好的。"

傅玲珑严肃地看了他一眼："你舅舅怕吵，你还跑来这里给他添麻烦，真是不懂事。"

虽然嘴上说傅景遇怕吵，但其实傅玲珑心里真正担心的是顾雨泽。

顾雨泽喜欢叶繁星，每天看着他们在一起，心里得多难过啊？

可是她最近给顾雨泽打了好几个电话劝他，他都很固执。

现在天又冷了，宿舍里可能比较冷，她就暂时放纵他在这里生活了。

有傅景遇盯着他，傅玲珑也放心一些，免得他在外面跟同学胡搞。

顾雨泽没说话。

傅玲珑望着叶繁星，笑了笑，对顾雨泽说："你去忙吧，我有话要单独跟星星说。"

顾雨泽看着嫌弃自己碍事的傅玲珑："你是来看我的还是来看她的啊？"

"当然是看她，顺便来看看你。"傅玲珑看了一眼自己儿子，"怎么，吃醋了？"

"……"顾雨泽站了起来，"算了，我肯定是从垃圾桶里捡来的，我还是找舅舅去吧！"

傅景遇今天在家。

顾雨泽很快就上了楼。叶繁星一看他这样，就知道他又是要去勾搭傅景遇了！

这个祸害！

傅玲珑望着叶繁星，问道："在这里生活还习惯吗？"

"挺好的。"叶繁星说。只要有大叔，哪里都好。

"那就好。我本来早就想过来看看你，只是一直没抽出时间。"傅玲珑的表情变得伤感起来，"你跟景遇结婚，大家几乎是在看笑话。他们觉得景遇站不起来了，背后没少说闲话。这些话传过来，爸妈那边心理压力也很大，我这段时间都在陪他们。"

傅玲珑的话让叶繁星顿了顿。她本来想，结婚应该是件开心的事情，不承想，最后竟然只是把悲伤放大了。

大叔只是站不起来而已，那些人有必要这般幸灾乐祸吗？

叶繁星担心地问道："爸妈怎么样？要不周末我和大叔回去看看他们？"

"还好。至少现在有你在景遇身边，他们也放心一些。景遇出事之后一直很孤僻，认识你之后才好了很多。现在你们结婚了，爸妈就盼着你俩能够好好的，不要出任何问题。"

叶繁星是傅景遇的希望，也是他们一家人的希望。

叶繁星说："大叔对我很好，只要是我能做的，我都会努力的。"

傅玲珑点头道："景遇相信你，我们也相信你。我知道星星很好，只不过外面会有很多人说闲话，我怕你会觉得委屈。如果你觉得难过了，就来找我，不管什么时候，我都在。"

叶繁星望着傅玲珑："嗯。"

那些背后嘲讽她为了钱嫁给残疾大叔的话，叶繁星听了的确很生气。

她知道，包括自己家的亲戚也在这样说。

但现在看着姐姐这样好，她真的什么气都没有了。

比起她来，大叔的家人才是最委屈的吧！

可变成如今的模样，也不是他愿意的。

傅玲珑望着叶繁星，脸色突然变得有几分凝重："还有就是……顾雨泽的事情。"

"啊？顾雨泽怎么了？"叶繁星不解。

傅玲珑说："你们结婚那天，赵嘉淇来找过我。"

叶繁星的心揪了一下，内心涌出一种不安的感觉。

她紧紧地盯着傅玲珑，听见傅玲珑说："她跟我说，你以前和顾雨泽交往过。"

"姐。"叶繁星脸颊发烫，不安地道，"我、我不是故意要骗你的。"

只是当时那种情况，她除了跟顾雨泽装作不认识之外，也不知道能怎么样。

她总不能当着所有人的面，说"我是顾雨泽的前女友"！

傅玲珑看着叶繁星紧张的样子，严肃地道："可是你已经骗我了。"

"我……"叶繁星感觉自己的心跳得很快。从第一次见面，姐姐就对她很好，她不想被姐姐讨厌，不想被大叔家里的任何一个人讨厌。

可是她跟顾雨泽的事情……她实在不知道应该怎么解释。

叶繁星不安地抓住手指，突然听见傅玲珑扑哧一声笑了出来。她看着叶繁星，说："我跟你开玩笑的，你这么紧张做什么？"

"……"只是开玩笑？叶繁星不敢相信地看着傅玲珑。她不生气？

傅玲珑道："我之前没跟你说，就是没把这件事情放在心上。我已经教训过赵嘉淇了。以后她如果再敢欺负你，你就告诉我。"

叶繁星迟疑地道："我跟顾雨泽的事情……"

"都已经过去了。"傅玲珑的声音温柔得有些不真实，她甚至没有听完叶繁星的解释，就选择了相信叶繁星，"顾雨泽也跟我说了，当初是他不懂事才会错过你。失去你，是他的损失。我也跟他说了，让他放下，不要再来打扰你。"

叶繁星听完她的话，都不知道应该怎么回应。

傅玲珑站了起来："好了，我去准备晚饭，你去休息一下，吃饭的时候我叫你。"

"我帮你。"叶繁星跟着站了起来。

今天的晚餐，因为有了傅玲珑的加入，所以气氛无比温馨。

顾雨泽不像之前一样挑衅叶繁星，叶繁星也就不跟他抬杠。

傅玲珑拿着勺子，给叶繁星盛了汤："星星，多喝点儿。你太瘦了。"

"谢谢姐。"叶繁星把汤接了过来。

其实她最近都有点儿胖了，但是这是姐姐亲手炖的汤，刚刚在厨房的时候她就开始馋了。

帮叶繁星盛完汤，傅玲珑就不管剩下的两人了。

顾雨泽说："妈，我也要喝汤。"

"自己动手。"

"我还是不是你的宝宝了？"他当了这么多年的亲儿子，却比不过一个才进家门几个月的叶繁星？

傅玲珑嫌弃地看了他一眼："不是。你不是不喜欢我这么叫你？"

"……"

叶繁星看了看一旁的傅玲珑，拿着勺子帮大叔盛了汤："大叔，多喝点儿汤。"

这对顾雨泽来说，简直是落井下石。

顾雨泽也不是愿意认输的人，把目标转向了傅景遇："舅舅，我也要喝汤。"

傅景遇看了他一眼，虽然眼神很冷漠，但还是好脾气地帮他盛了汤。

叶繁星："……"

这……这不公平！

刚刚顾雨泽在上面对大叔做了什么？

要知道大叔平时都不带搭理他的。

尤其顾雨泽喝汤的时候，还一直说："好喝。"

让人好想打死他！

傅玲珑问道："星星，听说你弟弟跟顾雨泽在一个战队？"

叶繁星点头："是。"

她到现在都不明白，顾雨泽把叶子辰加进他的战队想做什么。

"那挺好的，让顾雨泽关照关照他。"

顾雨泽正在喝汤，抬起头补了一句："都是他关照我。"

"那你还挺骄傲的？"傅玲珑白了他一眼，"星星弟弟应该比你小吧。"

"嗯，不过他的技术不错。"

"既然你们熟，就多带他来家里玩。我见过他，觉得他挺不错的。"

顾雨泽说："嗯。"

他们聊起叶子辰的时候，只有傅景遇没说话，坐在一旁安静地吃饭。

他跟叶子辰关系很生疏，也就昨天叶子辰才来家里吃了顿饭，两人连话都没说上几句。

傅景遇个性冷，年龄又大一些，跟叶子辰没什么共同话题。

他突然感觉桌下有一只手伸了过来，握住了他的手。

傅景遇抬起头看了叶繁星一眼。因为是在屋里，她的手心有点儿烫。

他看着叶繁星。不好好吃饭，她突然跑来撩他？

叶繁星恳求道："大叔，你有空的时候，我请子辰来家里单独吃顿饭好不好？"

傅景遇这才发现，叶繁星这是想要拉近他和叶子辰的关系。

他点头："好。"

"那你什么时候有空？"

"你决定就好。"她定了时间，他就算没空也会抽出时间来。

叶繁星说："那我回头跟子辰商量一下。"

顾雨泽坐在一旁望着两人的互动，眼神黯了黯。

明天上午没课，吃过晚饭顾雨泽就跟着傅玲珑回了家。

没有顾雨泽捣乱，家里很清静。洗过澡后，叶繁星躺在傅景遇怀里，拿着手机跟叶子辰发信息。

傅景遇道：“别玩手机了，睡觉。”

叶繁星拿着手机：“等等，叶子辰还没回我消息。”

傅景遇把她搂在怀里，她的头贴着他的下巴，两个人很是亲昵。

最近天冷，晚上两人这样躺在一起，感觉格外温馨。

叶繁星体寒，很怕冷，往年刚入冬，光是想到冬天的几个月，她就会觉得难受。

然而现在有了大叔在身边，她发现冬天也没那么可怕了。

两人等了一会儿，还是没等到叶子辰的信息，叶繁星有点儿不放心，坐了起来：“我给他打个电话。”

叶子辰平时回消息挺积极的。

傅景遇看着叶繁星坐了起来，拨通了叶子辰的电话。

等待电话接通的时候，她眉头紧锁，看起来很担心这个弟弟。

“喂。”好一会儿电话才被接起，然而对面不是叶子辰的声音。

叶繁星皱了皱眉，问道：“这不是叶子辰的手机吗？”

“是。我是他的室友，他发烧严重，晕倒了，现在在医院里。”

“……”叶繁星听完，头都大了。

昨晚叶子辰过来的时候好像就有点儿感冒的迹象，见不严重，叶繁星也没放在心上，怎么才一天就晕倒直接住院了？

叶繁星问了地址，从床上爬了起来，跟傅景遇说：“子辰生病了，我去医院看看他。我爸妈不在这边，也就我离他近一点儿。”

傅景遇说：“我陪你。”

“不用。”叶繁星看着傅景遇，说，“你早点儿休息，我让司机送我过去就行，现在时间也不是很晚。”

“那……路上小心点儿。”

“嗯。”叶繁星很快就换了衣服，对傅景遇说：“那我走了？”

“好。”傅景遇坐在床上，看着叶繁星走出门去，眼眸黯了下来。

如果他是正常的，不是像现在这样，就能够陪她一起去了。

“太太，到了。”司机将车停在医院门口，叶繁星从车上下来，对司机说：“谢谢。您去休息一会儿，回去的时候我给您打电话。”

“好。”

叶繁星到了病房。叶子辰正在输液，他躺在床上，看到叶繁星进来，喊道：“姐。”

叶繁星走过来，伸出手摸了摸他的额头：“怎么这么烫？你昨晚你干吗去了？”

“没有啊！吃过饭就回宿舍了。”叶子辰有些心虚地说。

“通宵打游戏？”

叶子辰说：“没有。”

看着他心虚的样子，叶繁星就知道自己猜对了。

她嫌弃地道：“叶子辰，你怕是要游戏不要命了！就算想打游戏，也不带你这样没日没夜打的。”

“姐，你这么担心我？”叶子辰看着叶繁星生气的样子，反而露出了笑容。

叶繁星望着他，嘴硬地道：“谁担心你？”

“你不担心我，这么晚还来看我。”明明病得一脸憔悴，他却还能笑出来。

叶繁星解释道：“我给你打电话，你室友说你住院，我能不来吗？总不能麻烦别人吧！”

叶子辰的室友已经回去了，叶繁星刚刚在外面跟他们聊了一会儿。

“那你这是把我当自己人？”叶子辰满脸期待地问。

叶繁星瞪了他一眼：“谁让你是我弟弟！”

两人从小一起长大的，叶父叶母又不在这边，她当然要关心他。

叶子辰说：“我还以为，你生妈妈的气就不拿我当你弟弟了呢！你现在都不怎么爱搭理我了。”

“我不拿你当弟弟，你就不是我弟弟了吗？”这个世界上永远无法摆脱的大概就是血缘。

就像叶母，再过分再讨厌，可那依旧是她的母亲。

叶子辰望着她，笑了笑。

叶繁星看着他嬉笑的样子，把给他缴住院费的单据给他：“这是给你缴的住院费，我已经替你还给你朋友了，等你赚钱了记得还我。”

“哦。”叶子辰把单子拿到手里，“好贵啊！”

“谁让你晕倒的？你室友担心你，就把你送来医院了。你要是知道贵，下次就别让自己生病了！”

“凶死了！”叶子辰望着她，说，“心疼我姐夫。”

“去你的！”叶繁星被他气笑了，“我只凶你，才不凶他呢。”

她从来没凶过大叔好不好！

因为明天上午没课，所以叶繁星没有回家，给傅景遇打了个电话，就留在医院陪叶子辰。

早上叶繁星去给叶子辰买早餐，回来的时候发现叶母来了。

听说叶子辰生病，叶母担心得一大早就从家里出了门，特地赶过来关心他。

叶繁星忍不住想起自己以前生病的时候，母亲知道她生病，就让她多喝点儿热水。

女儿和儿子的待遇的差别，还真不是一般大！

可能在母亲眼里，只有叶子辰才是她的宝贝吧！

此刻叶母担心地坐在病床旁边，看着叶子辰，语气温柔得要命：“怎么样？好点儿没有？生病了也不给妈妈打电话。”

“我没事。”叶子辰说，“姐照顾了我一晚上，其实你不用过来的。”

叶母看了一眼叶繁星，对叶子辰的话充满了怀疑：“你姐靠得住吗？她现在根本不把我们当成家人。”

叶繁星嫁给傅景遇时，她没有拿到一分彩礼钱，这也就算了，还在婚礼上成了别人的笑话。

现在所有人都知道她女儿嫁了个残疾人。

听着母亲嘲讽的话语，叶繁星把早餐放下，说：“子辰，我先回去了。”

“叶繁星。”叶母叫住她。

平时见不着叶繁星一面，现在见着了，她当然要好好说说叶繁星。

叶繁星停下脚步：“怎么了？”

叶母严肃地望着她：“子辰还没好你就要走，你有没有良心？当初我不让你上学的时候，子辰天天为你求情，想把自己上学的机会让给你。可你呢？你隔得这么近，还让他病成这样。”

叶繁星无语：“他生病跟我有什么关系？”

母亲这怪得也太可笑了吧！

她做错了什么？

知道子辰生病，她也是第一时间就跑过来的，守了他一晚上，到现在还困得不行。

叶母说：“你就是没有良心。子辰从小跟你一起长大的，叫了你这么多年姐，你结个婚也没有为他考虑一下。现在好了，彩礼一分钱没有，还让所有人都看我们家笑话。现在大家都知道了，我女儿嫁了个残疾人！我和你爸都抬不起头来。”

“妈。”叶子辰劝道，“你别这样说。”

“我怎么不能说？”叶母委屈地道，“我把你们养到今天容易吗？你爸不争气，我大着肚子还在外面给别人做事情赚钱，这个家全靠我撑着！结果我就养了这么一个没良心的东西。”

说到这里，叶母嘤嘤地哭了起来：“是，你姐是该恨我，恨我不让她上学，可我有什么办法？我还不是希望她能早点儿嫁个好人家，别像我这辈子一样，为了两个孩子，平时连件像样的衣服都买不起。她结婚那天，我穿的衣服还是你表姨给买的，就是怕丢了她的脸。可是她呢？你看她眼里有没有这个家？”

叶母哭泣的声音，让叶繁星心里很难受。

她以前只觉得叶母很可恨，可是听到她的这番话，却有点儿难过。

她知道，她的母亲上的学不多，拥有的东西也不多，格局就在那里，所以看不到上学的意义，总觉得女孩子上再多的学也是浪费……

她替母亲觉得可悲。

叶母其实比傅玲珑大不了多少，然而两人站在一起，旁人根本无法想象她们是一个时代的人。

一个活在顶端，养尊处优。

一个活在底层，辛苦操劳。

叶繁星回过头看了叶母一眼，那张脸上已经可怕地布满了皱纹，那些都是生活留在她身上的烙印。

“住院费我已经付过了，还有，这里有两千块钱，我知道你和我爸供子辰上学，生活很拮据。钱虽然不多，但希望你能够对自己好一点儿。”叶繁星把从包里拿出来的钱塞进叶母手里。

叶母本来以为叶繁星会像以前一样跟她抬杠，没想到竟然给她钱。

只是叶母仍板着脸道：“才两千，你当我是乞丐吗？”

叶繁星笑了笑道：“那能怎么办呢？你女儿就这么一点儿能力。这些钱都是我辛辛苦苦赚的，你要是嫌少，那我也没办法。我今天就先回去了。”

叶繁星看了一下叶子辰，走出了门。

她刚刚出来，就看到蒋森站在外面的走廊上。

看到蒋森，她有点儿意外：“你怎么来了？”

蒋森眼神复杂地说：“傅先生不放心你，让我过来看看情况。子辰怎么样？”

大叔……还真是时时刻刻想着她。

“没事，有我妈妈照顾他。”

自己也就算了，对子辰叶母上心得很，不会让他有事的。

蒋森点了点头，跟在叶繁星身后走出医院，他看着无比沉默的叶繁星，总觉得她身上有一种不符合她这个年纪的稳重。

想起刚刚自己在病房外面听见的话，蒋森有些意外，开口道：“我还以为，太太这辈子会跟你母亲老死不相往来了呢！她当初对你那么坏……”

“呵……”叶繁星笑了起来，不知道为什么，发现自己的眼眶竟然是湿的，“你知道吗，我妈妈以前也是疼过我的。我记得我只有八九岁的时候，她还不在现在的火锅店里上班，而是在帮别人挑砖，从一楼挑到六楼，一块只有几分钱，一天下来，勉强能够赚二十块钱，她会给我和子辰买好吃的……从那时候起我就告诉自己，总有一天我要赚很多钱来孝顺她。我不知道自己怎么能够赚钱，唯一能做的只是努力学习，所以成绩一直都不错。刚刚她抱怨的时候，我只不过是想起了以前……其实她也不容易。”

蒋森看着叶繁星：“既然如此，那为什么当初不让傅家给她彩礼？”

叶繁星听完，扬了扬嘴角：“她是我妈妈，傅家又不欠她什么。她虽然不容易，但也是个贪心的人，根本不会考虑其他的。如果让她尝到甜头，她会越来越过分的。”

孝敬母亲是她的责任，但不是傅家任何一个人的责任。

叶繁星回到家，吴阿姨看到她唤道：“星星。”

“阿姨好。”叶繁星忍不住打了个哈欠，真是困死了。

吴阿姨问道：“早餐想吃什么？”

“小面。”

“那你稍等。”

“好，我去洗把脸。”

叶繁星回到房间洗脸刷牙，出来的时候，看到大床上的傅景遇还没动静。

他竟然还在睡？

叶繁星钻进被子里，胳膊环住他的腰，趴在他的身上，语气软软糯糯地道：“老公，起床了。”

她刚刚洗完脸，手还有些冰，放进来后，听到他嘶了一声。傅景遇睁开眼，抓住她冰凉的小手，皱眉道：“怎么这么冷？”

“我刚刚洗完脸。”叶繁星忍着笑道，“冰到你了？”

他温柔地把她的手拢在掌心里：“医院冷吗？”

“还好，不算冷。”

傅景遇望着这个趴在自己身上的小丫头，把她抱在怀里，想给她暖和暖和。

没过多久，门口就响起敲门的声音，是吴阿姨：“星星，面煮好了。”

叶繁星望着傅景遇，在他的额头上吻了一下，讨好地道：“我去吃饭，吃完回来睡觉，我现在困得要命。”

不等他发表意见，叶繁星当他同意了，很快就下了床。

她去楼下吃完面，又睡了一觉，才去学校上课。

叶繁星刚进教室，就听见几个男生在讨论：“这谁啊？好漂亮啊！”

“听说是音乐系新来的老师。”

“老师？不会吧？她看起来这么年轻！我决定了，从现在起她就是我的女神了！”

叶繁星坐了下来，对着林薇问道：“他们在谈什么啊？”

“你上论坛看看就知道了。”

叶繁星打开论坛，看到今天最火的那条帖子，标题是：音乐系新来的老师，简直是仙女下凡。

仙女下凡？

现在能想出这样的形容词，也是没谁了。

叶繁星漫不经心地点了帖子进去，里面只有一张照片，很明显是偷拍的，没有任何滤镜……可只是看一眼，叶繁星就愣住了。

难怪他们讨论得这么激烈！

这照片上的人是真的很好看。

她只能安慰自己：可能照片上这人，本人没这么好看吧！

否则，这还让不让人活了？

顾雨泽走进来，看到几个男生讨论得很激烈，忍不住往他们手机里的照片上扫了一眼，脸上的表情瞬间僵住了。

她怎么回来了？

顾雨泽下意识地看了一眼叶繁星，发现叶繁星正在看手机，看得很认真。

叶繁星翻看着论坛的帖子，上面的评论都是在夸这个女人的。

“她本人比照片还好看。”

“不会吧？”

下午，叶繁星正在食堂打饭，听到旁边的两个男同学还在讨论这个女人。

傅景遇晚上有应酬，叶繁星回去也是一个人吃饭，所以就准备留在食堂陪林薇吃完饭再回去。

这时候在食堂吃饭的人很多，叶繁星刚坐下，就看到了胡小知。

胡小知拿着刚刚打好的饭找了个空位置准备坐下来，一个女生抢先一步占了那个位置：“这里已经有人了。”

“是我先来的。”

胡小知有些生气，就因为昨天顾雨泽碰了她一下，以至于现在所有人都把她当成了仇人。

这些人有必要这样过分吗？

那个女生看着胡小知，嘲讽地笑了笑道：“你先来的？你有什么证据？这个位置我们一开始就占了。”

胡小知看着对方，就要发作：“你……”

就在这时，从旁边走过来的两个女生故意撞了她一下，直接把胡小知的饭撞到了地上。

“抱歉。”那个撞了胡小知的女生道歉道，然而语气里并没有惭愧的意思，“麻烦你去重打一份吧。”

现在吃饭的人很多，大家都在排队，要排很久才能打到饭，这个撞胡小知的女生明显就是故意的。

看着眼前这几个合起来挤对自己的女人，胡小知委屈地流下了眼泪。从昨天开始，这些人就合起伙来挤对她，对她实行冷暴力，真的太过分了！

“哭了？”刚刚跟她抢位置那个女生嘲讽地道，“怎么一个人来吃饭啊？顾雨泽没陪你来？也是，你长成这样，要是他跟你一起吃饭，估计吃不下去吧。”

几个女生欺负完胡小知，就继续去吃饭了，只留下胡小知和打翻在地的饭菜……

就在这时，一个温柔的声音在胡小知身后响起：“同学，你没事吧？”

胡小知红着眼睛，看向这个唯一还愿意跟自己说话的人，险些以为自己看见了仙女。这人好美！

与此同时，周围所有的目光也都被这个女人吸引过来。

同样是美到极致的女人，在这个世界上也分两种，一种会让所有女人都嫉妒，另一种则是让人连嫉妒都嫉妒不起来，只恨不得自己能够有一张跟她一样的脸。

而这个跟胡小知说话的女人，就是第二种。

所以，大家看到她都只觉得羡慕、惊艳，完全被她的美貌征服。

胡小知说：“我没事。”

这个长得像仙女般的女人笑了笑，这一笑更加让人为之倾倒：“你要是不介意，先吃我的吧。”

“不……不用了。”

“我们去那边坐。”女人一手端着饭，一手握住胡小知的胳膊，将胡小知拉到了一个位置上坐了下来。

她把自己的饭递到胡小知面前，又从口袋里拿出纸巾递给胡小知。

胡小知迟疑地看着她，女人微微一笑道：“嗯？”

胡小知只好接过纸巾。

周围的女生们望着这一幕，小声议论起来：

“她不是今天论坛上说的新来的那个老师吗？”

“不会吧？不怎么像啊！”

是不像……因为本人比照片上的样子还要美！而且整个人看上去一点儿架子都没有。

林薇坐在叶繁星身边，说：“我有点儿不想活了。”

叶繁星深有同感：“我也是。”

叶繁星本来想着，本人怎么也要比照片丑上那么一点点吧！结果……这女人皮肤白得跟磨过皮一样，而且气质是真的好，只是这么一个举动，已经圈了一拨粉。

“天哪！我什么时候才能长得像她这么好看？”

“我也想啊！”

胡小知在她的注视下把眼泪擦干净，对上那双让人如沐春风的眼睛，感觉自己彻底沦陷了。

顾雨泽和左煜从外面进来，正好看到这一幕。顾雨泽现在讨厌胡小知讨厌得很，就要看胡小知被所有人欺负，结果一来就看到胡小知跟那个女人坐在一起。

胡小知也看到了顾雨泽，下意识地低下了头，不想与顾雨泽对上视线。

左煜站在顾雨泽身边，一脸严肃地道：“她怎么也在？”

他认识顾雨泽以前，虽然跟傅家的人走得不近，但苏琳欢他还是认识的。

顾雨泽直接走了过去，停在她们的桌边。

胡小知低着头，如同小鸡见到老鹰。

尝到了教训之后，她现在算是明白了，顾雨泽是她惹不起的人。

顾雨泽却没有看胡小知，而是盯着胡小知面前的女人，眼神很冷。

察觉到顾雨泽的视线，女人抬起头来，看着顾雨泽微微一笑道：“阿泽，好久不见了。最近怎么样？”

她没有任何愧疚之色，也没有任何不安！

顾雨泽很难想象，她消失这么久，竟然一点儿都没变，看到自己还是像以前一样。

以前苏琳欢跟傅玲珑走得近，又成天出入傅家，顾雨泽在她眼里就像是家里的一个晚辈，她对顾雨泽也很好。

可是任由顾雨泽怎么想，他也想象不出来，这个女人在消失这么久之后回来，为什么竟然没有半点儿愧疚之意。

她抛弃了受伤的舅舅，竟然还敢这么坦然地跑回来？

“你回来做什么？”傅景遇结婚之前，她一点儿消息都没有。

傅景遇刚结婚，她就回来了！

呵！

苏琳欢微笑着，无比从容地道：“有些事回来处理一下。你妈妈怎么样？回头记得帮我跟家里人问个好。”

顾雨泽皱眉。

家里人？

谁跟这女人是家里人？

他看着苏琳欢，语气很冷：“你的脸还真大。”

左煜怕他生气闹出什么，赶紧走过来将顾雨泽拖走：“我们去吃饭吧。”

胡小知在一旁看了半天热闹，见顾雨泽走了，对着苏琳欢问道：“老师，你跟顾雨泽认识？”

苏琳欢微笑道：“亲戚家的小孩。怎么，你很怕他？”

“他很讨厌我，就是因为他，我才会被所有人讨厌的。”说到这里，胡小知的眼泪都落了下来。

苏琳欢拿了纸巾帮她擦了擦眼泪：“别哭。”

周围的男人们看着她呵护胡小知的模样，发出一片羡慕之声：“我要做她手中的纸巾。”

“好美啊！个性还这么好！”

“真是长得美，心灵也美！”

有人还主动把自己打的饭贡献出来：“老师，你吃我的吧！”

“谢谢，不用了。”苏琳欢微笑着拒绝。就近看到她的笑容的人，感觉自己幸福得快要晕过去了。

叶繁星和林薇坐在一旁，没有错过这夸张的一幕。

林薇说：“天哪，她真的太漂亮了！”

也不是只有男人才会喜欢美人，女人也是一样的。

这种没有侵略性的美，才是最让人羡慕的。

就在这时，旁边桌上的同学说了一句：“我有个音乐系的朋友说，这个新来的老师叫苏琳欢。”

苏……琳欢？

叶繁星正在夹菜的手顿了顿，她抬起头来，往女人那个方向多看了几眼。

她是苏琳欢？

叶繁星想象过苏琳欢是什么样的人，认为能够在大叔最艰难的时候抛弃大叔的女人，即使长得漂亮也不会漂亮到哪里去，毕竟相由心生。

可是……这个女人身上，让人感觉不到半点儿戾气，甚至明明知道她是抛弃别人的女人，叶繁星也没办法把这两个身份联系起来。

她有点儿怀疑，可能只是两个名字相同的人。

第 十 一 章

那个女人回来了

今晚傅景遇回来得晚。

叶繁星去医院看了叶子辰再回到家，见傅景遇还没有回来，就坐在客厅的沙发上更新今天的微博，然后又看了两集电视剧，他们才回来。

听到车子停下，叶繁星忙跑了出去。

外面有些凉，她看着坐在轮椅上的傅景遇：“大叔。”

她很担心，今天回来得这么晚，他是不是知道了苏琳欢的事情呢？

下午她找顾雨泽确认了一下，已经肯定今天见到的那个女人就是抛弃大叔的苏琳欢。

“太太。”蒋森推着傅景遇过来。

傅景遇望着穿得很单薄的叶繁星，生气地质问：“怎么穿这么少就跑出来？你想生病？”

“……”叶繁星觉得有些委屈。自己还不是因为太担心他？面对生气的大叔，她只能弱弱地回一句：“我错了。”

傅景遇看了她一眼，伸出手握住她冰凉的手：“这么晚，怎么不早点儿睡觉？一点儿都不乖。”

回到楼上，傅景遇去洗澡，叶繁星看了一眼蒋森，道：“苏琳欢回来了，大叔知道吗？”

她觉得自己有必要跟蒋森提个醒。

蒋森一脸凝重地道：“嗯，她约了傅先生明晚一起吃饭。”

“……”

“吃晚饭？”叶繁星惊讶地看着蒋森，“她怎么好意思约大叔？”

在大叔最艰难的时候，苏琳欢选择了抛弃、逃跑，现在她回来就算了，竟然还明目张胆地约傅景遇。

叶繁星完全没想到会这样。

提到苏琳欢，蒋森也很生气：“谁知道她呢！”

苏琳欢是他最恨的人，没有之一。

当然，傅家也没有一个人待见苏琳欢的。

就连当初把她介绍给傅景遇的傅玲珑，也对她一肚子的火。

叶繁星说：“大叔答应了吗？”

蒋森点头：“嗯。”

傅景遇洗完澡出来，叶繁星扶着他到了床上，帮他盖上被子。

她在床边坐下来，望着灯光下的傅景遇，主动握住了他的手。

刚刚洗完澡的傅景遇看起来很帅，头发还有点儿湿，有一种说不出的性感味道。

叶繁星看着他，并没有急着说话，想问点儿什么，竟不知道从何说起。

傅景遇望着眼前这个似乎藏着心事的小丫头：“怎么了？”

“有些事情想问，又觉得不太好。”叶繁星犹豫地道。

傅景遇笑了笑道：“跟自己的老公说话还有什么顾虑的？你说。”

“听说你明晚要去见你的未婚妻？”叶繁星鼓起勇气把话说了出来。

傅景遇皱了皱眉：“蒋森告诉你的？”

叶繁星心虚地移开目光：“那个……”

不知道她这样算不算出卖蒋森？

傅景遇握住她的手，无比宠溺地道："你是傻瓜吗？我已经结婚了，哪里来的未婚妻？"

"呃……"傅景遇这句话，让叶繁星悬着的一颗心慢慢地落了下来，甚至心里还溢出丝丝甜意。

大叔这是在否认他和苏琳欢的关系吧？

傅景遇伸出手将她的脑袋摁在自己的胸口，声音温柔而有力："别瞎想。我明天去见她，是因为工作上的事情。我正想问你有没有空，要是可以，你跟我一起去？"

叶繁星不敢相信地看着他："可以吗？"

"你有时间就行。"他想每天都把她带在身边，但叶繁星要上课，又要做微博上的兼职，所以平时他才不怎么叫她。

叶繁星说："好，我明天提前把微博更新完，晚上跟你去吃饭。"

傅景遇点头："睡觉吧！都这么晚了，你也不困。"

"其实很困了。"叶繁星爬上床，靠在枕头上，"等你回来的时候，都差点儿睡着了。"

可她担心他，想等到他回来，看着他平安无事才好。

傅景遇伸出大手揉了揉她的脑袋："睡觉吧！"

跟苏琳欢吃饭的地点，是在希尔顿酒店的餐厅里。

蒋森推着傅景遇过去，叶繁星跟在他们身后。苏琳欢已经到了。她今天穿了条米色的连衣裙，头发微微打理了一下，显得优雅又美丽……

好在知道她的身份之后，叶繁星现在看她就没那么顺眼了，心中还带着对她的敌意。

苏琳欢坐在位子上，看到傅景遇，笑道："景遇，好久不见。"脸上是她惯有的甜美笑容，语气亲昵。

听到她这么称呼大叔，叶繁星忍不住皱了皱眉。

她发现自己讨厌听到别的女人这么称呼傅景遇。

傅景遇没有应声，任由蒋森将自己推到桌边。叶繁星也跟着坐了下来。

还在路上的时候，叶繁星就想过，苏琳欢见到自己会是什么模样。

对方可能会生气？会嘲讽？

可是，她发现自己想错了。

苏琳欢见到叶繁星，眼神很是友善："这是你太太吧？"

傅景遇望了坐在自己身边的叶繁星一眼，骄傲地说："是。"

苏琳欢微笑着称赞："她很漂亮。"

"……"被一个比自己漂亮的女人称赞漂亮，叶繁星感觉有点儿怪怪的。

可偏偏苏琳欢的眼神一点儿都不像嘲讽，而像是真心实意地在夸赞她。

叶繁星弄不懂苏琳欢在想什么。

苏琳欢抬起头，目光落在站在一旁的蒋森身上："蒋森，好久不见。"

蒋森没有说话，神情如同北极的寒冰。

面对苏琳欢，让他挤出一丝虚伪的笑容他都做不到。

有那么一段时间，他是想把这个女人找出来掐死的。

掐死她以前，他想问问她怎么可以如此灭绝人性，给傅先生最后一击。

好在现在傅先生跟叶繁星结了婚，整个人的状态也好了很多。

可是眼前这个女人回来做什么？她还有脸约傅先生吃饭？

面对蒋森的冷淡，苏琳欢也不在意，拿过菜单，像主人一般说："我们先点菜吧。景遇应该还是跟以前一样，——对了，傅太太有没有什么忌口？"

她对叶繁星没有丝毫敌意，对傅景遇也仿佛对待朋友一般。

叶繁星看着她这副坦然的样子，有一种压抑的感觉堵在胸口。

为什么？

她以为见面的时候苏琳欢至少会对傅景遇道一下歉，可是苏琳欢没有。

苏琳欢甚至提都没提她抛弃傅景遇的这个话题，仿佛她从头到尾就没有做错什么。

见叶繁星不说话，苏琳欢笑道：“景遇，你这位太太很内向啊！”

“我可以自己点，就不劳烦你了。”叶繁星从旁边拿过菜单，感觉自己的指尖都在颤抖。

蒋森望着苏琳欢，替傅景遇问道：“不知道苏小姐今天约我们傅先生有什么事？”

苏琳欢在菜单上选好菜，抬起头来，用亲热的语气说出了今天的来意：“景遇，我们家的公司是我爸一辈子的心血，他很不容易，所以我今天来想请你放他一马。”

上次傅景遇抢了苏家的一块地，如今更是对苏家步步紧逼。苏父约见过傅景遇好几次，傅景遇连见一面的意思都没有。

她不得不亲自来找傅景遇！

傅景遇冷淡地道：“你应该知道，你们苏家为什么会有今天。”

她父亲来没用，她来了也不会有用！

苏琳欢脸上带着抱歉的笑容：“景遇，你要知道，就算你弄垮我们家，我也不可能再回到你身边的。而且你现在已经结婚了，有了自己的太太，你这样一直纠缠着我不放，有没有考虑过你太太的感受？她会伤心的。”

“……”

蒋森听完她的话，不敢相信地瞪大了双眼。

纠缠？

她竟然觉得傅先生做这些是为了纠缠她？

叶繁星原本正在看菜单。上面的菜看得她直流口水，就是……有点儿贵！

她想起大叔现在可是还有房贷要还的，觉得这有点儿奢侈，正犹豫着要不要点这道看起来很好吃的菜，听到苏琳欢的话，吓得手一抖，直接勾选上了。

她抬起头来看着坐在一旁的苏琳欢。苏琳欢竟然说大叔纠缠着她不放？

苏琳欢不就是长得好看一点儿？可也改变不了她忘恩负义、落井下石的事实。她哪里来的自信，觉得别人会纠缠她？

叶繁星总觉得她说这样的话，简直是对大叔的侮辱。

想到这里，叶繁星忍不住看向身边的傅景遇。傅景遇沉默地看着苏琳欢，脸色很差。

换成是谁听到这种话，都能被气死吧！

见傅景遇没说话，苏琳欢继续道：“景遇，你说呢？”

“你希望我说什么？”傅景遇端起桌上的茶杯，眼神深沉。

他原本很生气，此刻听了苏琳欢的一番话之后，却被气笑了。

苏琳欢今天不是一个人来的，还带了个男助理，此刻男助理就站在一旁看着他们聊天。

仿佛这人担心苏琳欢自己过来，会被傅景遇占什么便宜似的。

苏琳欢用充满同情的眼神看着傅景遇：“你抢了我爸的地，又在各方面处处针对他的生意，其实这样一点儿意思都没有。”

自己退婚的时候，还退了傅家双倍彩礼，苏琳欢并不觉得自己亏欠傅景遇什么。

他坐在轮椅上，又不是她害的！

所以她真不明白他这样纠缠有什么意思！

难道他还想让自己一辈子的幸福葬送在他手里？

“我觉得挺有意思。”傅景遇眼神幽暗，看着苏琳欢嘲讽地道，“你爸在生意场上混迹这么多年，这才几个月就扛不住了？连自己的宝贝女儿都叫回来了？他这算是认输了吗？”

苏琳欢今天是来求他的，就算他话里带刺，也只能忍耐：“我知道你这些年经营了不少人脉，但是你把自己的人脉用来对付我们苏家，这就太幼稚了！你不应该是这么幼稚的人。”

“那是你看走眼了，我就是这么幼稚的人。”傅景遇说，“不仅如此，往后我还会更幼稚。”

所以，他的意思是以后还要继续下去？

想到家里的父亲和母亲，苏琳欢皱起了眉。

她看着傅景遇，无奈地劝道："我们认识这么多年，你应该知道我的个性。我是不会再回到你身边的，就算你让我们家破产，你也不可能再得到我。我承认以前我们是订了婚约的，可是那又怎么样？我要嫁的是以前的你，而不是现在这样坐在轮椅上、出入都需要别人伺候的你。我还年轻，有选择自己的幸福的权利，让我们好聚好散不好吗？你何苦这样苦苦相逼？"

"……"

傅景遇望着眼前自作多情的女人，有那么一瞬间竟然不知道应该说点儿什么。

苏琳欢叹了一口气，继续说道："我今天来原本是想好好跟你谈谈的，看来是没有必要了。景遇，你现在的样子真的挺让我失望的。我们好歹也有几年的交情，你现在却用这种卑鄙的手段来逼迫我，一点儿都不顾及以前的情分，你真的很自私！"

"我自私？"傅景遇握住茶杯的手指的关节泛白。

自私的人竟然成了他？

谁也不会想到，当初那个成天讨好他的人，最后竟然会变成这样的嘴脸！

就因为他断了腿吗？

仿佛在他的世界里，她已经是他高攀不上的人。

傅景遇放下杯子道："行吧，是我自私。祝苏小姐往后一帆风顺，前途无量。"

苏琳欢站了起来，对一旁的助理说："我们走吧。"

因为傅景遇拒绝了她的请求，所以她连陪傅景遇吃顿饭的兴趣都没有了。

她现在不喜欢傅景遇了，也不希望他再对她抱有无谓的希望。

她很快和她的助理打开门走了出去。叶繁星抱着菜单，望着他们离开的方向，又看了看一旁的傅景遇。

虽然傅景遇没说话，可是她从他的神情看得出来，他很生气，也很伤心。

苏琳欢直接不回来就罢了，可是她现在回来了，还说出这样的话，仿佛傅景遇的未婚妻这个身份对她是一种拖累。

她竟然那么赤裸裸地嫌弃大叔！

到底是谁给她的自信？

她凭什么这样嫌弃大叔？

好歹也是差点儿结婚的两个人，就算没什么感情，也不应该在对方出事的时候这般落井下石吧！

苏琳欢出了门，助理跟在她身后，有些担心地道："小姐，我们现在回去，那苏先生那边怎么交代？"

"回去再想办法吧。"苏琳欢叹了一口气，一脸凝重地道，"我从小就知道，我这张脸是个祸害。我退了他的婚，他现在随便娶了个女人，哪里会甘心？他肯定是要报复的。"

她就是害怕傅景遇会缠着她，在外面等到他结婚了才敢回来。

助理说："以前他好着的时候对你不冷不热的，现在出了事反倒跑来缠着你，还真是够过分的！"

"苏小姐！"苏琳欢和助理还没进电梯，身后突然响起一个清澈的女声。

两人停下脚步，看到叶繁星走了过来。

苏琳欢脸上带着礼貌的笑容，温柔地道："有事吗？"

叶繁星望着苏琳欢，没有急着说话，只是盯着苏琳欢这张好看却藏着恶毒的脸，心中替傅景遇不值。

苏琳欢温柔地开口道："我好像听我爸妈说过你姓叶，叫星星是吗？"

她对叶繁星很友好，就像昨天在学校食堂对胡小知一样。

面对她带笑的脸，叶繁星却一点儿都笑不出来。

她冷漠地望着苏琳欢，握紧拳头，狠狠压抑住内心的愤怒，说道："我过来是有些话想要问你，方便吗？"

苏琳欢点头："嗯。"

叶繁星语气很冷，难以控制自己的情绪："大叔受伤只能坐在轮椅上，这不是他自愿的，他变成这副模样，心里比谁都难过。你怎么可以在他面前说出那样的话？好歹你过去也是他的未婚妻，不觉得刚刚在里面对他说的话太过分了吗？"

苏琳欢看着生气的叶繁星，怔了怔，随即笑道："不是我狠心，是你太傻了。景遇跟你说了些什么，让你这么向着他？也是，他如今也就只能骗骗你这种涉世未深的小姑娘了吧！"

她有点儿心疼叶繁星，被傅景遇骗得团团转，还在这里替他抱不平。

叶繁星道："就算我涉世未深，也知道做人的底线是什么，至少不是在自己的未婚夫出事的时候不闻不问，还纵容自己的家人落井下石。"

说到这里，叶繁星笑了笑："我还挺好奇的，苏小姐哪里来的自信，觉得傅先生今天所做的一切都是因为他想让你回到他身边？他想让你回到他身边，然后在他危难的时候让你再抛弃他一次吗？人之所以结婚，不过是为了找一个相伴到老的人。我想，换作其他任何一个男人，应该也不会愿意娶一个像苏小姐这样……不知道什么时候就会抛下自己不管的妻子吧？"

一番话说出来，叶繁星都没想到自己竟然可以这么勇敢。

为了替大叔出一口气，她也算是豁出去了。

苏琳欢这个人看起来并没有什么攻击性，以至于叶繁星的态度显得有点儿咄咄逼人。

一旁的助理斥责道："傅太太说话未免太过分了！"

"过分吗？"叶繁星淡漠地看了一眼这个助理，"这么说来，你觉得她做得对？那我祝愿你哪天出事，断了腿的时候，你的女朋友也像她一样扔下你不管，一个人跑了。"

"你……"助理生气，叶繁星这话说得未免太恶毒了！

他好端端的一个人，她竟然诅咒他断腿。

"怎么？生气了？"叶繁星淡然一笑道，"如果你也觉得生气，那就请你闭嘴。”

助理没想到叶繁星三言两语就让他们处于下风。他看着叶繁星，阴阳怪气地嘲讽道：“傅先生的眼光还真够差的，他竟然娶了你这么一个没有素质的黄毛丫头。”

叶繁星在他们眼里就是个小孩子。

她没有素质？

叶繁星并不介意对方这么说她，借着对方的话回道：“人嘛，总要学会看形势才行，对付什么样的人，自然用什么样的态度。”

意思就是：她有没有素质，完全取决于眼前的这两个人。

叶繁星年纪小，说话不用太在意脸面，并不在乎这些。

可这两位都是极要面子的人。

这么一来，明显他们就比叶繁星吃亏得多。

助理气愤地道：“看来真应该让傅先生好好管管你，一个小丫头，一点儿都不知道天高地厚，别以为自己嫁进傅家就了不起了。要不是我们大小姐不想嫁，还轮得到你？”

“说得好像你们大小姐想嫁就能嫁似的！”接话的不是叶繁星，而是蒋森。

叶繁星回过头，看到蒋森和傅景遇已经出来了。

蒋森望着苏琳欢身边的助理，轻蔑地说：“也不知道当初我们傅先生好着的时候，是谁上门来求着想嫁！方助理好歹也是苏先生身边有头有脸的人物，竟然跟一个女人抬杠，连这点儿绅士风度都没有？”

蒋森早就忍不下去了。

他告诉自己，再怎么也是傅先生的助理，不能轻易丢了傅先生的排面，这才忍着没有攻击苏琳欢一个女人。

现在叶繁星一闹，倒是帮他找了个好借口，他怼起人来也不再有任何顾忌。

助理听了蒋森的话，正准备回过去，看到坐在轮椅上的傅景遇，不知道为什么㞞了。

明明傅景遇没说话，可他身上就是有种让人畏惧的气势。

苏家现在被傅景遇逼得形势艰难，苏先生有跟傅景遇和好的打算，他作为一个助理，也不敢得罪傅景遇。

叶繁星有些心虚地走到傅景遇身边："大叔。"

她并不是那种胆子很大的人，刚刚出来找苏琳欢，实在是因为咽不下这口气。

也不知道大叔会不会觉得她多管闲事，丢了他的面子。

傅景遇望着苏琳欢，脸上的表情很是平静："刚刚在里面，我跟苏小姐可能有些误会，我想我还是说清楚比较好。"

"误会？"苏琳欢不解地看着傅景遇。

傅景遇郑重地握住叶繁星的手说道："在我眼里，最重要的人只有我太太。至于你……你放心，我这个人眼光很高，不是什么人都能看上的。"

说话的时候，傅景遇一直目光温柔地盯着叶繁星葱白的手指，眼里盛着满满的深情。

他的一字一句，暖得让人心尖发颤。

蒋森看向苏琳欢："苏小姐听见了吗？如果没听清，我不介意复述一遍。我们太太有句话说得对，像你这样的女人，别说傅先生，就连我也没兴趣。"

这么一对比，他感觉叶繁星简直是吃"可爱多"长大的，哪里像苏琳欢这个女人，不但忘恩负义，还自以为是。

苏琳欢还真以为长得漂亮就了不起？

苏琳欢望着他们，一时半会儿没说出话来。

傅景遇对叶繁星说："我们走吧。"

叶繁星点头："好。"

餐厅的灯光很暖，蒋森站在一旁看着叶繁星夹了菜递到傅景遇嘴边："大叔，这个好吃，你尝一尝。"

傅景遇望着一直在讨好自己的叶繁星，吃下她喂过来的东西。

叶繁星拿着筷子，继续去挑鱼刺。

傅景遇望着她，温柔地揉了揉她的脑袋："其实我没事。"

今天的叶繁星很贴心，像是担心他被苏琳欢伤到。

叶繁星一只手抓住他厚实的大掌，把鱼刺挑干净，将鱼夹到他的碗里，认真地道："我知道你没事。可我就想宠着你，怎么办？"

"宠"这个字，让傅景遇忍不住笑了起来："你还想宠我？"

好像平时都是他在宠她吧？

"怎么，你不想让我宠？"叶繁星看了他一眼，清澈的眼睛里藏着爱意。

傅景遇被她的眼神暖化了，一脸郑重地道："被老婆宠，是我的荣幸。"

"来，我喂你！再吃一点儿。"叶繁星夹了鱼肉继续喂给他，眼睛专注地看着他咀嚼的动作，"好不好吃？"

妈耶，大叔吃个饭也帅得要命！

她深刻怀疑那个苏琳欢眼睛有问题。

傅景遇点头："嗯。"

老婆亲手喂的，能不好吃吗？

"不过，你不吃吗？"

平时一到吃饭时间连多说一句话都嫌浪费精力的人，今天却一直在跟他说话。

叶繁星用筷子夹起鱼来尝了一口："我在吃啊！真好吃。不过他们家的菜就是有点儿贵！"

"你想吃，随时可以来，我陪你。"

"你不怕我把你吃穷了？"

蒋森忍不住笑了："就你这样，还能把傅先生吃穷了？"

你到底是有多看不起傅先生哦？

傅景遇："……"

这多管闲事的助理是谁家的？能不能来个人把他拖走？

叶繁星说："大叔现在还有房贷要还，能省一点儿是一点儿。"

"房贷？"蒋森心直口快地道，"什么时候傅先生还有房贷了，我怎么不知道？”

“……”傅景遇抖了抖眉，心中已经为蒋森想好了去处。

“没有房贷吗？可是……”

叶繁星怀疑地看了傅景遇一眼，突然意识到有什么不对：“大叔，你骗我？”

傅景遇看着她：“没有房贷你不开心吗？”

“呃……”叶繁星说，“我当然开心，可是你也不能骗我啊！害得我真的为你担心了好久，每天都在想房贷怎么才能还完！”

傅景遇望着她担心的模样，哄道：“下次不骗你了。”

“你还想有下次？”叶繁星说，“你自己吃，我不管你了。”

然后她自己拿着筷子吃了起来。

看了看小可爱生气的样子，傅景遇抬起头看了蒋森一眼：“你很厉害啊！”

蒋森：“……”

他怎么觉得自己死定了？

回家的路上，傅景遇看着不说话的叶繁星：“还在生气？”

“哼。”叶繁星小声地哼了哼，玩着自己的手机。

她倒不是真的生气，就是没想到自己还真的被他骗了。

她本来觉得傅景遇是个挺实诚的人，看起来那么正经，哪里想到他会把她骗得一愣一愣的。

看来以后她不能太相信他！

像他这样骗起别人来脸不红心不跳的人，太可怕了！

傅景遇伸手过来，握住她的一只手：“准你闹一会儿脾气，回家就不准闹了。”

“……”叶繁星再也绷不住，扬了扬嘴角，倾身过去靠在他的肩膀上，“我才没有闹脾气，明明是大叔太过分，竟然骗我。”

“就跟你开个玩笑而已，哪知道你这么傻，真的信了！”虽然如此，他还是被她感动到了，总是会想起她要把她辛苦赚的钱全部给他的样子。

“你在说我傻？”叶繁星气鼓鼓地望着他，“你就会欺负我！”

“这就叫欺负？”他挑了挑眉。真正欺负你的事情，我好像还没做吧？

“你……”叶繁星服了他了，她说的可不是那种欺负，“不理你了。”

傅景遇望着她笑了笑。

两人回到家，发现门口停了一辆小货车，吴阿姨正在让用人们把东西从车上搬下来。

叶繁星走过去，看到满地的花摆放在客厅里：“吴阿姨，家里买这么多花做什么？”

“听说是景遇买的。”吴阿姨解释道。

叶繁星看着被蒋森推过来的傅景遇：“大叔，这些花是你买的？”

傅景遇淡淡地道：“送你。”

“……”叶繁星望着这一地的花，这是要开花店吧，“我跟你说认真的。”

“我哪里不认真？”傅景遇看着她，“喜欢吗？”

知道她生气，他专门买了花来哄她。

叶繁星看着他一本正经的样子，花真是送给她的？

“这太浪费了啊！”这么多，得多少钱？

啧啧！

就算他有钱，也不带这么挥霍的啊！

“不喜欢啊？”傅景遇有些失望地道，“那就让阿姨都扔了吧！”

扔？

叶繁星说：“我喜欢！”

怎么可以把这些花扔了呢！

傅景遇望着她，笑了笑道：“还跟老公生气？”

“……”就因为她跟他闹个别扭，他就送她一车花，这……会不会太夸张了？

女人都喜欢花，虽然花会凋零，但收到的那一刻还是感动得要命。

叶繁星拍了照片发到微博上，底下的评论一圈羡慕的。

就连赵嘉淇都给她发了消息：“天哪！姐姐，你老公对你太好了吧！”

叶繁星现在每次看到自己的微博里出现赵嘉淇的评论，都有一种一言难尽的感觉，但又不好自揭身份，免得赵嘉淇看她不顺眼在背后弄她，就随赵嘉淇去了。

傅景遇靠在枕头上，望着拿着手机看评论看得很开心的叶繁星：“这么开心？”

叶繁星脸上都是骄傲的笑容：“他们看到你送我的花，都羡慕死了！”

傅景遇宠溺地道：“你要是喜欢，我可以每天都送你。”

“……”叶繁星看了他一眼，“不用，太浪费了！下次别这样了！真要送的话，你还不如带我去吃好吃的，那样我会更开心。”

傅景遇笑了笑道：“你什么时候才能改了爱吃的本性？”

“谁让我是个吃货呢？”叶繁星放下手机，抱住他的脖子，声音亲昵，“大叔……”

“嗯——？”他这一声是故意拖长音的那种，带着几分不满。

他送了一车花给她，还要被叫大叔？

叶繁星听出他的想法，赶紧改口：“老公。”

“嗯。”他这才满意地应了一声。

叶繁星闻着他身上淡淡的香味，觉得自己的心里满满地装着这个男人：“一开始跟你结婚的时候，我只是为了学费，并没有想那么多。可是现在我变贪心了，真想一辈子待在你身边。”

不是因为他有钱，而是因为在他身边，她真的觉得很温暖。

“……”傅景遇说，“就算我一辈子都站不起来，你也不介意？”

苏琳欢今天的态度，让傅景遇想起来还觉得挺可笑的。

要不是苏琳欢，他都不知道自己如今的身价已经掉到了这种地步。

连一个曾经在他面前百般讨好的人，都如此看不起他。

这个世界还真是现实！现实到让人心凉……

叶繁星抬起头，在他的脸颊上亲了一下："就算你一辈子都站不起来，我也想跟你在一起。不管别人怎么看、怎么想，在我心里，你是最好的。"

尤其是今天见了苏琳欢的态度，让她很想、很想在他身边好好守护他、照顾他。

她的大叔这么好，凭什么让坏女人嫌弃？

傅景遇望着这个傻丫头，总觉得她暖得像个小太阳："在这个世界上，大概也就只有你这么傻吧！"

叶繁星有些委屈："你又说我傻？我今天很傻吗？"

"傻得要命。"他翻了个身，将她压在身下，亲吻着她的小嘴，许久才含混地喊了一声，"星星。"

"嗯？"

"不要离开我。"

他的声音有些沙哑，一句话就让叶繁星的眼眶都湿了："好。"

她不走，哪里也不去，不管过多久都要留在他身边。

他一辈子都站不起来也没关系，她要陪着他，一辈子当他的小可爱、小妻子。

她的回答，换来他更深的吻。

叶繁星起床时已经是下午一点多，因为睡得太久，感觉身体酸疼酸疼的。她靠在枕头上，盯着天花板发了一会儿呆才爬起来。

她下楼来，看到傅玲珑正在厨房里做蛋糕。

"姐。"叶繁星穿着拖鞋走了过去。

叶繁星平时起得再晚也不会到这时候，傅玲珑本来还想问问怎么回事，看到她这副模样，瞬间就明白了。

她本来还担心苏琳欢回来会影响到这小两口的感情，看来是瞎担心了。

傅玲珑无比温柔地对叶繁星道："桌上有帮你留的饭菜，你看看凉了没有，凉了我再帮你热一下。”

叶繁星走到餐桌旁，揭开了盖子：“都是热的。”

“那你赶紧吃一点儿。饿坏了吧？”

叶繁星说：“还好，不是很饿。”

主要是累……她恨不得再回去睡一会儿。

叶繁星盛了米饭，坐下来开始吃饭。

很快傅玲珑也出来了，她在旁边坐了下来，看着叶繁星道：“听说昨晚景遇去见苏琳欢了？”

叶繁星点头：“嗯。”

“那你有没有听见说什么？”傅玲珑关心地问道。

叶繁星一边吃饭，一边把昨晚发生的事情跟傅玲珑说了一下。

在听到苏琳欢以为傅景遇想跟她和好的时候，傅玲珑都快气笑了：“她竟然以为景遇想要缠着她？怕不是脑子有包！以前她来我家的时候，上赶着纠缠景遇，景遇连看都懒得多看她一眼，现在还会去纠缠她这么一个女人？”

她本来还担心苏琳欢这次回来是想跟傅景遇和好，还为叶繁星担心了好半天。

叶繁星嫁给傅景遇受了不少委屈，两人又刚刚结婚，如果这时候苏琳欢真的跑来破坏两人的关系，她一定不会放过苏琳欢。

却没想到，那个女人竟然说出这种话。

傅玲珑气得一阵胃疼，连做蛋糕的心情都没有了，站起来直接到客厅打电话去了。

傅玲珑刚刚走开，叶繁星的手机就响了。

她接了电话：“喂。”

“醒了？”温柔的声音从电话那头传了过来。

虽然是在打电话，叶繁星却感觉他好像就在自己身边一样，忍不住想起昨晚的情形。

她点了点头：“嗯。”

“能走路吗？”傅景遇此刻正在办公室里的落地窗边，听到她的声音，眉目间都是深情。

叶繁星听到他这么问，恨不得堵住他的嘴："能。"

傅景遇说："今天你好像没课，要不要来公司？我让司机送你过来。"

"去你公司做什么？"

"想你了。"他倒是直白，不像平时那个傲娇又别扭的他。

"姐在这里，我要陪她！"要是他们一个人都不在，把姐姐丢下好像不太好。

傅景遇说："在你心里，我和姐谁重要？"

"当然是……""你"字没说出来，叶繁星改了口，"当然是姐姐。"

"哦。"傅景遇一种失望的语气，"那我伤心了。原来在你眼里，我还没有姐姐重要。"

他撒起娇来，也是一本正经的语气。

叶繁星忍俊不禁："那我吃完饭跟姐姐说一声，就去公司找你？"

"嗯。"傅景遇说，"我等你。"

他今天忙，本来想中午回去看看她，实在是挤不出时间，可又很想看到她。

就连工作的时候，脑袋里也总是浮出她的身影，不叫她过来，他实在没办法专心工作。

傅玲珑被苏琳欢气得要命，也准备离开了。叶繁星收拾好东西，就坐司机的车去了傅景遇的公司。

前台助理已经换了一个，她坐电梯上了楼。

总裁办这时候人不多，除了蒋森也就只有两个人，都是女士，年纪比蒋森还大一些，全是已经结婚的。

蒋森正在打电话，看到叶繁星，赶紧放下电话走了过来："太太。"

"我来找大叔。"

蒋森帮她开了门，让她进去。

两个女秘书正在忙，看到叶繁星都忍不住多看了一眼。

蒋森回去，听到她们问道："蒋先生，这位是傅总的妹妹吗？"

"是他太太。"

"不会吧！年纪这么小？"两人都有点儿不敢相信。

"还是大学生。"叶繁星的确显小，一眼就能看出来她还不到二十岁。

叶繁星进了办公室，看到傅景遇正坐在那里处理公务，面前放了两台电脑，都是开着的。

怕吵到他，她没说话，轻手轻脚地走过去，在他对面的椅子上坐了下来，偷偷地望着他。

他今天穿着质感高级的衬衫，衬衫上发出淡淡的光泽，让他整个人看上去一副禁欲而又凉薄的模样。

禁欲？

叶繁星在心里吐槽了一下，逼着自己收回这个词。

难道你忘了昨晚是谁把你欺负得不要不要的了？

她趴在桌上，看着他认真工作的样子。

帅得要命。

过了一会儿，傅景遇像是忙完了，才抬起头来，看着像只小猫咪一样的她。

"来了？"他只说了淡漠的两个字。

叶繁星坐直了身体："我都来一会儿了，你现在才看到我？早知道你这么忙，我就不过来了。"

傅景遇说："过来。"

叶繁星道："不要，外面都是人，他们等一下如果进来怎么办？"

要是让人看到她跟大叔在里面搂搂抱抱的，多不好看。影响也不好。

傅景遇说："他们进来之前会敲门。"

"哦。"听到这话，叶繁星才走到傅景遇身边，被他抱在了怀里。

他握住她的手，还是一样冰凉："下次出门多穿一点儿。"

“我已经穿得够多了。”

“你们女生都是这样，为了美宁愿冻着自己吗？”

他实在理解不了这些年轻的小女生，再冷的天都能穿个裙子出来。

叶繁星望了他一眼道：“你就不爱美？那你怎么不把自己穿得跟熊一样，每天还穿得这么帅？”

“我帅吗？”他听到她夸他，眼中闪过一抹藏不住的得意。

全世界的人夸他帅他都不觉得有什么，可他的小可爱夸他帅，他心里甜得不得了。

叶繁星：“……”

您老人家关注的重点会不会有点儿奇葩？

“不帅不帅！丑死了。”她否认道。

傅景遇笑了笑：“说谎不是好孩子。”

“大叔，你好自恋哦。”

他竟然巴不得别人夸他帅！

傅景遇笑得很是温柔：“晚上想吃什么？”

“我刚刚在家里吃了饭过来的。”

“我带你去吃点儿好吃的，昨晚辛苦了。”

“昨晚什么啊？”叶繁星装傻，“不记得了。”

“哦。”傅景遇说，“那我晚上再帮你回忆一下？”

“……”叶繁星白了他一眼，“不理你了。”

“姐今天过去有没有问你什么？”

“问了苏琳欢的事情。”

听到“苏琳欢”三个字，傅景遇眸中闪过一些冰冷之色，但很快就消失了。

叶繁星看着沉默的傅景遇，知道“苏琳欢”三个字有点煞风景。

她赶紧转移话题：“要不晚上我们回爸妈那里，陪他们吃顿饭吧？”

现在苏琳欢回来，他们应该也知道消息了。

本来两老因为傅景遇的事情心情就不怎么好，如今苏琳欢再回来，他们心里肯定更不好受。

叶繁星觉得，她和傅景遇回去陪他们吃顿饭，他们应该会高兴一些。

而且从结婚到现在他们一直在忙，上周末叶繁星又生病，以至于都没有回去过。

傅景遇听着叶繁星的提议，回道："好啊！"

这本来应该是他的责任，倒没想到叶繁星竟然这么懂事，主动提出去陪他的爸妈。

娶到这么一个媳妇，傅景遇有一种赚到了的感觉。

他握住她的手说："爸妈看到你应该会很高兴，这么优秀的儿媳妇哪里找！"

"优秀？"

"连我都没想到要去看他们，你想到了，爸妈知道了肯定开心。"他见她这样乖，忍不住夸她。

叶繁星被夸得有点儿不好意思，谦虚地道："哪有？只是我每次回去，妈都给我准备很多好吃的东西，我嘴馋而已。"

傅景遇挑了挑眉："说得好像我平时饿着你了一样。你这样回去，妈估计得说我了！"

"说你什么？"

"说我不会疼媳妇儿。"

在他们眼里，傅景遇就是实打实的军人性子，一个大男人自己能过好就不错了，让叶繁星和他过日子，他们就担心他顾不到叶繁星，总让她吃苦，所以专门把吴阿姨安排了过来。

叶繁星笑了笑。

傅景遇说："那我现在给妈打个电话。"

"好。"

叶繁星坐在他怀里，看着他拨通了家里的电话。

听说他和叶繁星要回去，傅妈妈高兴得要命："那你问星星想吃什么，我这就给她做。"

“都行，我们家小猪不挑食。”只要是好吃的她都能吃！

傅景遇现在对她的这个吃货属性只有服气两个字。

“小猪”两个字刚出口，叶繁星就伸手在他的腹肌上拧了一把。

好过分！他竟然说她是小猪。

傅景遇握住她的手，跟傅妈妈打完电话才看向她：“你这样随便碰我，回头惹了火你自己受着。”

叶繁星鼓着腮帮子道：“谁让你说我是小猪。”

“你不是吗？”

“你才是！”

“行，我是，这样正好跟你凑一对。”

“……”

叶繁星发现自己说不过他，哼了一声。

过了一会儿，她对着傅景遇问道：“你的工作应该还没有做完吧？那你赶紧做，我不打扰你了。你赶紧弄完，我们好早点儿过去爸妈那里。”

傅景遇说：“好。”

他虽然这样说，搂着她的手却没有松开。

叶繁星望着他：“嗯？”

傅景遇看着她，也不说话，眼神温柔又有点儿撩人。

叶繁星看出他的意图，笑了笑，在他的脸上亲了一下：“这样……可以了吧？”

他就是那种想要什么不说，偏偏要等人主动的个性。

被她亲了之后，傅景遇才松手。

叶繁星背了电脑过来的，坐在沙发上，把电脑拿出来忙自己的事情。

傅景遇抬起头，看到她抱着电脑坐在沙发上玩，总觉得她离自己那么远，有点儿不习惯，说：“你把电脑拿过来吧。”

他指了指旁边的位置，叶繁星就把电脑搬了过去。

看着她离自己近了，傅景遇才满意地继续工作。

没过多久，秘书给他们送了茶水进来，看到傅景遇在工作，而叶繁星正痴迷地盯着傅景遇工作的样子，眼里充满崇拜之色，这一幕看起来格外有爱。

叶繁星看到放在自己面前的茶水，对着秘书阿姨扬了扬嘴角。秘书阿姨愣了一下，随即回给叶繁星一个礼貌的笑容。

天哪！傅总的这位太太好乖啊！

叶繁星真的是那种一旦笑起来就能把人暖化的人。

六点一刻，叶繁星和傅景遇回到了家里，傅妈妈连晚饭都快做好了。叶繁星去洗了手出来吃饭，傅玲珑和顾雨泽也被叫过来了。

傅妈妈热情地帮叶繁星夹着菜："星星，多吃点儿。我怎么看着你最近好像瘦了？"

"没有啊！"叶繁星说，"我还胖了两斤。"

傅妈妈说："女孩子还是胖点儿好。"

"等我胖了，你们就要嫌弃我了。"

"说什么傻话？"傅妈妈严肃地道，"在这个家里，谁敢嫌弃你？"

"谢谢妈。"

叶繁星看着这一桌好吃的饭菜，幸福感倍升。

每次她回来，傅妈妈都会给她做很多好吃的东西，她真的很开心。

傅妈妈看了一眼坐在傅玲珑旁边的顾雨泽，问道："我听说你搬到你舅舅那里去了？"

顾雨泽语气淡淡地道："过去住两天，那里离学校近。"

"你没欺负星星吧？"傅妈妈很是担心，因为叶繁星刚来的时候顾雨泽总欺负她，所以现在在傅妈妈眼里，顾雨泽就是个坏家伙。

顾雨泽发现，他现在在家人眼里已经成了只会欺负叶繁星的幼稚鬼。

他看了叶繁星一眼，眼神有些复杂。

傅妈妈说："你看星星做什么？你这眼神一看就不对劲儿，回头让你外公好好给你上上课。”

“……”

顾雨泽心里委屈得很，不想说话，只继续吃饭。

叶繁星看着他这样，想起他最近还挺乖的，替他解释道：“有大叔在，他没欺负我。”

“没有就好。”傅妈妈说，“要是有，你也别替他瞒着。这小子小时候还挺乖，现在不知道怎么了，成天怪怪的。”

“……”

傅妈妈问完了顾雨泽的事情，目光落在傅玲珑身上：“长平又走了？”

傅玲珑应了一声：“他在北京那边有点儿事，急着过去处理。”

“你这是怎么了？谁惹你了？”平时傅玲珑话很多，很会调节气氛，今天却格外安静，看起来好像在跟谁生气。

傅玲珑听了母亲的话，才抬起头来：“我今天去见了苏琳欢。”

听她提到这个名字，大家都愣了愣，原本温馨的气氛瞬间冷了下来。

傅玲珑说：“我在恨自己，当初怎么就瞎了眼把她介绍给景遇。她倒是一口一个姐地叫着，可她……我看她是一点儿都不知道错，连句道歉的话都没有。”

一个人做了错事，如果真心悔过那还好，可苏琳欢不一样，她是压根不觉得错了。

就好像她的逃婚是傅景遇断了腿造成的，与她没有半点儿关系。

吃过饭，叶繁星和傅景遇回到房间休息了一会儿，下去取水时叶繁星听到傅妈妈和傅爸爸在说话。

苏琳欢回来这件事情，让傅妈妈很是伤心。

叶繁星听到傅妈妈说：“我们景遇做错了什么，那个女人为什么要这样对他？他以前好着的时候，那个女人是怎么来巴结的？如今竟然变成这副模样！”

傅爸爸道："如果不是景遇出事，也看不出来她是这种人。如今这样，也好过真的让她嫁给景遇。你看开一点儿，没必要为了那种人难过！"

傅景遇已经站不起来了，他们如今也无能为力，再伤心也只能藏着，怕傅景遇知道会更难过。

"看开？我怎么看开？我儿子没偷没抢没犯罪，凭什么让人这么嫌弃？"想到苏家人的态度，傅妈妈的眼泪落了下来，"从景遇出事到现在，我没有一天睡好过。他那么听话又那么优秀，为什么偏偏要让他经历这些？都是你，同意让他去当什么兵，才把我好好的儿子弄成今天这个样子！"

这些话，她也只敢在傅爸爸面前抱怨。

傅爸爸安慰道："军人这个职业是伟大的，就算再给他机会，他还是会选择这条路。"

家里条件并不差，但傅景遇当初还是坚持选择了当兵这条路。

男人自当有血性，有保家卫国的奉献精神，他为自己的儿子感到骄傲。

叶繁星偷偷去取了水，回到了楼上。

傅景遇坐在窗边望着自家的院子。

天很黑，其实看不清外面有什么，他却看得很认真。

光是看着他这样，叶繁星就红了眼眶。她拿了毛毯走过去，帮他盖在腿上。

傅景遇愣了一下，抬起头看向叶繁星。

叶繁星在他旁边蹲了下来，握住他的手道："我才离开一下，你就在这里想别人？"

"我想谁了？"傅景遇望着这个鬼灵精怪的小丫头。

叶繁星说："蒋森啊，左煜啊，顾雨泽啊……反正在你心里，重要的人多着呢！"

傅景遇伸手在她的鼻梁上刮了一下，语气严厉："去洗澡睡觉。"

她昨晚没睡好，今晚他想让她好好休息。

谁知道叶繁星说："我不去。"

傅景遇声音沉稳地道："听话，早点儿休息，你明天早上有课，回头要是迟到了，你又该难过了。"

叶繁星望着他："要我去也可以，不过你要哄我。"

"怎么哄？"

"说你喜欢我！"

"……"

傅景遇说："你真是越来越不听话了。"

"你害羞了？"她眼睛亮亮地望着他。

"……"傅景遇，"你要是不听话，那今晚就别睡了？"

叶繁星站了起来："那什么，我去洗澡了。"

见她这样，傅景遇忍不住笑了笑，知道她是想哄他开心。

他也佩服自己，竟然这么好哄，她只要陪他说几句话，他很快就能忘了那些不开心的事情。

第二天早上，叶繁星去上课时，听到大家在聊苏琳欢的事情："听说苏老师还是个富二代，家里有钱得很！在江州数一数二那种。"

"天哪！这还让不让人活了？"

叶繁星现在听到这个名字就会想起家里人，想起苏琳欢的行为为他们带来的伤痛，心情不是特别好。

可惜她没有屏蔽功能，不能屏蔽这个名字。

中午在食堂吃饭时，林薇看着叶繁星问道："你心情不好？"

叶繁星说："还行吧。"

她又不能把苏琳欢怎么样，也就只能在心里开导自己。

这个世界上有那么多讨厌的人，自己一个一个去计较，岂不是要被气死？

林薇说："平时吃饭没见你偷懒，今天却好像没什么胃口。"

叶繁星笑了笑。

就在这时，两人身旁响起一个礼貌的声音："我可以坐这里吗？"

叶繁星抬起头，看到苏琳欢出现在眼前。

苏琳欢今天穿了件高领毛衣，搭配及膝半身裙，就这么普通到不能再普通的打扮，穿在她身上也很好看。

苏琳欢端着刚刚打好的饭站在叶繁星身边，脸上是那种假到让人恶心的笑容。

现在吃饭的人多，位置很少，苏琳欢似乎只是想要拼个桌。

可叶繁星觉得她就是故意的。

叶繁星正准备说话将这个女人赶走，胡小知不知道从哪里冒了出来，赶紧拉开椅子，对苏琳欢说："苏老师，请坐。"

"……"

自从叶繁星结婚跟胡小知闹崩之后，她们就没有一起吃过饭，胡小知看不起叶繁星，躲她也躲得远。

她今天倒是好胆量！

苏琳欢坐了下来，就在叶繁星身边。胡小知也在林薇身边坐了下来，正好坐在苏琳欢的对面。

坐下来后，胡小知还对着苏琳欢露出一个谄媚的笑容，看了就让人倒尽胃口。

叶繁星望着她："谁让你坐这里了？"

胡小知小声地道："我们都是一个宿舍的，坐这里怎么了？"

她就不相信有苏老师在这里，叶繁星敢对她怎么样！

叶繁星简直想笑，自己怎么就跟这种人分到了一个宿舍？

苏琳欢看着叶繁星，用温柔的语气道："星星，我有话想跟你说。"

她一开口，周围的气氛好像都变得柔和很多。

明明前天才被叶繁星那么怼，可她好像一点儿都不介意，还能微笑着跟叶繁星说话。

"我没话要跟你说！"叶繁星态度冷淡，看到这两个人连饭也不想吃了。

胡小知见她对苏琳欢这般不礼貌，很是生气："叶繁星，你怎么可以这样对苏老师？”

在胡小知眼里，现在苏琳欢简直就是神一般的存在。

苏琳欢家里条件好，又是学校的老师，人长得这么美，个性又好，与为了钱嫁给一个残疾人的叶繁星相比，两者简直是天壤之别。

“苏老师？”叶繁星挑了挑眉，望向胡小知，“她教过你一节课吗？你叫得这么亲热。”

“就算没有，她也是我们学校的老师。”胡小知说，“尊师重教难道你都不懂？”

她觉得叶繁星简直是个奇葩，苏老师这么好，叶繁星还这么过分。

叶繁星怕不是脑子有问题吧？

“我是不懂，不过，我请你们过来坐这里了吗？”

胡小知望着叶繁星冷淡的样子，突然灵机一动，说：“你这么生气，难道是嫉妒苏老师比你优秀？”

苏琳欢刚刚来学校就收获了一大拨粉丝，在大家眼里，她简直是女神的代表，所以叶繁星这样讨厌苏琳欢，不知情的人还真会以为她是嫉妒苏琳欢。

“……”

叶繁星忍不住看了苏琳欢一眼，自己为什么要嫉妒她？

苏琳欢微笑着开口：“星星，我对你没有恶意的。”

“苏老师，她就是个不知好歹的人，你不用对她这么好。”胡小知很是气愤，觉得叶繁星不值得苏琳欢这般对待。

苏琳欢替叶繁星解释道：“星星只是对我有点儿误会，她不是你说的那种人。”

胡小知说：“叶繁星，你看苏老师对你多好，你这副模样她都不跟你计较，你不觉得自己很过分吗？”

“……”

林薇看得出来叶繁星很不喜欢苏琳欢，虽然不知道为什么，还是瞪了胡小知一眼：“你少说两句行不行？”

胡小知哼了一声。

苏琳欢看着叶繁星，说："星星，我有些话想跟你说。"

"我没兴趣。"

哪怕苏琳欢再温柔，可在叶繁星眼里，她就不是个好人。

胡小知看着苏琳欢，说："苏老师，叶繁星嫁人了！她老公可有钱了，所以她都看不上别人的。"

叶繁星瞪着胡小知，知道胡小知现在就想拿傅景遇的腿脚来说事。

细细想来，这两个人还真是般配。

苏琳欢露出一个友善的笑容："我知道。我们家跟傅家走得近，我跟叶繁星的老公是很多年的朋友了。"

"这样啊！"胡小知僵了一下，没想到他们还有这层关系。

只是，之前叶繁星结婚的时候，她没在婚礼上见过苏琳欢啊！

"朋友吗？"叶繁星微微一笑道，"苏老师怎么不说，你曾经还是我老公的未婚妻，只不过他出事之后，你就忘恩负义地跑了？"

她就想看看，苏琳欢还能把这个好人的人设怎么装下去。

林薇望了苏琳欢一眼，眼中闪过微微的惊讶之色。没想到苏琳欢竟然是傅景遇的未婚妻，而且还在傅景遇落难的时候选择抛弃他。

难怪叶繁星会这么生气。

胡小知看着苏琳欢，下意识地觉得叶繁星是在撒谎。苏老师怎么可能会是叶繁星说的那种人？

她明明那么好！

苏琳欢倒是一脸淡定，面对叶繁星突然把这件事情说出来，只是愣了几秒就反应过来了，用无比温柔的语气解释道："景遇受伤的那段时间我正好有事去了国外，也不知道他受伤的消息。我是前两天才回来的，不过……他已经跟星星结婚了。"

她这句话说出来，瞬间逆转了形势，好像她并没有错，错的反倒是傅景遇——傅景遇没等她回来，就跟叶繁星结婚了。

这个颠倒黑白的女人！

叶繁星拼命按捺住自己的愤怒，说道："是吗？他受伤到现在，一年过去了，你敢说你一点儿消息都没听说？"

苏琳欢无奈地叹了一口气："我跟他的婚约原本就是两家长辈订的，我们本来也没什么感情。他大部分时间在外面工作，很少回来。我也有自己的工作啊！"

不等叶繁星再辩解，她先声夺人道："星星，你不用这样针对我，我这次回来并没有想要破坏你们的关系的意思。"

她这么一说，直接把对自己不利的因素全部排除了：

她并没有丢下傅景遇不管，而是因为工作，而且不知道这个消息；

她跟傅景遇的婚约只是长辈订的，跟她没有什么关系；

她这次回来，并没有要抢回傅景遇，也不计较傅景遇跟叶繁星结婚的事情，而且她还愿意跟叶繁星当朋友。

听听，多么完美的人设！

倒弄得叶繁星小心眼似的。

这些话听在别人的耳朵里，就是：叶繁星成了抢人未婚夫的人就算了，还把无辜的苏琳欢当成敌人，叶繁星未免太不知好歹。

胡小知看着叶繁星，道："叶繁星，我以前只觉得你贪钱，把自己嫁给那样一个人，没想到那样的人还是你从别人手里抢来的。苏老师这么好，都不跟你计较，你却还对她这种态度！"

叶繁星望着苏琳欢，苏琳欢明明是在说谎，可她的眼神那么真，让人找不出一丝破绽。

重点是，她说了这些话，脸上也没有什么得意之色，仿佛她就是不想被叶繁星误会才做了这番解释。

听到胡小知这么说话，苏琳欢再次开口："这件事情我也就是在这里跟你们说！我跟傅景遇其实没什么关系的，你们别说出去，免得让别人误会星星，知道吗？"

她的一举一动，都像个处事成熟的女人，不让叶繁星难堪，不给叶繁星制造麻烦，就连解释自己跟傅景遇的关系，仿佛也是被叶繁星逼得无法选择了才这样讲的。

说完之后，苏琳欢还特地叮嘱了一下胡小知："尤其是你，你要是拿出去说，我会生气的哦。"

她故意装出有些凶的样子，却还是无比温柔。

胡小知点头："嗯。"

苏老师真的太好了！

叶繁星坐在一旁看着苏琳欢这一番回击，突然发现这个女人的段位很高，自己如果只是跟她硬碰硬，压根不会有好果子吃。

苏琳欢才来学校两天，人缘就已经好到爆，连胡小知都如此死心塌地地帮着她。

如果自己再当众针对她，只会对自己不利。

在学校里，叶繁星并不想树敌。

人只要活着就不可能是一个独立的个体，人际关系很重要。

一旦让别人对你的人品产生怀疑，那么你以后做任何事情都不会那么方便。

她可不想苏琳欢还没得到报应，就先让她把自己坑死了！

叶繁星看着苏琳欢，笑了笑道："好吧！是我弄错了，是我小心眼，苏老师，你能原谅我吗？"

不就是演戏吗？她也会的。

那就看看谁比谁更会演吧！

叶繁星这样的举动，倒是让苏琳欢愣了一下。

她觉得叶繁星是那种心直口快的个性，单纯得要命，有什么不高兴都写在脸上。

可现在叶繁星这样，她又觉得自己好像看轻了叶繁星。

顾雨泽进来的时候，看到叶繁星竟然坐在苏琳欢身边，两人还聊得很愉快的样子。

这让他忍不住皱了皱眉。

现在家里人都恨苏琳欢恨得要死，叶繁星是不是忘了什么？

这顿饭叶繁星吃得很少。吃过饭，叶繁星和林薇一起从食堂出来，身后突然响起苏琳欢的声音："星星。"

叶繁星和林薇停下脚步，很快苏琳欢就走了过来，对着林薇笑了笑，说："我想跟星星单独谈谈，可以吗？"

林薇说："好。"

林薇走开后，叶繁星看着苏琳欢，苏琳欢对着她微微一笑道："星星。"

"苏老师有事？"叶繁星的语气带着伪装出来的礼貌。

苏琳欢说："其实我是有事情想请你帮忙。"

"帮忙？"叶繁星觉得可笑，这个女人凭什么觉得自己会帮她？

苏琳欢温柔地请求道："你能不能帮我跟景遇说说，让他放过我爸的公司？"

就仿佛这只是一件叶繁星应该做的事情，苏琳欢压根不觉得她的这个请求有多不合理。

叶繁星看着苏大小姐，淡漠而不失礼貌地回绝道："我从来不过问他工作上的事情，他做什么，我也干涉不了。"

"我知道，你只是不想帮我。"苏琳欢并未放弃，真诚地看着叶繁星道，"星星，你帮帮我好吗？这也算是帮你！你难道真的想看着我回到他身边？"

"你能回到他身边再说吧！"她这副态度让叶繁星忍不住皱眉。

自己才是大叔的妻子！

苏琳欢凭什么这么自信？

难道就凭他们过去的婚约？

苏琳欢见叶繁星生气，笑道："我跟你开玩笑的，我是不可能回到他身边的，也不会跟你抢他。但你要是帮了我，好处肯定少不了你的！"

她知道叶繁星家里条件不好，为了钱才嫁给傅景遇，自己能够帮叶繁星的地方很多。

叶繁星毫不留情地拆穿她道："不是你不跟我抢他，是你根本看不上他吧？你嫌弃他坐在轮椅上，觉得他配不上你。"

苏琳欢理直气壮地说："我不过是对自己的人生负责，不想把精力浪费在注定会失败的婚姻里，这也有错吗？"

"行吧。"叶繁星说，"你高兴就好。"

她不是当事人，没办法指责苏琳欢，只是替傅景遇觉得不值得。

叶繁星并不想再跟苏琳欢说下去，转身就走，苏琳欢却叫住她："星星。"

"……"

"我知道我可能没资格说这样的话，但是……我觉得作为一个女孩子，你还是要清醒一些、自爱一些。现在你也许觉得无所谓，等以后时间长了你就会发现，为了钱牺牲自己的青春有多不值得。"

"……"

原来自己嫁给傅景遇的行为，在她眼里属于不清醒、不自爱，而且是在出卖自己的青春。

叶繁星忍不住扬了扬嘴角，觉得讽刺。

她跟傅景遇在一起，当初就是为了钱，苏琳欢这样说她并不觉得生气，也不替自己委屈。

可是，苏琳欢未免把大叔说得太不堪了吧？毕竟那是曾与她订下婚约的男人。

左煜站在顾雨泽身边，望着一直对叶繁星纠缠不休的苏琳欢，吐槽道："这女人想做什么？一直纠缠叶繁星。"

顾雨泽说："大概是有病吧！"

"要不要去帮帮叶繁星？"左煜有点儿担心。

苏琳欢跟他们不是一个段位的人，他怕叶繁星吃亏。

苏琳欢再怎么也比叶繁星多活了那么几年，叶繁星上小学的时候，苏琳欢都已经上高中了。她要是真的欺负叶繁星，叶繁星哪里是苏琳欢的对手？

只是看着她们聊了一会儿，左煜就已经脑补出一出两个女人抢男人的戏码。

顾雨泽没表态，直接走开了。

左煜看着顾雨泽的背影，不放心，还是给傅景遇打了个电话。

傅景遇正坐在书桌前签署文件，接到了左煜的电话："傅叔叔，苏琳欢一直在学校里纠缠叶繁星，你管管吧！”

左煜刚刚把话说完，还没听见回复，电话就被挂断了。

左煜盯着电话看了一会儿，有些蒙，傅叔叔好高冷啊！

叶繁星回到家里时，吴阿姨已经做好了晚餐，傅景遇还没回来，只有叶繁星和顾雨泽在。

叶繁星对着吴阿姨问道：“大叔今天不回来吃饭吗？”

吴阿姨笑道：“他今天要去医院例行检查，要晚点儿回来。”

“这样啊！”叶繁星倒是知道傅景遇定期要去医院做检查的事。

可是他不回来一起吃饭，她还是有点儿想他。

叶繁星安静地吃着饭，没有说话。顾雨泽看着吴阿姨走开了，才开口：“我今天看到你跟苏琳欢一起吃饭。”

叶繁星看了顾雨泽一眼，说：“哦。”

她也不想的，是苏琳欢非要凑上来的。

顾雨泽不想管她的事情，可还是怕她在苏琳欢那里吃亏：“你离她远一点儿，免得自己吃了亏都不知道！”

“我心里有数。”

“你有什么数？”顾雨泽说，“她跟胡小知和赵嘉淇那种白痴不一样。”

苏家能够在江州立足，当初苏琳欢能够成为傅景遇的未婚妻，再加上她还敢把傅景遇甩了，都是因为他们家有背景。

她跟赵嘉淇和胡小知不一样，就连顾雨泽这个傅景遇的亲外甥，拿苏琳欢也没有办法。

再加上那个女人心机深得很，当初连傅家一家人都被她骗得团团转，更别说是叶繁星。

所以他真担心叶繁星一个不小心就会吃亏。

叶繁星望着顾雨泽，不敢相信地问道：“你这是……关心我？”

也不知道是谁天天跟她抢大叔来着！

“我什么时候不关心你？”顾雨泽沉下了脸色。

他为什么会搬来这里住？还不是因为她生病，他担心她！

顾雨泽现在倒也不是每天都住在这里，有时候还是住在宿舍，有时候会回家住．可他有话想跟叶繁星说的时候，就会来这里。

顾雨泽的话让叶繁星僵了一下，感觉这货最近病得有点儿严重，让人看不懂他在想什么。

顾雨泽见叶繁星尴尬地低下头，也没再提这个话题。

他望着叶繁星，突然感觉自己的心痛极了。

他和她如今的身份，谈感情未免显得很可笑。

只是他这么喜欢她，又有谁知道？

叶繁星不想留在这里单独面对顾雨泽，很快就吃完饭回了房间。

苏家，天色刚暗。

苏琳欢将车停在门口，从车上下来。管家看到她，亲切地跟她打着招呼：“小姐回来了。”

“嗯。”苏琳欢微微一笑，让院子里的路灯都黯然失色。

管家看着她，说：“今天家里来了客人。”

“客人？”苏琳欢问道，“谁啊？”

她走到门口开始换鞋子，听到管家说：“是傅景遇。”

“……”苏琳欢拿鞋子的手抖了一下，他来做什么？

不是说他对她没有想法，看不上她吗？

这男人……果然对她有想法！

想到这里，苏琳欢整个人都不淡定了。她换了拖鞋，对管家说：“我先去楼上了，别告诉他们我回来了。”

她不想看到傅景遇！

之前父亲怎么约他他都不肯见，现在亲自跑到家里来，目的显而易见。

光是想想，她就起了一身鸡皮疙瘩。

虽然傅景遇真的长得帅，但她对坐在轮椅上的他真的生不出半点儿想法。

管家看着苏琳欢，虽然不懂她的意思，但还是点了点头。

苏琳欢把脱下来的鞋放回鞋柜，正好苏妈妈走了过来："宝贝儿，你回来了。"

苏妈妈的声音很大，客厅里的人也都听到了。

苏琳欢听到母亲的声音，还未来得及阻止，苏父已经开口："琳欢，你过来，跟傅总打声招呼。"

虽然当初傅景遇差点儿成为苏家的女婿，但如今两家确实没什么关系了，所以苏父称呼傅景遇为傅总。

苏琳欢走过去，看到坐在沙发上的傅景遇时僵了一下。

但看在父亲的面子上，她还是笑了笑，友好地道："景遇，你来我家做什么？"

傅景遇看了她一眼，态度冷淡。

苏父对苏琳欢说："你坐下来，陪傅总说说话。"

苏父现在对傅景遇挺客气的。

傅景遇抢他的地，抢他的其他生意，虽然苏家不至于因此就崩盘，但他还是好几次被傅景遇气得血压上升了不少。

这次他专门把苏琳欢叫回来，就是想跟傅景遇拉拢拉拢关系的。

两家是世交，没必要把关系弄得这么差。

苏琳欢却并不想陪傅景遇说话："我有点儿累，想回房间休息一下。"

"不着急。"苏父说，"傅总好不容易来家里。他上次来还是两年前吧？过年的时候，你们一起回来的。"

那时候傅景遇还是他的准女婿，在部队里，一年难得见到一次人。

傅景遇跟苏琳欢订婚好几年时间里，前前后后一共只来过家里三次，就吃了三顿饭，然后就走了。

傅景遇是霍老先生面前的红人，每次来家里都让苏父觉得蓬荜生辉。

如果不是后来出了事，他其实对傅景遇这个女婿挺满意的。

现在在这个家里，也就是苏琳欢跟傅景遇接触得最多，所以苏父就想着，如果女儿出面跟傅景遇说说话，傅景遇说不定会顾念旧情不再针对他。

提起那时候，苏琳欢皱眉道："爸，那都是多久以前的事情了。现在景遇都结婚了，你就别拿以前的事出来说了。要是让他太太知道，说不定还会误会呢！"

蒋森站在傅景遇身边看着苏琳欢，听到苏琳欢这话，感觉自己的额角青筋暴起。

这女人处处在躲，生怕跟傅景遇扯上半点儿关系。

傅景遇看了一眼苏琳欢，忍不住在心里冷笑了一声。自己缠着她吗？她想得真多！

还好，纪明远说，他再坚持几个月就能站起来了！他并没有真的成为一个永远的残废！

否则他才是真的能被这个女人给气死。

他看着苏琳欢，从容地道："我今天过来是有话跟苏小姐说。"

苏琳欢愣了一下，看着傅景遇。他不会是想跟她和好吧？

那天当着叶繁星的面他不好说，今天他就专门找到了家里来？

想到这里，苏琳欢握了握拳头。如果他敢开这个口，那么自己宁愿得罪他也不会同意的。

苏父是个聪明人，站起来说："那你们聊，我先去一下洗手间。"

他走开后，苏琳欢看着傅景遇，警惕地道："你知道吗，我今天在学校见到你太太了！她是个很好的人，我看得出来她很喜欢你！"

听到苏琳欢说叶繁星喜欢他，傅景遇脑海中浮现叶繁星白净的小脸，冷冷的胸口立马暖了一下。

他当然知道，他的小可爱是这个世界上最好的人。

蒋森很意外地看着苏琳欢，虽然苏琳欢劣迹斑斑，但还算说了句人话。

苏琳欢继续道："既然你娶了她，就应该好好对她，一心一意地爱她，别成天把心思放在我身上。"

傅景遇看着她，仿佛看着一个精神病患者。

蒋森的额角也跟着抖了抖。

傅景遇看她一个人自作多情地说了半天，才终于忍不住开口，声音冷淡："我今天来是想告诉你，离星星远一点儿！"

面对他的警告，苏琳欢淡淡地扬了扬眉："我又没做什么，只是想让她帮忙劝劝你。她很可爱，我还想跟她当朋友呢！"

朋友？

苏大小姐的朋友，谁当得起？

她现在是很单纯的模样，可傅景遇知道，一旦与她的利益有了冲突，不管是谁，都会被她无情地踢走。

这样一个冷漠无情的女人，他绝对不想看到她出现在叶繁星身边。

傅景遇看了看蒋森，蒋森立马拿了些照片过来放到苏琳欢面前。

苏琳欢看了一眼傅景遇，狐疑地接过照片，看到上面的人物，瞪大了双眼。

照片上，她平时对家人很好，也很疼母亲的父亲，搂着一个二十出头的女孩子，举止亲昵。

要知道，她父亲如今都已经五十多岁了。

这些年在家里，他对母亲一直很好，母亲也把他当成所有的依靠，却没想到他竟然背着母亲在外面有了人。

她还没从震惊中回过神来，傅景遇就开口了："再让我知道你故意接近星星，打扰她在学校的生活，你明天就会在微博头条上看到这些照片。"

苏父在外面一直是良好的疼老婆的形象，这出轨的丑闻要是被爆出去，苏家的股票都得跟着受到影响。

当然，对苏妈妈来说，这也是严重的打击。

苏琳欢已经出了一身冷汗，眼泪差点儿落下来，想到父亲竟然是这种人，心中的父亲形象有些崩塌，心里也有点儿难过。

她不敢相信地看着傅景遇，没想到他手里竟然握着这种照片。

傅景遇只是淡漠地移开目光，连看都不愿意再多看她一眼。

蒋森站在一旁，得意地扬了扬嘴角。

傅先生今天过来不过是想给她一个警告。

傅景遇是个很有原则的人，对付苏家，抢他们家的地、抢其他生意，都是凭的自己的能力。

所有的恩怨，他都拿到生意场上解决。

爆人私事这种阴招，他没兴趣去做。

但如果苏琳欢继续给叶繁星带来困扰，傅景遇就不敢保证不会这么做了。

客厅外面，苏父从洗手间出来，被苏母拦住了。

苏母望着客厅，有些担心："琳欢跟傅景遇在一起不会有事吧？"

"能有什么事？"苏父说。

苏母瞪了他一眼："我们退了婚，傅家一直很不甘心，现在宝贝女儿一回来他就跑上门来了，一看就图谋不轨。你也真是的，再看重生意，也不能拿自己的女儿去讨好别人吧？"

就算是为了家里，她也不想女儿吃亏！

两人正说着话，傅景遇和蒋森出来了。

苏父看着傅景遇，脸上带着虚伪的笑容："傅总……"

傅景遇没有回他——从过来到现在，都是冷淡的模样。

苏父现在拿他没办法，也不好说什么，只好客气地将傅景遇送出门。

傅景遇回到家，叶繁星不在客厅里，蒋森推着傅景遇进了电梯，对傅景遇道："也不知道苏大小姐哪里来的自信，觉得傅先生您一直对她念念不忘。"

"她喜欢就好。"傅景遇说得很淡定。

"您不生气吗？"蒋森发现，傅景遇还挺淡定的。

如果换作是他，他早就气得不行了。

傅景遇道："我没兴趣跟傻子计较。"

苏琳欢在他眼里就跟个傻子差不多，就让她这么误会着吧！

蒋森说："也是！她现在就是觉得您站不起来才处处轻视你，等您能够站起来的时候，不知道她会是什么脸色。"

"……"到了卧室门口，傅景遇对蒋森说，"你去休息吧。"

蒋森点头："好。晚安！"

傅景遇进了门，发现叶繁星坐在书桌前，正戴着耳机背单词。

叶繁星学习的时候很专注，傅景遇望着她的侧脸，静静看了一会儿，去洗澡了。

叶繁星背完单词，拿下耳机，发现傅景遇已经洗完澡躺在了床上，正在看书。

她被不知道什么时候回来的傅景遇吓了一跳："大叔，你……什么时候回来的？"

傅景遇严肃地道："有一会儿了，看你背书很认真，就没叫你。"

"你也跟我说一声啊！"叶繁星走了过来，"你这样不声不响的，吓我一跳。"

傅景遇抬起眼睛看着她，眼神里带着暖意。

叶繁星掀开被子上了床，对着他问道："你去医院做检查，结果怎么样？"

"还好。"傅景遇的目光落在书上，一副看得很是认真的样子。

叶繁星凑了过来："大叔，抱抱。"

"……"傅景遇看了她一眼，伸出手将她搂在怀里。

叶繁星偷偷看了一眼很安静的傅景遇，有点儿意外。他今天竟然没有嫌弃她哦！

傅景遇翻了一页书，看向叶繁星："盯着我做什么？"

"没有啊！"叶繁星把目光收回来，"我帮你翻书？"

"嗯。"

两人就这么相处了一会儿，没过多久，叶繁星就睡着了。

第二天她去学校，没有见到苏琳欢。

倒是赵嘉淇，对昨天她们三人跟苏琳欢一起吃饭的事情很有意见，在一旁酸溜溜地道：“也不知道那个女人有什么好，一个个都去抱大腿。”

赵嘉淇这人嫉妒心很强，最见不得别人比她漂亮。

哪怕苏琳欢长得再好看，人缘再好，她也觉得别人是装模作样。

叶繁星看了赵嘉淇一眼，第一次发现自己竟然还有点儿认同赵嘉淇的话。

至少，她是在学校里极少数没有被苏琳欢的外表迷惑的人。

胡小知看着赵嘉淇，说：“我觉得苏老师挺好的。”

比起这些欺负过她的人，只有苏琳欢对她最好。

赵嘉淇看着胡小知：“就你这种单细胞生物，也看得出来谁是好人谁是坏人？”

自己三言两语就能把她骗得团团转，因此对胡小知的看法，赵嘉淇不敢苟同。

赵嘉淇这种理直气壮的嘲讽，让胡小知忍不下去了：“谁是单细胞生物？赵嘉淇，你未免太过分了。”

她虽然傻，但也听得出来赵嘉淇是在骂她。

赵嘉淇白了她一眼：“我就说你怎么了？”

因为顾雨泽的事情，赵嘉淇现在最讨厌的人是林薇，因为林薇进了顾雨泽的战队；第二讨厌的人就是胡小知，因为胡小知那天被顾雨泽摸了头。

光是想想，赵嘉淇就想把胡小知揍一顿。

这个丑八怪，别把她的顾雨泽弄脏了。

胡小知平时很胆小，也不敢跟赵嘉淇正面怼，但是现在苏琳欢就是她眼里的女神，她容不得别人诋毁苏琳欢：“苏老师再不好，也不会像你这种人去贿赂评委。”

赵嘉淇这件事情过去一段时间了，大家都已经快忘了，没想到又被胡小知提起。

周围的人都忍不住看向赵嘉淇，说：“赵嘉淇，你也太过分了！就算你家里有钱，也不至于这样欺负别人吧！我看你根本就是嫉妒苏老师比你好看。”

现在苏琳欢的人缘很好，不少男生把她当女神，大家见赵嘉淇说苏琳欢的坏话，自然选择去帮助胡小知。

赵嘉淇脸色僵了僵，气得很：“你们这些男人都是白痴！就喜欢那种女人！”

“她是哪种女人？人家本来就长得比你好看。你就是嫉妒！”

“你们……”赵嘉淇气得要死，干脆懒得再说了。

叶繁星坐在一旁，看着赵嘉淇不过是说了两句苏琳欢的坏话就被人怼成这样子，不免觉得有点儿可怕。

果然颜值就是正义，长得好看的人简直可以为所欲为，难怪苏琳欢那么自以为是。

叶繁星今天没有见到苏琳欢，是因为苏琳欢根本没来学校。

傅景遇给的照片让她心里憋屈得慌——知道父亲出轨的事情，她又不敢告诉母亲——昨晚一晚上没睡着，今天就干脆请了假。

下课后，叶繁星去上了个厕所，碰巧遇到胡小知也在厕所里。

平时胡小知见到叶繁星只会灰溜溜地走开，但现在不一样了，她是有苏老师撑腰的人。

她主动叫住叶繁星，一副小人得志的模样：“叶繁星。”

“怎么？”叶繁星淡定地照着镜子。

胡小知扬了扬嘴角，道：“虽然苏老师人好，让我不要告诉别人，但是你猜猜如果我把你抢她未婚夫的事情说出去，后果会怎么样？”

“……”叶繁星看着水不停地流下来冲刷着自己的手指，听到胡小知的话后，皱了皱眉。胡小知这是在威胁她？

胡小知就是个典型的小人，现在因为苏琳欢，不再被人排挤了，所以嚣张得很。

她之前不主动来欺负自己，叶繁星也就不想跟她起冲突，可这不表示胡小知就能这么欺负到自己头上。

叶繁星走向胡小知。她比胡小知高一些，气场又很足，胡小知看到她这样愣了一下，整个人靠到墙壁上，再也没有退路。

胡小知有些颤抖地说："你摆出这副模样做什么？别以为我怕你。"

她突然想起叶繁星上次打了马超的事，虽然被她告了状，却完全没有受到惩罚，心中顿时𡨚得要命。

叶繁星站在胡小知面前，淡定地看了看自己的手："我想起那天马超来找我麻烦的时候，我打了他，那滋味还挺爽的。你要不要试一试？"

"你……"胡小知威胁叶繁星道，"你敢打我，我就把你抢苏老师的未婚夫的事情说出去。"

叶繁星抬起手，直接对着她的脸挥过去。

胡小知吓了一跳，心脏跳到嗓子眼，没想到叶繁星真敢动手。

最终，叶繁星的手只是贴着她的脸停了下来，并没有打到她。

看着只是因为自己这一个小小的动作就吓得脸色苍白的胡小知，叶繁星笑了笑，语气里带着警告："人不犯我，我不犯人！你要是想在学校里好好的，我们都好好地过下去。当然，你要是想闹，我不介意奉陪到底。反正我现在已经结婚了，大不了以后在家里当个全职太太。你可以在心里好好想一想，我们谁的损失会更大。"

胡小知人品虽然不行，但也是凭着自己的成绩考上江州大学的。她从小地方来的，考上这所学校后，家里人骄傲得要命，要是现在放弃了，回去还不知道会怎么被人嘲笑。

她听了叶繁星的警告，也不敢还嘴，低下头准备逃走。

叶繁星拦住了她。

胡小知不悦地看着叶繁星："你还想怎么样？"

惹不起她躲着还不行吗？

叶繁星道："我的话还没说完，让你走了吗？"

"你……"胡小知气得很，有点儿后悔来招惹叶繁星。

叶繁星并不是想欺负她。她跟胡小知不一样，更不愿意变成胡小知这样的人。

只是有些话她想跟胡小知说清楚。

叶繁星对胡小知道："我这个人，好说话得很，你在学校里说我什么，我心情好的时候说不定就不计较了。但是胡小知，你敢拿我大叔的腿说事，就别怪我不客气。"

拿别人的痛处当笑点的人，是最无知，也是最低级的。

大叔本来就不容易，叶繁星不想看到任何人笑话他。

胡小知看了叶繁星一眼，不耐烦地道："知道了。"

然后她推开叶繁星，走了出去。

气死了气死了！凭什么叶繁星这种人，这么骄傲！

叶繁星看着胡小知离开的背影，心中松了一口气，还好胡小知胆子不大，自己的几句话就把她骗到了。

其实叶繁星并不敢把胡小知怎么样，也不敢在学校里打架惹事，她的本意是想好好上学的，当初也是因为这样才会嫁给傅景遇。

刚刚她说的那些话，不过是靠着自己的演技才让胡小知当了真。

看着这些人欺软怕硬的模样，叶繁星更加明白，让自己强大是件多么重要的事情。

今天是周五，叶繁星下课前接到了苏齐的电话，下课后就直接去了一趟公司。

这个公司背后的老板虽然是傅景遇，但一直负责跟叶繁星接洽的人是苏齐。

叶繁星坐在会客室里等了一会儿，苏齐开完会过来见她。

他对着她笑了笑，说："我今天叫你过来，是有些事情想跟你说。"

"您请说。"叶繁星好奇地看着他。

苏齐道："现在你的微博的人气已经很好了，我在想我们能不能建一个微信公众号？"

叶繁星点头："其实我最近也一直有这个想法，只是对这方面不太懂，还在研究，又怕自己没时间打理。"

苏齐笑了笑，道："你觉得可以就行，有什么不懂的我可以帮你。”

苏齐还跟她说了一些意见和自己的经验。他毕竟是做运营的，在这方面比叶繁星这个纯新人的经验要多一些，而且之前有一段时间，他们运营部背后没少帮叶繁星推波助澜。

叶繁星跟苏齐谈完，从公司出来的时候都已经晚上六点多了。

周末要回傅家，她这会儿正准备去坐轻轨回去，结果才从公司的大门出来，一辆车就停在了门口。

前排的车窗落下，叶繁星看到蒋森，惊喜地上了车，发现傅景遇也在。

她不敢相信地道：“大叔，你们怎么会在这里？”

“路过，正好看到你。你来这里做什么？”

这家公司的办公地点跟傅景遇的公司有一段距离。

不过叶繁星今天要来这里的事情，傅景遇倒是听苏齐提了一下，所以下班的时候才让司机特地走了这边。

叶繁星说：“来谈工作，我签的公司就在这里。”

傅景遇看了她一眼：“这样。”

叶繁星坐在他旁边，很是开心：“你们来得好巧啊！我正好省了车费。”

这个点去坐轻轨挤得要命，打车直接到傅宅钱也不少，都够她吃两顿饭了。

蒋森惊讶地看了叶繁星一眼：“你现在不是都赚钱了吗？”

虽然她还是个学生，但现在靠着微博的人气，一个月赚几千块钱还是有的，尤其是有了苏齐那边帮着她运营之后，收入上万也有可能。当然以后还会更多。

所以他不是很明白，为什么她还是这么节省？

蒋森的话让叶繁星一时语塞。其实连她自己也不知道为什么。虽然赚了钱，可她总觉得那些钱不像是自己的，就好像只是游戏里的游戏币，没有太真实的感觉。

过了一会儿，她才开口：“我还要赚钱还给大叔呢！而且下一年的学费，我想自己交。”

傅景遇愣了愣。

蒋森也觉得不理解：“为什么？你现在已经跟傅先生结婚了……”

她完全可以依靠傅景遇。

然而在金钱上面，叶繁星跟傅景遇依旧分得很清。

叶繁星说：“我有手有脚的，能养活自己的时候，不想麻烦大叔。”

“我不怕麻烦。”傅景遇望着叶繁星，她这番话说出来，让他觉得很生分。

可能在她眼里，他们的婚姻只是一场随即终结的交易？

说不定她什么时候就会离他而去。

这个认知让傅景遇突然有点儿烦躁起来，他也说不出来是为什么。

当时他娶她，不过是为了为难她；宠她，是因为她是他的妻子；觉得她可爱，是因为她相比苏琳欢真的比较真诚善良。可是为什么现在光是想想她可能会离开，他就有很不舒服的感觉？

傅景遇心中的这份不悦，就连蒋森也感觉到了。

蒋森看了一眼傅景遇，对叶繁星说：“其实女人稍微依靠一下男人也没什么不好的。”

叶繁星道：“能养活自己，我不想依靠任何人。”

她这句话完全是由衷地说出来的，叶繁星并没有想太多。

她从小到大就没有见过几个很可靠的男人，所以一早就养成了在这个世界上只有相信自己才最可靠的观念。

傅景遇将手肘放在车窗上，望着窗外不停往后退的路灯，没有说话。

晚上吃饭，除了顾长平，一家人都在。

傅玲珑说：“爸妈明天想去泡温泉，景遇，你和星星一起去吧。”

傅景遇淡漠地应了一声：“嗯。”

叶繁星看着傅景遇，突然发现回来之后，大叔就没怎么说话了，有点儿冷冷的。

她不禁皱了皱眉。大叔生气了？

她应该没有哪里惹到他吧？

叶繁星试探地给他夹了一块排骨，小声问道："大叔，你不高兴啊？"

"没有。"

"你要是有不高兴的地方，记得跟我说，我有时候粗心大意的，做了什么心里也不知道。"叶繁星现在很蒙。她没跟其他男生纠缠，也没说什么过分的话，所以不知道傅景遇为什么不高兴。

傅景遇看了叶繁星一眼，没出声。

顾雨泽一边吃饭，一边望着叶繁星，见叶繁星小心翼翼地哄着傅景遇的样子，觉得有点儿可笑。

她就没有一点儿尊严、一点儿脾气吗？对傅景遇简直比狗还要忠诚。

他好像还从来没见过叶繁星跟傅景遇闹矛盾。

一开始两人关系好能理解，可现在都过了这么久了，苏琳欢也回来了，这两人还是跟以前一样好。

这让他有点儿理解不了。

吃过饭，傅景遇和蒋森去了楼上。叶繁星回去房间，上线跟苏齐聊了一会儿公众号的事情。

没过多久，门被敲响了。

叶繁星站起来去开门，看到傅玲珑站在门口，笑嘻嘻地看着自己。

叶繁星意外地道："姐，你怎么来了？"

"过来看看你。"傅玲珑亲切地道，"我们明天要去泡温泉，你一起去，看我给你准备了什么？"

她捧着一个盒子，叶繁星好奇地望着她："什么啊？"

"我猜你肯定没有准备好，所以给你准备的。"傅玲珑在她面前打开盒子。

叶繁星愣了一下，盒子里面竟然是泳衣。

叶繁星之前上体育课的时候，泳衣都是随便买的，而且她放在家里，没有拿过来。

他们突然说要去泡温泉，她压根就没想到这件事情，结果傅玲珑这么贴心，连这个都给她想到了。

“谢谢姐。”叶繁星感激地看了傅玲珑一眼。

傅玲珑的眼神很是火热：“穿上我看看。”

她一直想有个女儿，把女儿打扮得漂漂亮亮的，叶繁星现在就满足了她的这个幻想。

别说，她还挺好奇叶繁星穿上泳衣是什么样子。

叶繁星窘了一下，她怎么觉得姐姐这眼神好不正经啊！

大家都是女人，有什么好看的？

叶繁星说：“我明天去温泉的时候再穿吧。”

“先看看合不合身。”

“肯定合身的。”叶繁星推托着。

傅玲珑板起脸，一副奶凶奶凶的样子：“我生气了啊！这么不给姐姐面子。”

“好吧。”叶繁星没办法，只好去更衣室换上了泳衣。

傅玲珑的眼光很好，买的泳衣很青春阳光，又透着女人的小性感。叶繁星以前的泳衣都是最保守的。看着镜子里面的自己，叶繁星愣了一下，原来自己也可以这么好看的吗？

叶繁星换好泳衣出来，傅玲珑看着她，笑了起来：“好看！星星的身材真好！”

听到她夸奖自己，叶繁星有点儿不好意思：“我想去换了。”

反正姐姐已经看过了。

结果叶繁星还没来得及换，蒋森和傅景遇已经从外面推门进来了。

“呃……”

看到他们，叶繁星猛然想起自己现在的模样，吓得直接躲回了更衣室，换她自己的衣服。

傅玲珑望着突然进来的两人：“你们不是在楼上吗，怎么就下来了？”打扰她跟星星的相处时间。

蒋森愣在傅景遇身后，以为自己来错了房间。

傅景遇坐在轮椅上，想起自己刚刚看到的……跟平时完全不一样的叶繁星。

不过，好像……蒋森也看到了？

他沉声对着傅玲珑问道：“你们在做什么？”

傅玲珑说：“明天我们要去泡温泉，我帮星星买了泳衣，让她先试一下。怎么样，好看吧？”

傅景遇皱眉道：“不好看！”

他老婆凭什么要给其他人看？

叶繁星很快换完衣服出来，看到他们，鼓起勇气跟傅景遇打招呼道：“大叔，你回来了？”

刚刚他一直没回来，好像是跟蒋森去楼上忙什么了，她也没问。

傅景遇看了她一眼。即使她现在已经换好了衣服，他也没忘记她刚刚那副模样。

真是妖精！

蒋森总觉得气氛有哪里不对，再想想傅先生的占有欲，忙开口道：“那我先忙去了，傅先生晚安，太太晚安，大小姐晚安。”

他很快地逃走之后，傅玲珑也出去了：“那我先回去了！明天早上出发，你们早点儿起床。”

傅玲珑这话别有深意，仿佛在说让他们克制一点儿。

叶繁星看着傅景遇：“大叔？”

她跟他说话，他都没回她呢！

傅景遇看了叶繁星一眼：“我去洗澡。”

叶繁星说：“我去帮你拿换洗衣服。”

她把衣服拿进浴室时，傅景遇已经在放水了。

傅景遇做这一切的时候，脑海中不自觉地想起自己刚出事时的情形：双腿不能行走，自己什么都不能做，什么都做不到。

可如今他才知道，原来即使依靠轮椅行动，一样能够生活自理，一样能够做所有的事情。

叶繁星说："大叔，我把衣服放在这里了。你需要帮忙吗？"

虽然她知道自己帮他不怎么方便，可比他自己洗澡要方便一点儿吧？

"不用，你出去吧。"傅景遇的语气很淡漠。

叶繁星看着他这样，心想他果然有问题："你今天心情不好吗？还是公司遇到了什么问题？要是有问题，你可以说给我听，我虽然不能帮你什么，但至少可以当一个倾听者吧？"

傅景遇抬起头看了叶繁星一眼，眼神有点儿严肃。

叶繁星被他看得有点儿不安，妥协道："那我……先出去了。"

她走出门，在电脑面前坐了下来，觉得有点儿怪怪的，给蒋森发了条信息："蒋森，大叔在工作上没遇到什么事吧？我看他好像挺不高兴的。"

蒋森收到叶繁星的信息，愣了一下，敢情她还不知道傅先生为什么不高兴？

只是，说起来叶繁星也没有哪里做错，是傅先生太敏感了。

蒋森说："没事，男人跟女人一样，每个月总有那么几天不舒服的，过了就好了。"

叶繁星看到蒋森的消息，一脸意外。什么，男人也有那么几天？

傅景遇洗完澡出来的时候，看到叶繁星正坐在书桌前的椅子上看着他，一脸复杂。

这眼神值得深究。他望着她："怎么了？"

叶繁星移开目光："那个……没……没什么。"

她就想看看，男人那几天的时候是什么样的。

傅景遇看了她一眼，拿着书上床去休息了。

叶繁星坐在电脑前忙了很久。平时有傅景遇叫她，她都会睡得早一点儿，今天一忙忙到十一点，她依旧没有要睡觉的意思。

傅景遇一本书都看了好几十页了，望着坐在那里玩电脑的叶繁星，皱了皱眉。

他知道叶繁星眼里工作比他还重要，所以今天没有开口打扰她，可……自己不喊她，她倒是更舒坦了是吧?

再这样下去，傅景遇深刻地怀疑自己会被她抛到九霄云外。

他忍耐了一会儿，终于还是忍不住开口："还不睡？"

她真的是个小朋友，一点儿自觉性都没有！

"马上。"

"马上是什么时候？"

听到他严肃的声音，叶繁星赶紧把东西做了个收尾，才爬上床。

她放好枕头的位置，看着还没睡的傅景遇，说："你身体不舒服，为什么不早点儿睡？"

"我身体不舒服？"傅景遇不解地看着她。他什么时候身体不舒服了?

"蒋森说，男人跟女人一样，都有那么几天不舒服的时候。我不舒服的时候，多睡觉就会好了。"

傅景遇听完她的解释，眉头抖了两下。蒋森，你死定了！

叶繁星伸手帮傅景遇拉了拉被子："早点儿睡吧！"

傅景遇捉住她的手，声音像深秋的气候一样冷："我身体很好。"

"哦？"叶繁星看着傅景遇，"所以，你是为什么不高兴？"

"……"傅景遇皱了皱眉，突然发现叶繁星这是在套路他?

傅景遇望了她一眼，态度冷淡地道："心里不舒服。"

"果然是我惹你生气了？"叶繁星真的是想了一晚上。

她一边工作，一边在想，后面连写字的时候都写成了：大叔为什么生气?

傅景遇看了叶繁星一眼："没有，睡觉吧！"

但叶繁星已经知道他心里不舒服，哪里可能就这么放过他："跟我说说嘛！你不说，我怎么知道你哪里生气，又怎么哄你？"

"你不用哄我。"傅景遇平静地道，"我也没有生气。"

她是他一时冲动做决定娶来的，他不过是利用她当时缺钱的困境，把她变成了自己的妻子。

而且他们认识到现在，叶繁星付出的已经远远超过了从他这里拿到的东西。

他其实并不应该要求更多。

叶繁星道："你有你有你有！明明就有……大叔是小气鬼！生气了也不说。"

傅景遇看着她："……"

叶繁星握住他的大手，撒娇道："告诉我！快点儿告诉我嘛！"

傅景遇看着她撒娇的样子，忍不住笑了笑："真的没有。"

叶繁星见他已经笑了，心里松了一口气，语气霸道地道："这是你说的啊！那你不准不理我，也不准我跟你说话的时候不回我。"

她的眼神很温暖，让傅景遇忍不住点了点头："嗯。"

"那我们睡觉吧，明天还要早起呢！"解决完一个大问题，叶繁星松了一口气。

她不喜欢看到大叔不开心的模样，哪怕只有一点点，她也会跟着不舒服。

第二天一早，全家人就出发去了温泉度假酒店。

这个酒店位于江州市的郊边，属于全国比较有名的温泉酒店。

叶繁星听过，但从来没有来过这里。

不同于市内主打豪华的酒店，这里完全就是以舒适为主，青山绿水，很是宁静。

房间是前些天就订好的——这家酒店一到周末房就很少，特别难订。

知道是他们过来，酒店的经理专门来接待他们："傅老，傅老夫人。"态度客气得很。

他们到来之前，已经派管家过来办理了手续，现在只要拿身份证过去刷一下就可以入住了。

叶繁星完全就是过来当闲散人的，什么都不用做，傅玲珑给了他们房卡，她和傅景遇就回自己的房间了。

房间不算很大，但特别温馨，一进门蒋森还在跟傅景遇说话，叶繁星就去了阳台。外面的风景美得要命，而且今天恰好是晴天，很是温暖。

傅景遇坐在一旁，隔着玻璃望着叶繁星高兴的样子，忍不住笑了笑。

蒋森很快就出去了。

叶繁星走了进来，对傅景遇说："大叔，这里好美啊！"

"你喜欢，下次再带你来。"

叶繁星尴尬地笑了笑："其实我第一次住这么好的酒店。"

她长这么大就住过一次酒店，还是住的那种一百多块钱一晚的酒店，跟这里完全不一样！

傅景遇笑了笑。

叶繁星在床上躺了下来，还滚了两下："床也很舒服。"

"家里的床不舒服？"

"家里的床也舒服。"只不过现在人在外面玩，心情当然要轻松很多。

傅景遇挑了挑眉，望着她毫不防备的样子："有多舒服？"

"……"叶繁星愣了一下，反应过来后瞪了他一眼。

他欺负她是不是？

"大叔太过分了！"

"我怎么过分？"傅景遇一副毫不自知的模样。

"我在跟你说床呢！"

"我说的难道不是床？"

"……"

叶繁星坐起来又瞪了他一眼："不想理你。"

傅景遇看着她假装生气的样子，微微扬了扬嘴角。

叶繁星没理他，把行李箱打开，将自己和傅景遇的东西拿了出来。

过了一会儿，傅景遇听见叶繁星说："大叔，你的泳衣好像没带。”

傅景遇道：“没事，反正用不着。”

叶繁星听了他的话，才想起他的腿这样，要泡温泉估计是不行了。

傅景遇看着她黯下去的眼神，说：“我没事，不用为我担心。这边风景不错，过来放松一下挺好的。”

他知道她心软得很，一想到他的腿不能走路，心里估计又在为他担心。

叶繁星点了点头：“嗯。”

然而她心里还是有点儿难过。

他们一起出来玩，他却只能坐在轮椅上……如果自己是他，心里得有多难过？

因为没了腿，这个世界上那么多好玩的东西都与自己无关了。

叶繁星闷闷地把东西放在该放的地方，把自己的泳衣放在一旁，这是去泡温泉的时候要穿的。

傅景遇坐在轮椅上，望着安静的叶繁星，主动开口道：“既然知道我不能去泡温泉，不如你穿上泳衣我看看是什么样的。”

叶繁星本来有些悲伤，听了他的话，总觉得他又不纯洁了：“你昨晚不是看到了吗？”

“没看清。”

“……”

叶繁星也不是矫情的人，既然如此，就换给他看了。

昨天是因为蒋森在她才赶紧换了，今天这里只有她和大叔，好像给他看看也没有什么不可以的吧？

叶繁星把泳衣拿去浴室，换好了才出来，对着旁边的镜子照了照。不得不说，女人穿泳衣是最显身材的。她在某一个瞬间，都觉得自己是从电视里走出来的。

她望着傅景遇，期待地问道：“好看吧？”

傅景遇纯黑的眸子直勾勾地盯着她看了许久。叶繁星见他一直盯着自己，也不意外，毕竟她自己看着都觉得好看。

大叔当然也觉得好看！

谁知道下一秒，她就听见傅景遇说了句："难看。"

"……"

叶繁星愣了一下，不敢相信地看着傅景遇："你认真的？"

她穿着真的很难看吗？

难道是她对自己产生了什么误解？

傅景遇点头，语气很是严肃："嗯。肚脐都露在外面了，像什么话？"

听完他的话，叶繁星险些晕倒："这不是很正常的吗？别人也是这么穿的，人家泳衣就是这么设计的。"

大叔真的太奇葩了！

"别人是别人，你是你！"

"……"

"我重新帮你准备了泳衣，回头让人给你拿过来，比这件好看。"

"哦。"叶繁星委屈死了，姐姐送她的泳衣这么好看的。

第十二章

他能站起来了

在房间里休息了一会儿之后，他们就去餐厅吃饭了。这边的酒店供应的大多是这边的特色菜，味道很好。

对叶繁星这个吃货来说，这简直是天堂一样的地方。

等以后赚了钱，她也带子辰来这边玩玩。叶家有两个吃货，一个是她，一个就是她弟。

所以吃到好吃的东西，她也想跟叶子辰分享一下。

家里条件一直不好，现在她能够赚钱了，也想对弟弟好一些。

吃过饭，傅景遇让人帮她准备的泳衣已经被送到房间里。

看来他是让酒店的工作人员准备的。

下午，傅景遇在房间里休息，叶繁星被傅玲珑叫去泡温泉了。

进去温泉池以前，有个专门给客人洗澡换衣服的地方。

傅玲珑和傅妈妈都换好了衣服，正在说话，叶繁星走了出来。

看到叶繁星身上的泳衣，傅玲珑险些晕倒："你这泳衣是哪里来的？我昨晚给你的呢？"

叶繁星现在穿的是连体泳衣，除了两条腿、两条胳膊，什么都看不到，保守得要命；简直就像小朋友穿的风格，比起傅玲珑送给她的泳衣，简直丑多了！

叶繁星来之前在房间里试过，也吐槽了，傅景遇却无比满意。

她有些无奈地道："这是大叔给我的。你送我的还在房间里。"

叶繁星拗不过他，只能听话了。

傅玲珑听完，只想给傅景遇几个白眼。

这货，还要不要脸了？

人家星星穿泳衣他也要管！

三人下了楼梯，进了汤池区。这里有很多大大小小的池子，叶繁星第一次玩，忍不住四处溜达，参观了一下。

"扑哧。"旁边突然传来嘲弄的声音，"怎么会有人穿这么土的泳衣？我妈都不会穿这种。"

"……"

叶繁星抖了抖眉，笑话别人是你的权利，但笑话得这么大声就太不礼貌了吧！

她忍不住看过去，游泳池边的休息椅上坐着两个年轻女人，身材很好那种。

待看清对方的脸之后，叶繁星忍不住嘴角抽搐了一下，竟然是苏琳欢。刚刚笑话她的，应该是苏琳欢旁边的那个女人。

这个女人叫沈念念，是苏琳欢的闺密。苏琳欢心情不太好，就和闺密出来放松。

苏琳欢看到叶繁星，主动开口打招呼道："星星，怎么是你？你也来这边玩啊！真巧，早知道打个电话，我们可以一起来。"

虽然傅景遇不让她接触叶繁星，但碰巧遇上，打个招呼应该没关系吧？

叶繁星本来不觉得自己身上的泳衣有什么不妥，也接受了这个现实，可怎么也没想到会在这里碰到苏琳欢。

女人也是要自尊的，苏琳欢是傅景遇的前未婚妻，而且叶繁星处处觉得对方比自己优秀，大叔喜欢的是她，现在自己穿着这样的泳衣出现，还被苏琳欢的朋友笑话，叶繁星心里有点儿委屈。

都是大叔不好！

她看了苏琳欢一眼，回了一句：“是挺巧的。”然后就走开了。

沈念念对着苏琳欢问道：“欢儿，这是谁啊？你怎么会认识这样的朋友？”

看着叶繁星身上的泳衣，她就觉得土里土气的。

苏琳欢说：“傅景遇的太太。”

沈念念嗤笑了一声：“那他的眼光是真的不好。”

“别这么说，星星人挺好的。”苏琳欢袒护着叶繁星。

沈念念笑着，话说得很难听：“哪里好了？他结婚的时候我没去，我妈去的，听说是个农村女孩儿，来了一堆穷亲戚。你也真是的。要不是你跑了，哪里轮得到这种女人嫁给傅景遇？”

沈念念说话声音很大，压根不怕被叶繁星听见。在她眼里，叶繁星就是个不起眼的人，谁知道傅景遇为什么会娶她？

而且她还听说，他们结婚时傅家连彩礼都没给，可见傅家的人对她是一点儿都不重视的。

所以她压根没把叶繁星放在眼里。

叶繁星还没走出游泳区，将沈念念的话全部听在耳朵里。

她现在才知道，为什么当初姐姐和大叔的其他家人一定要给彩礼。

她自己觉得没什么，可在别人眼里就不一样了。

苏琳欢阻止道：“念念，你别说了！我跟傅景遇的关系都已经结束了。”

跟傅玲珑他们泡完温泉换了衣服出来之后，叶繁星在酒店的大厅里呆坐了一会儿。

人来人往的，只有她一个人坐在这里，显得有点儿孤寂。

过了一会儿，还是蒋森看到了她：“傅先生正找你呢！你怎么一个人坐在这里？”

叶繁星站了起来：“这就回去。”

叶繁星跟着蒋森回了房间。傅景遇正在打电话，看到叶繁星回来，松了一口气：“我还以为你被人贩子拐走了，正想着要不要报警。”

叶繁星听了他的话，忍不住笑了下："我这么大个人，还能被拐走？"

"这可难说。"傅景遇深沉地望着她，虽然叶繁星笑了，但他还是隐约能看出来她不开心。

叶繁星解释道："我看大厅的沙发挺高级的，就坐了一会儿。"

"……"这个理由，可以说是很符合叶繁星的风格了！

傅景遇道："没什么别的事情？"

叶繁星愣了一下，大叔好像在她背后装了双眼睛似的，她遇到什么事他都能够看出来。

傅景遇盯着叶繁星，没有错过她微愣的神情，道："说真话。"

叶繁星本来也很生气，既然傅景遇问起，也不瞒着了，委屈巴巴地道："有人欺负我。"

"欺负？"傅景遇不敢相信地看着她，有人敢欺负他老婆？

叶繁星说："我穿着你给我的泳衣去了楼下，正好遇到苏小姐和她的朋友，她朋友笑话我的衣服丑。"

蒋森在一旁听着，插话道："苏琳欢来这里了？"

"是啊！"叶繁星说，"她跟朋友一起来的。"

说到这个，叶繁星就生气，对着傅景遇道："都怪你，是你让我穿成这样出去，才被别人笑话的。人家都穿得那么好看，就我穿得这么丑，那人还说她妈都不穿这么丑的泳衣。"

那个沈念念的话，句句都很扎心。

叶繁星出身普通，所以即使她嫁给傅景遇成了傅太太，别人也只会把她当成一个底层的女孩儿来看待。

旁人并不会因为她是傅家的儿媳妇，就会对她有好脸色。

蒋森很快就出去了。叶繁星在床上躺了下来，刚刚泡完温泉，很累，又觉得委屈，她看着傅景遇："都是你害的！"

"我不知道她们在这边啊！"傅景遇很是冤枉。

"是你不让我穿姐姐给我准备的衣服。太霸道了！我不喜欢你了。"

“……”傅景遇愣了一下，伸出手温柔地握住她放在被子外面的手，“是我不好。”

叶繁星躺在床上，抱住被子：“你现在说你不好有什么用？我都被笑话了！”

虽然苏琳欢有点儿无情无义，但她至少不会嘲讽叶繁星，她那个朋友才是真的过分。

房间里很安静，傅景遇望着叶繁星，没有出声。叶繁星说：“我想睡一觉，现在好困啊。”

“睡吧，现在时间还早，晚饭的时候我叫你。”

“嗯。”叶繁星听完他的话，把头埋进了被子里。

叶繁星刚刚睡着没多久，蒋森就回来了，说：“苏小姐和她的朋友沈念念一起来的酒店，就是这位沈小姐对太太说了一些难听的话。”

他刚刚去下面查了一下，沈念念说叶繁星的时候，温泉的管理员也在场，所以将她们的话听得清清楚楚。

“沈念念？”

蒋森解释：“是沈总的女儿。”

这个沈总人挺好的，跟傅家还有些关系，是傅妈妈那边的亲戚。

沈念念跟苏琳欢一直是同学、闺密，虽然苏琳欢的行为对傅家造成了很大的伤害，但沈念念毕竟是苏琳欢的好朋友，所以苏琳欢回来之后，两人依旧走得很近。

傅景遇说：“知道了，晚上约她们一起吃个饭吧。”

“吃饭？”蒋森道，“您是说真的吗？”

傅景遇看了他一眼，完全不像在开玩笑的样子。蒋森应声：“我这就去。”

沈念念和苏琳欢回到房间就听到了座机打来的电话，是沈念念接的，听见傅家人约她们一起吃晚饭，沈念念直接答应了。

苏琳欢坐在一旁，问道：“谁的电话？”

“傅景遇，约我们晚上一起吃饭。”

苏琳欢说：“他又想干吗？”

他一面装出讨厌她的样子，一面又接近她。

沈念念在苏琳欢旁边坐了下来，说：“我看傅景遇对你还是有意思的。当初你扔下他不管这件事情本来就是你不对，趁着这个机会，你也好好跟他们家的人把关系拉回来。”

“他都已经结婚了，”苏琳欢说，“我现在跟他搞好关系做什么？”

她可没有跟傅景遇和好的意图。

“结婚又怎么样？那个小女孩儿一看就是他娶来气你的，傅景遇压根就不疼她。说到底，你才是他的未婚妻，你们都处了那么多年了，整个江州谁不知道你俩是一对？”

苏琳欢白了她一眼：“可是我对他没想法啊！”

沈念念无语地看着她：“我就不明白了，傅景遇到底哪里不好？你以前不是还挺喜欢他的吗？”

“以前是以前，现在不一样了。”她对坐在轮椅上的傅景遇没兴趣，看着沈念念道，“我跟傅景遇是不可能的，你就别瞎说了。”

沈念念很是无奈：“算了算了。我也是为了你好！”

苏琳欢不愿意，沈念念也懒得再说。

不过吃晚饭的事情，苏琳欢还是答应了。

江州圈子就这么大，往后她早晚也得碰到傅家的人，躲是躲不过的，所以她得去打个招呼。

而且她虽然没有跟傅景遇和好的意向，但也希望跟傅家搞好关系，让傅景遇不要再针对她家的公司。

吃饭的地点是楼下的餐厅，叶繁星和傅景遇到的时候，家里人都到了。沈念念和苏琳欢也到了，苏琳欢正在跟傅景遇的爸妈说话。

以前傅妈妈是真的很喜欢苏琳欢，对她跟现在对叶繁星似的。

苏琳欢也成天爸、妈地叫着，和他们亲密得很，陪伴傅家人的时间比傅景遇还要多。

不过现在为了撇清跟傅景遇的关系，她已经改口，只是叔叔阿姨地叫着。

傅玲珑坐在一旁没出声，望着苏琳欢这副生怕跟傅景遇扯上关系的样子就觉得生气。

叶繁星跟在傅景遇和蒋森身后进了餐厅。

看到沈念念和苏琳欢，她有些意外。难怪来之前大叔将她好好打扮了一下，原来是因为这个。

“爸，妈。”蒋森推着傅景遇到了桌边，叶繁星也跟了过去，打过招呼之后，大家坐了下来。

沈念念看到叶繁星忍不住愣了一下，之前在游泳池那里见到叶繁星的时候，并没有把她放在眼里，可现在的叶繁星，与那时候完全是两个人。

叶繁星今晚化了妆，身上的裙子是定制款，气质瞬间秒杀沈念念；脖子上的玉石吊坠更是点睛之笔，一看就价值不菲……

沈念念不敢相信傅景遇竟然这么舍得，送叶繁星这样贵重的东西！

傅玲珑看着叶繁星这副模样，心里爽得很。叶繁星就应该这样，打扮得漂漂亮亮的，让苏琳欢知道，这个世界上不是只有她一个人长得好看，否则她还真的很自以为是。

苏琳欢看着叶繁星，温柔地笑了笑：“星星，下午的事情我替念念跟你道个歉，她这个人心直口快，但没有什么恶意的。你别把她的话放在心上。”

这件事情傅玲珑也是知道的。

沈念念竟然嘲笑叶繁星……

傅玲珑并没有因为苏琳欢的道歉就消气，反而更生气了。

她看着沈念念，说：“念念，你好久没来我们家了，倒是长本事了！连你嫂子也敢笑话。”

傅景遇大沈念念两岁，沈念念平时要叫他一声哥，所以理应叫叶繁星嫂子。

沈念念愣了一下，没想到不但傅景遇这么宠叶繁星，连傅玲珑也帮着叶繁星说话。

可之前不是说，结婚的时候他们连彩礼都没给叶家吗？

这怎么跟她知道的消息不太一样？

傅玲珑跟沈念念虽然是平辈，但到底大了沈念念那么多，沈念念也不敢得罪傅玲珑，笑道：“姐，我哪敢啊！我就是随口说了一句她的泳衣不好看。你也知道，我这个人嘴巴一向不把门，总是得罪人，回头我送她一套泳衣赔罪，好吧？”

她在背后跟苏琳欢笑话叶繁星是一回事，但当着傅家人的面不敢不给面子。

要是让她爸知道她得罪了傅家，回去估计腿会被打断。

傅玲珑说：“泳衣就不必了，你哥这人霸道得很，我昨晚送了星星一套泳衣，他都不让人穿，就怕谁看到了他老婆好看的样子。但是你也管好你这张嘴，星星年纪再小也是你的嫂子。再让我知道你冒犯她，回头让你爸好好教训你。”

她是知道的，沈念念跟苏琳欢关系好，也一直觉得苏琳欢才是傅景遇的未婚妻，对叶繁星不认同。

这是情有可原的。

就连他们一家人现在见到苏琳欢，心情也是一言难尽。

以前他们是真的把苏琳欢当成家人，后来苏琳欢那么绝情，才让人觉得生气。

可是如今有了叶繁星，叶繁星才是他们的家人，苏琳欢可不是。

傅玲珑觉得自己有必要在沈念念面前表明态度，免得沈念念还一直把苏琳欢当成自己人。

沈念念说：“是，下次不敢了！嫂子，这件事情可别告诉我爸。”

“你知道就好。”傅玲珑看了苏琳欢一眼，说，“我们景遇的妻子只有一个，叫叶繁星。至于有些人，从她离开的那一刻起，跟我们家就再也没有关系了！我这个人记性不太好，却记得她爸妈是怎么跑到我们家来，宁愿双倍退还彩礼也要把婚退了的。如今也不知道怎么好意思再跑来攀交情。”

她这句话明显是说给苏琳欢听的。

傅玲珑不喜欢为难别人，可苏琳欢是真的让人生气，傅家现在也没有一个人喜欢苏琳欢。

苏琳欢没出声，不为自己辩解。

她知道这没什么用。

沈念念作为苏琳欢的朋友，倒是有点儿按捺不住了，替苏琳欢开脱道："姐，当初的事情是琳欢不好，她那时候在国外忙，退婚的事情她不知情的。"

"你不用替她开脱。"平时平易近人的傅妈妈也忍不住开口了，"是我们景遇没福气，高攀不起苏大小姐。是我们景遇命不好，这也怪不得她。只是再苦再难我们都熬过来了，只求苏大小姐现在能够放过我们家。"

傅家都是通情达理的人，所以就算苏父退了婚，做得那么过分，他们也没想过要怎么样。

毕竟傅景遇那副模样，他们也没有权利要求苏琳欢嫁过来。

只是从傅景遇出事起，苏琳欢作为未婚妻却从头到尾连脸都没有露过，实在太让人心寒。

他们不会把苏琳欢怎么样，但也绝对不想再跟苏家有任何牵扯，就连现在被她开口叫叔叔阿姨，也会觉得倒胃口。

倒是苏家人，现在因为傅景遇在生意场上占了他们的利益，一直对傅景遇纠缠不清。

这次苏父把苏琳欢叫回来，打着什么主意他们心里也有数，所以现在直接断了苏琳欢的心思。

沈念念还想说什么："表姑……"

"念念。"这次开口的是傅爸爸，"有些事情你不懂，就不要说了。"

他看得出来沈念念想要维护苏琳欢，但他们真的不需要听这些辩解。

沈念念只好闭了嘴。

虽然说是吃饭，但其实整顿饭完全就是沈念念和苏琳欢单方面地被训，连还嘴都不敢。

她们再傻，也不会傻到跟长辈抬杠的。

吃完饭，沈念念和苏琳欢一起离开了餐厅。沈念念用手扇着风："憋死我了！早知道不吃这顿饭了！我还以为傅景遇是对你有意思，哪里知道他就是让我们去挨骂的。你看到没有，叶繁星戴的那块玉可不是随便能买到的。我妈说傅家压根不重视叶繁星，可是我怎么看着他们挺重视她的？"

一家人都帮叶繁星说话，对叶繁星的态度也很好。

自己不过是说了句她的泳衣不好看，结果就被怼了一顿，还说叶繁星穿成那样是傅景遇不想让她穿得太好看。

想起这些，沈念念现在都有点儿怀疑人生了。

苏琳欢也有点儿郁闷，但不是因为叶繁星，而是因为傅家人的态度。

叶繁星在她眼里不过是个什么都不懂，被傅家人哄得团团转的小妹妹。

她看着沈念念道："我不是跟你说了，让你不要欺负她。"

沈念念说："那你就不生气了？那可是你的未婚夫。"

"他现在已经不是了。"

"我知道。"沈念念看了苏琳欢一眼，"你就是觉得他站不起来了！要是他有一天突然站起来了呢？"

虽然现在都在传傅景遇要在轮椅上坐一辈子，可万一奇迹发生了呢？

苏琳欢道："等他站起来再说吧。"

她并不觉得傅景遇能够站起来。

沈念念说："到时候后悔死你。你真以为这个世界上还能找到他那么好的男人？"

夜晚，温泉酒店很静，叶繁星被傅玲珑拖走了，蒋森推着傅景遇在花园里吹吹风。

蒋森望着傅景遇说："傅先生不生太太的气了？"

傅景遇坐在轮椅上："生气？"

蒋森说："昨晚太太还问我您为什么不高兴，我以为您会一直生她的气。"

不过今天傅先生还专门为叶繁星出头，应该是不介意了。

傅景遇道："我没生气。"

蒋森说："太太是比较独立的人，你们又是协议结婚，您之前决定娶她不过是因为想要找个人来当新娘，她不敢依靠您，这也是正常的。我倒是觉得她这样自强自立的个性挺好的。当初她为了让您帮她给学费嫁给您的时候，我还觉得她挺有心机的，现在想起来，是我误会她了。"

顾雨泽过来的时候，看到傅景遇和蒋森在，正准备过来跟傅景遇打声招呼，就听见了两人的对话。

协议结婚？

叶繁星跟舅舅只是协议结婚吗？

叶繁星嫁给舅舅，竟然只是为了让舅舅帮她出学费？

他想起当初她说跟傅景遇早就认识了，原来都是骗他的。

顾雨泽没有走过去跟傅景遇说话，而是直接回了房间。

洗过澡后的叶繁星身上香香的，靠着傅景遇，拿着手机在打游戏。

反正现在在外面玩，她也没事做。

顾雨泽今天开了个小号，也在玩，结果匹配的时候突然发现对面的ID很是熟悉，过了一会儿他才反应过来：这……不是叶繁星吗？

她也打游戏？

叶繁星玩的是射手，顾雨泽特地走了上单，正好和她对线。

叶繁星的技术还是很菜，站在那里打小兵，明明玩的是孙尚香，她却连技能都不用，只是平砍。顾雨泽忍不住骂了一句："白痴！"

他跳出去将叶繁星打了一顿，吓得叶繁星残血滚进敌方防御塔，阵亡。

顾雨泽："……"

他没想杀她的。

叶繁星复活后，又去了下路，顾雨泽将她打到残血，放了她一马，结果过来支援的打野直接将她击杀了。

"……"

这个游戏可以杀队友吗？

第三次，顾雨泽都懒得动她了，只是站在塔下。叶繁星过来推塔，见顾雨泽站着不动就盯着他打。

刚刚被杀了两次，她也想争口气，结果顾雨泽没被打死，她再次被塔击杀。

"……"

顾雨泽是真的服了，简直没有比她更笨的人了。

队友还打字嫌弃叶繁星："射手能不能少送一点儿？"

傅景遇躺在旁边看着她的操作，忍不住笑了起来，他的这个老婆实在是太可爱了。

叶繁星有些郁闷，把手机给了傅景遇："大叔，你帮我玩一下，我去上个厕所。"

傅景遇接过她的手机，帮她发育了一下……

叶繁星上完厕所回来，躺在傅景遇身边，正好看到傅景遇将刚刚欺负她的人击杀："大叔，你好厉害啊！"

第二次被打死的顾雨泽望着黑掉的屏幕："……"

她怎么突然变聪明了？

傅景遇淡定地说："是对面的人太笨。"

"才不是，还是我老公最厉害。"叶繁星说完，得意地在他的脸上亲了一下当作夸奖。

傅景遇轻咳了一声，继续打游戏。

叶繁星躺在他身边看着他，笑道："大叔，我们组个CP（网络流行词，指有恋爱关系的人）怎么样？"

“组CP？”

“对啊，这个游戏里可以组CP的。”

“组CP有什么用？”

“……”叶繁星想了想，好像没什么用，“我就是看我高中同学跟她男朋友组了CP，也想试试，弄着玩的。你不愿意就算了，我也可以找别人的。”

“……”傅景遇抖了抖眉，“你还想找别人？”

这还得了？

他很快把手机拿过来，登录游戏，跟叶繁星组了恋人。

就算只是闹着玩的，他的老婆，从里到外、从游戏到现实，都是他的，不能让任何人染指。

卧室很大，开着灯，很是安静。

叶繁星侧躺着，头枕在自己的手上，看着傅景遇说：“我们这周有圣诞晚会，班上有节目，我演女二号。”

这次的活动是班上的同学一起表演，角色都是投票选出来的，叶繁星之前在国庆晚会上拿过第一，当然是在主演的范围内。

林薇长得好看，但沉迷游戏，对表演节目没兴趣。原本大家投票让她当女一号，她拒绝了。

赵嘉淇倒是想演，但她的黑历史让人直接把她拉进了黑名单，连个配角都没选上——大家生怕她又干出什么事来，毁了班级荣誉。

傅景遇看着叶繁星，问道：“是很坏的那种吗？”

他还挺期待的。

上次叶繁星唱歌的视频，到现在还保存在他的手机里呢。

“有一点点！”叶繁星很是期待，“想到演坏女人还挺激动的。对了，顾雨泽也参加了，他是男主。”

“那你喜欢他？”傅景遇挑了挑眉。

叶繁星差点儿就点头，说：是啊！

还好她突然反应过来，大叔这句话里有坑。

她谨慎地回答道："是我演的这个角色喜欢他演的角色。我才不喜欢他呢，幼稚、花心，又讨厌！不像大叔……长得帅，又稳重，对我又好。"

傅景遇被夸得开心，脸上却很严肃："我不帅！"

"帅，就帅，大叔全世界最帅了。"叶繁星一夸起他就一点儿都不吝啬。

夸完了，她看到傅景遇好像扬了扬嘴角。

她笑了起来："明明心里开心得很，还不承认。"

他就是想听她说他很帅！

傅景遇说："睡觉。"

她看起来很精神。

叶繁星赶紧躺下来，握住他的手："那我睡了。"

"嗯。"

房间里没关灯，叶繁星闭上了眼睛。

傅景遇望着她乖巧的模样，低下头在她的额头上亲了一下，只是很单纯的吻，不夹带一丝欲望的那种。

吻完了，他在她的耳边温柔地道："晚安。"

叶繁星今天生病，本来是有点儿难受的，可这个吻像是让这一整天的不愉快都消失了。

第二天早上，傅景遇和叶繁星还没起床，蒋森便来敲门："傅先生。"

傅景遇腿脚不方便，叶繁星穿上睡袍去开了门，看到蒋森打招呼道："蒋先生，早。"

蒋森望着叶繁星："太太早，今天身体好些了吗？"

"好多了。"叶繁星说，"谢谢关心，你进来吧！大叔还没起床。"

也就是叶繁星在了之后，蒋森进傅景遇的房间才有了顾忌，以前傅景遇的房间蒋森都是随便进的。

蒋森走进去，看了一眼还躺在床上的傅景遇。

傅景遇刚刚起床，靠着枕头，一脸慵懒和淡漠，语气隐隐带着一股起床气，问道："什么事？"

蒋森说："您有客人。"

"今天周末。"叶繁星生病，他想在家里陪她。

蒋森说："是霍振东。"

叶繁星站在一旁，看到傅景遇的神情明显凝了一下，随后表情变得让人感觉有些压抑："他怎么来了？"

傅景遇的这个表情，让叶繁星觉得有点儿似曾相识，但一时半会儿又说不出所以然来。

"昨晚过来的，在纪医生那里过的夜，刚刚打电话来约您，问您今天有没有时间。您要是不方便，直接把他叫来家里？"

"不用。"傅景遇道，"去约个地方吧。"

蒋森说："是。"

蒋森走出去后，叶繁星才大着胆子问道："你们说的是谁啊？"

她一般不问傅景遇的事情，一旦开口问了，就代表她确实很好奇。

傅景遇并没有多说，只是道："一个朋友。"

"那我去帮你找衣服。"

傅景遇看了她一眼。他如今仍有很多事情需要叶繁星代劳。他便点头道："好。"

叶繁星去衣帽间帮他拿了身正装出来，对傅景遇道："怎么样？"

她总帮他找衣服，现在眼光跟着提高了不少。

傅景遇说："嗯。"

叶繁星睡了一晚上，这会儿已经完全醒了，在旁边伺候傅景遇穿衣服。

他很在乎形象，就算坐在轮椅上，在外面的时候，也要时时刻刻保持衣冠整齐。

叶繁星帮他整理好领带，说："我的大叔真帅。"

傅景遇望着她："一个坐在轮椅上的男人，能有多帅？"

叶繁星微微一顿，大叔平时不会说这种话的，今天……他这句消极的话说出来，让她有点儿意外。

她安慰他道："会好起来的。"

傅景遇说："你在家里好好休息。"

他并没有打算带叶繁星去见他这个所谓的朋友。

叶繁星身体不太舒服，也没跟着去。

傅景遇走后，叶繁星去了楼下，跟傅玲珑和傅妈妈还有傅爸爸一起吃早餐。

傅妈妈这两天心情格外好，跟傅爸爸说话也温柔得很。

傅玲珑一边吃饭，一边看手机。这两天顾雨泽忙着游戏比赛的事情，所以没有回来。

叶繁星望着傅玲珑，问道："姐，霍振东是谁啊？"

问的时候，叶繁星有点儿心虚，总觉得自己好像管得有点儿多了。

傅玲珑的表情却很淡定，对霍振东很熟的样子："东子啊！景遇的朋友，高中的时候就认识了，跟景遇关系好得很，两人之前在部队里的时候也是一起的。他爸是霍老，之前你们结婚的时候来过。东子那次没来，听说是在执行任务……他们家人对景遇一直挺好的，景遇受伤之后也一直在关心，不过景遇有心结，一直放不开受伤的事情，所以现在都不怎么跟霍家的人来往。"

"原来是这样。"难怪觉得大叔听到霍振东的名字之后的反应有点儿怪怪的。

叶繁星总觉得，傅景遇的过去就像是上了锁的盒子，让人不敢轻易打开。

她很想了解过去的他，又怕了解多了会触碰他的伤。

如今她什么都不知道，倒是挺好的。

傅玲珑看着叶繁星："怎么突然问起这个？"

"没事，就是突然有点儿好奇。"

傅景遇周六早上出去后，一直没回来，只在晚上的时候给叶繁星打来电话，让她早点儿睡。

虽然他不回来，但叶繁星还是挺开心的。

她听姐姐说起来，这个霍振东并不是坏人，而是大叔多年的好朋友、好兄弟。

傅景遇愿意放下心结面对过去，就意味着他的心态已经好起来了！

所以叶繁星还挺希望他能够多跟他的朋友们相处。

傅景遇出去了两天，一直没回来。

这天晚上他给叶繁星打了电话："吃饭了吗？"

"吃过了。"叶繁星说。

傅景遇问道："怎么了？听起来不太高兴？"

叶繁星说："没事，就是有点儿想你。"

他周六出去的，今天周一了还没回来。

虽然一直在打电话，但叶繁星还是有点儿想他。

每次伤心难过的时候，她都会想念在他身边的安全感。

傅景遇笑了笑，隔着电话，声音听起来格外温柔："我这两天有点儿忙，一直走不开。"

"没事。"叶繁星懂事地说，"你忙你的，我在家里会乖的。"

"那你晚上早点儿睡，被子盖好，别让自己感冒了。"最近天越来越冷，可他的声音永远这样温暖。

这份关心让叶繁星不自觉地湿了眼眶："好。"

傅景遇正要挂电话，听到电话里传来她撒娇的声音："大叔，亲亲。"

"……"他笑了笑，"好，亲亲……"

傅景遇刚刚打完电话，身后就传来揶揄的声音："谁的电话？竟然还亲亲……"

傅景遇抬起头，看着站在门边的霍振东。他还没回答，霍振东已经走了过来："结了婚的人就是不一样哈！以前你可从来不把女人当回事的，现在竟然对女人这么温柔？"

他在旁边听着出了一身鸡皮疙瘩，这还是他认识的傅景遇吗？

"少贫。"傅景遇看了他一眼。

我跟我老婆亲亲怎么了？犯法啦？

你管得着吗？

霍振东笑了起来：“你这几天没回家，是想媳妇了？要不你把她叫过来，也让我看看呗！上次你结婚我执行任务，没赶上，这次回来就是想看看你媳妇的。”

“你会吓着她的。”叶繁星白天要上课，晚上又要做她自己的事情，最近还有活动，他不想带她出来浪费她的时间。

霍振东不服气了：“我这副模样，走到外面都是让女人尖叫那种，我还能把她吓着？”

“她年纪小，而你一看就不像好人。”

“我怎么就不像好人了？”霍振东抗议道，“你这样我对你媳妇就更好奇了，什么样的女人还能让你这么护着？”

傅景遇没吭声。

平安夜，学校有活动，叶繁星回来得晚。

进了门她就看到自家的院子里亮着一棵很大的圣诞树——树上缠绕着灯，很是好看，仿佛进入了童话世界一般。

叶繁星走过去，看到傅景遇就坐在树下，穿着外套，系着围巾，静静地等待着自己归来。

叶繁星已经好多天没有见到他了，没想到他一回来就给了她这么大的惊喜。

她长这么大，只在商场和街上见到过圣诞树，没想到傅景遇直接把圣诞树放在家里了。

她走到傅景遇身后，轻轻捂住了他的眼睛：“猜猜是谁回来了？”

面对她这个幼稚的举动，傅景遇只是伸手握住了她的手指。

叶繁星转到他面前蹲了下来，手放到他的腿上，却被他的手握在掌心里。

傅景遇望着她，目光温柔又宠溺：“回来了？”

“嗯。”叶繁星感觉自己的心好暖好暖。

傅景遇看着她，把自己的围巾取下来给她系上："冷不冷？"

"看到你就不冷了。"叶繁星笑着抱住他的手，"不过外面这么冷，你怎么在这里坐着？"

"在这里等我宝贝回来。"

"……"

傅景遇望着她那副不知道怎么回答的样子，看着面前的圣诞树问道："喜欢吗？"

傅景遇这样的直男，原本是不喜欢这些东西的，但蒋森说女孩子喜欢，所以今天下午，他回来之后就一直在忙这个。

"上面好多星星啊！"她清澈的瞳孔里面闪着灯光。

傅景遇看着她的眼睛，忍不住想起一句话：最灿烂的不是天上的星星，而是你眼中幸福的倒影。

他握住叶繁星的手，什么都没说，静静地看着她微笑的模样。

如果可以，他希望每一天都能够在她的脸上看到笑容。

过了一会儿，蒋森才出来叫他们："傅先生，太太，外面太冷了，去屋内休息吧。"

这棵圣诞树很大，在他们的卧室也能看到。

叶繁星赶紧站起来，帮傅景遇推轮椅："走吧，大叔。"

她年轻，身体也好，倒是不害怕，但傅景遇的腿不好，在外面冻着会受凉的。

傅景遇和叶繁星进了屋里。

在叶繁星回来之前，傅景遇让人给她准备了吃的，还有一个装在礼盒里的苹果。

叶繁星望着这个包装得精美的盒子，忍不住笑了起来，没想到大叔还挺浪漫的。

叶繁星打开书包，也从里面拿出一个盒子递给傅景遇："我也有礼物送给大叔。"

盒子里面装的也是苹果。

因为平安夜有吃苹果的习俗。

叶繁星一边吃着东西，一边问傅景遇：“大叔你朋友走了吗？”

“嗯。”傅景遇说，“下午上的飞机。”

“看到老朋友，有没有很开心？”叶繁星用温柔的目光望着傅景遇。

傅景遇淡定地点头：“还好。”

见霍振东以前，他原本有些迟疑，可真正见了之后，又发现过去的一切其实没这么可怕。

可能是因为有了叶繁星，其他的他就不是太放在心上了吧！

“哇，大叔的朋友我也想认识。”叶繁星期待地说。

傅景遇道：“那回头介绍给你认识。知道你这两天忙，我就没把你叫过去。”

他知道的，叶繁星是把学校看得比一切都重要的人，所以并不想为了带着她出去玩，就耽误她在学校的活动。

叶繁星笑了笑：“你朋友见到我会不会笑话你啊？”

“笑话什么？”傅景遇给自己沏了杯茶。

叶繁星说：“笑你老婆什么都不懂。”

她知道自己还有很多需要学习的地方，现在的自己懂的东西很少，甚至连跟别人握个手，也会紧张那种……要是让他的朋友看到了，肯定笑话大叔。

她很怕给傅景遇丢人。

傅景遇说：“他们不敢笑话。”

叶繁星笑起来：“也是，谁让我有大叔护着呢！”

“……”他温柔地揉了揉她的脑袋，“快吃饭吧！”

几天没有见到她，他很想很想她。

回到房间后，叶繁星坐在傅景遇的怀里，两人在窗边看着窗外的圣诞树。

房间里没有开灯，圣诞树的光看上去宁静又圣洁。

叶繁星被傅景遇搂在怀里，感觉很是幸福。

以前她总觉得只要有好吃的就是幸福，可是现在，她对幸福有了新的定义，那就是：有他在身边，被他疼着、爱着，这才是幸福。

洗过澡，两人躺在床上，傅景遇拿着平板电脑在看叶繁星更新的微博。

他不喜欢玩手机，但自从看到叶繁星的微博之后，他会经常关注她的微博的动向。

叶繁星在旁边看着日历，突然想起："咦，大叔，你的生日好像快到了。"

"嗯。"他对自己的生日不怎么在意。

生日过后，傅景遇就二十八岁了。

叶繁星看着他说："你有没有想要的礼物？我提前给你准备啊。"

"不用了。"傅景遇客气地说。

"要的要的！我之前生日的时候，你还送了我那么棒的礼物，我也要送你。"如果不送他什么，她会很难受的。

"真不用。"

傅景遇的生日是周三，虽然他说了不要礼物，但叶繁星还是专心准备了给傅景遇的礼物。

她那天跟叶子辰去逛商城的时候，顺便买了毛线，打算织条围巾送给傅景遇。

傅景遇一向什么都不缺，她实在想不到买什么送给他，就准备动手织条围巾，觉得这样也比较有意义。

叶繁星小时候和叶子辰穿的毛衣都是叶母织出来的。叶繁星从小跟着学，织毛线的技术也很好。

为了给傅景遇一个惊喜，这件事情她是偷偷摸摸做的。

周一，上完课叶繁星就躲进了宿舍里。

周二，叶繁星干脆没有回家，跟傅景遇请了假，就留在宿舍赶工。

周三下午，傅景遇还在公司，蒋森从外面走进来，看着他没在工作，而是在想事情，不解地问道："傅先生这是怎么了？"

他的表情怎么这么凝重，遇到什么问题了？

蒋森怕他不高兴，已经做好打叶繁星电话的准备。

傅景遇的表情严肃得仿佛在研究几个亿的大单子："你知不知道星星这两天在忙什么？"

叶繁星昨晚给他打了电话，没有回家。

傅景遇很担心她工作上遇到了问题，如果是这样，她不会今晚也不回来吧？

这让傅景遇内心有了浓浓的危机感。

有个把工作看得重过一切的老婆，他心里真的好累！

所以他刚刚一直在想，要不要打个电话提醒她一下？

蒋森一点儿都不意外他问与叶繁星有关的问题："除了上课，也没忙什么吧。"

傅景遇对着蒋森问道："她今晚会不会回家？"

蒋森："……"

傅先生，这是您老婆的事情，您问我，我也不知道啊！

但他还是理智地帮傅景遇分析，道："今天是傅先生的生日，她肯定会回来的。"

"万一她忘了呢？"傅景遇觉得这也不是没有可能的。

他很有自知之明，知道在叶繁星心里他并不是最重要的那个。

蒋森："……"

所以，傅先生这意思是在暗示让他提醒一下叶繁星？

蒋森很上道地说："她不会忘的，我这就给她打电话。"

傅景遇看着蒋森，蒋森当着他的面拨通了叶繁星的电话。

叶繁星一直没接电话，蒋森有点儿紧张，想起有一次叶繁星放傅景遇的鸽子的事情，内心很慌，叶繁星不会真的把这件事情忘了吧？

她生日的时候，傅先生对她那么好，她可别在这么重要的时候掉链子。

因为叶繁星不接电话，傅景遇的眼神越来越凝重，蒋森的手心也不停地冒汗。

"对不起，您拨打的电话，暂时无人接听。"

听着里面传来的声音，蒋森绝望地把电话挂了，对傅景遇说："夫人可能遇到什么事情了，晚上肯定会回来的，傅先生别太担心。而且，夫人知道您今天过生日，一早就让人在准备了。"

就算叶繁星忘了，家里人也不会忘记的。

蒋森说完，试探地看着傅景遇的反应，发现傅景遇的神情——一片冰冷。

这种毫无意义的安慰，显然没有必要。

此时此刻，傅景遇唯一在乎的是：叶繁星记不记得他的生日！

蒋森头痛得很，叶繁星也真是太不懂事了，偏偏在这么重要的日子让人担心。

她到底有什么事情这么着急？

办公室里一片死寂，蒋森也不知道该说点儿什么。在他都有些绝望的时候，叶繁星的电话打了过来。

他正要接听，听到傅景遇说："外放。"

蒋森只好点了免提。叶繁星带着几分俏皮的声音从电话里面传来："蒋森，您刚刚打我的电话了？"

蒋森一边打量傅景遇的反应，一边小心翼翼地道："是。"

叶繁星说："我刚刚在忙着给大叔做生日蛋糕，所以没接电话。您有什么事吗？"

叶繁星这句话说出来之后，蒋森感觉整个办公室突然温暖起来。

傅景遇的眼神也因此温柔了很多。

生日蛋糕？

看来她并没有忘记他的生日。

这就好！

蒋森松了一口气，庆幸叶繁星的这个完美的理由化解了此刻的尴尬。

他道："我本来想问问今天是傅先生的生日，你会不会回来。"

"当然啦！"叶繁星笑着道，"大叔过生日，我怎么可能不回来？"

她这理所当然的语气，听得人心里很是畅快。

他就知道她不是无情无义的人。

挂了电话，蒋森看着傅景遇说：“傅先生满意吗？”

他觉得傅景遇简直是瞎担心。

叶繁星怎么可能会把他的生日这种大事给忘了？

人家现在已经在家里帮他做生日蛋糕了！

傅景遇暗暗扬了扬嘴角，故作严肃地道：“今天早点儿回家。”

蒋森笑道：“是。”

看着傅景遇笑起来，他的心情也跟着变得很好。

从公司出来，傅景遇直接回了傅家，叶繁星的蛋糕已经做好了。

她还没有将围裙摘下来，正坐在沙发上玩手机。

看着她这副模样，傅景遇忍不住笑了笑。

在他眼里，这个年纪的叶繁星就像是一朵可爱又妖艳的小花。

叶繁星看到傅景遇回来，心虚地收起了手机。

虽然傅景遇只是说不让她一直躺在床上玩手机，可她现在只要在他面前玩手机就会本能地心虚，总觉得这是什么罪大恶极的事情。

傅景遇望着她这副模样，严肃地问道：“你藏什么？”

“没有。”每次看到他严肃的样子，叶繁星都有点儿慌，站了起来，“大叔，你今天回来得好早啊！”

“工作结束得早。”

以傅景遇的个性，这种气氛下他绝对不会承认自己是因为生日，所以想提前回来看见她。

傅景遇对蒋森说：“你先下去吧。”

蒋森点头：“是。”

傅景遇转着轮椅到了叶繁星面前，看着她系着围裙的样子，微微蹙眉道：“你这是什么情趣？”

叶繁星白了他一眼：“你才情趣。”

老男人一点儿都不正经。

她赶紧把围裙摘下来，解释道："刚刚做完蛋糕，我忘记把围裙拿下来了。"

傅景遇说："蛋糕？"

"嗯。"叶繁星说，"我最近跟吴阿姨学的。"

听到是她刚学的，傅景遇一脸怀疑："能吃？"

叶繁星瞪了他一眼："那你别吃，我自己吃。"

他望着她赌气的样子，笑了起来，宠溺地开口："过来。"

叶繁星到了他面前，被他抱在怀里。她握住他放在自己腰间的手，听到傅景遇说："昨晚做什么去了？"

当然是去给你准备生日礼物！

叶繁星看着他，笑道："没做什么啊，就在宿舍里。怎么，担心我丢了？"

傅景遇说："我怕你在外面冷。"

她不在他身边，他总担心她会不会生病，会不会被人贩子拐跑了！

现在拐卖妇女的人那么多，他的星星又那么乖……

一不小心，傅景遇想得又有点儿多了。

"不冷。"叶繁星说，"对了，我给你准备了生日礼物。"

"生日礼物？"傅景遇直接在心里把叶繁星和生日礼物给画了个等号，有些期待地问道，"要把你自己送给我吗？那我们现在回房间。"

"……"叶繁星忍不住在心里呸了一声。他满脑子都在想些什么啊？能不能正常一点儿？想到这里，叶繁星忍不住在他的鼻尖上轻轻咬了一下："才不是！"

男人的脑回路都是怎么长的，他怎么会觉得她要把自己当作礼物送给他？

"那是什么礼物？"

叶繁星说："暂时不告诉你，等晚上你就知道了。"

她想等大家都送过礼物之后，再送给他。

傅景遇笑得意味深长："好。"

他很期待叶繁星送他的礼物。

两人说话的时候，傅妈妈从楼上下来了。

她刚刚在楼上午睡，看到傅景遇回来，笑道：“景遇回来了。”

傅景遇正经地跟她打招呼：“妈。”

叶繁星忙从傅景遇怀里出来。在傅妈妈面前的时候，他俩还是挺克制的。

因为今天是傅景遇过生日，所以傅家人全部来了，连顾长平也从北京赶了回来。

这顿晚饭，大家吃得很是热闹。

叶繁星坐在傅景遇身边，看着大家跟他说话，能够感觉到家里人对傅景遇的重视，所有人都是宠着他的，就连平时看上去不冷不热的顾雨泽，也送了傅景遇一份礼物。

吃完饭，叶繁星和傅景遇回了房间。

她坐在桌边，拿着剪刀帮忙把家里人送他的礼物全部拆开。

傅景遇看着她坐在桌边拆礼物的样子，问道：“你送我的东西呢？”

旁人送他的礼物，大概就是那些。

最让他好奇的是叶繁星送了他什么。

叶繁星刚刚拆完所有的礼物，总觉得自己的围巾好像有点儿寒酸：“我可以不送了吗？”

“……”傅景遇挑了挑眉，“你觉得呢？”

明显是不能。

她要是不送，他估计会让她明天下不了床。

看着他如此霸道的样子，叶繁星只好把礼物拿了出来。

她今天回家之前，专门去外面把围巾包装过了。

叶繁星拿了剪刀，就要帮他打开盒子，傅景遇说：“别动。”

“……”

“我自己来。”

见他这样，叶繁星忍不住笑了。

别人送他的礼物，他都让她拆，她送的，他怎么就不让拆了？

算了算了，送给他的礼物，他说了算。

叶繁星直接把盒子递到了傅景遇手里。

傅景遇望着叶繁星送的东西——这个盒子还有点儿大——他不知道她送的是什么，慢慢地打开来看了一眼。

盒子里面是一条叠得整整齐齐的围巾，上面还织了一个傅景遇的“遇”字。

虽然是叶繁星亲手织的，但一点儿都不粗糙，毛线也是挑的最好、最贵的那种，围在脖子上很温暖、很舒适。

傅景遇把围巾掀开来看：“这是什么？”

“围巾啊！”

叶繁星心想：大叔的眼神不好啊！连围巾都认不出来。

谁知道傅景遇却一脸嫌弃地道：“这就是你给我准备的礼物？”

“……”叶繁星无语，虽然只是普通的围巾，但这可是她亲手织的。

为了能够在他的生日前织出来，她这两天很是拼命，连手都织痛了。

他……他这是什么反应？

傅景遇的手指落在上面的“遇”字上，不但没有反省，他还毒舌地说了一句：“丑。”

叶繁星一听，脾气就上来了。

他说丑！

他竟然说丑！

他要不要这么扎心？

她伸手过来就要拿回围巾：“你还给我！我送给蒋森得了。”

傅景遇傲娇地看了她一眼，直接把围巾给自己围上了。

没错，他就是围上了！

这个旁人做起来明明很屃很土的动作，被他做出来，竟然有一种从容不迫的帅气。

这条围巾的颜色挑得也好，很适合他，被他围起来，有一种高大上的感觉。

叶繁星本来想直接扯下围巾拿走，见他这样，没忍住笑了。

围着围巾的傅景遇继续用挑剔的语气说：“丑是丑了点儿，不过还挺暖和的。”

叶繁星忍住了想打人的冲动。这大概就是传说中的“口嫌体正直”？

算了算了！她早就习惯了他是个傲娇的人，这时候把他的话反着听就好了。

蒋森从外面进来，看到傅景遇正在摆弄新围巾，并没有在意，倒是听见傅景遇问：“蒋森，你说这围巾丑不丑？”

叶繁星刚刚压下去的想捶傅景遇的冲动又涌了上来。

大叔，你不要一边用一副臭美的表情戴着围巾，一边说丑好吗？

蒋森听完，目光这才往傅景遇脖子上的围巾多看了两眼。这不就是一条普通的围巾吗？

“还好。”就蒋森的审美来说，他并不觉得丑。

“星星送我的。”傅景遇那种平静的语气，却带着一种隐藏的骄傲。

你不注意听，还听不出来。

幸好蒋森跟在他身边的时间长，知道他的脾性，只要是叶繁星送的东西，在傅景遇眼里都是最好的。

所以蒋森算是看出来了，傅先生这哪里是觉得围巾丑，这压根就是想要炫耀叶繁星送了他围巾！

蒋森立即改口：“我觉得还挺好看的呢。”

只要是叶繁星送的东西，在傅景遇这里都得往死里夸。

因为，整个世界上有资格损叶繁星的人，只有傅景遇一个。

跟傅景遇说完话，蒋森迅速退了出去。废话，不走，他留在这里吃“狗粮”吗？

而一直围着围巾的傅景遇，压根不舍得把围巾从脖子上拿下来。

叶繁星问道："你在房间里还围着围巾，不觉得难受吗？"

"不觉得。"

"……"

显然，她送的围巾就算真丑，他也会围上的。

叶繁星见他这样，忍不住笑了笑，有些不好意思地说："其实这是我亲手织的，昨晚没回来就是在织这个。你喜欢就好！"

傅景遇一直好奇她昨晚做了什么，现在礼物他也拿到了，叶繁星就没有瞒着他。

傅景遇听完，抬起眸子，深沉的目光落在叶繁星的脸上。

这……竟然是她亲手织的？

他压根没想到这是叶繁星亲手织的。

我老婆还会亲手给我织围巾？

你老婆不会吧！

"怎么这样看着我？"叶繁星走到他面前，突然坏笑道，"是不是觉得我很棒？快点儿夸我啊！"

她还从来没帮别人织过围巾呢！

傅景遇看着她，伸手在她的额头上揉了一下："织得这么丑，还想让我夸你。"

"……"叶繁星委屈巴巴地望着他，"我这么努力，你都不夸我。"

她的眼神似乎有毒，傅景遇每次被她这么看着，都有点儿把持不住的感觉。

他移开目光，声音冷淡："我去洗澡。"

叶繁星很快就趴在床上睡着了。

她昨天睡得晚，现在困得不行，靠在枕头上，像一只乖巧的小猫咪。

因为晚饭吃得有点儿饱，叶繁星睡得不是很好，半夜给撑醒了。

她迷迷糊糊地睁开眼，看到傅景遇去了洗手间，关上了洗手间的门，他平时坐的轮椅就在一旁。

看到这里，她有些愣，这是……

她睡傻了？

大叔平时都是借着轮椅代步的，可她刚刚真的好像看到他是走进去的。

叶繁星躺在床上没动，扬了扬嘴角，觉得自己好像真的傻了，连梦和现实都分不清楚了。

早上，傅景遇坐在床边穿衣服，叶繁星醒了过来，看着他裸露的后背，觉得性感得要命。

她开口道："老公。"

"怎么？"傅景遇穿上衬衫，一颗一颗地系着扣子。

还有最上面两颗没系，叶繁星已经坐了起来，从他身后将他搂住了："我昨晚做了个梦。"

"梦见什么？"傅景遇笑了笑，语气温柔。

叶繁星靠在他的肩上，呼吸喷在他的耳边，像是微风一样撩着他。他听见她说："我梦见你能够站起来了，上厕所都是走着去的。"

傅景遇听完她的话，微微一愣。

昨晚……他确实是走着去的厕所。

上次他去检查，纪明远说他现在的情况已经好多了，可以走路，只是暂时还不太适合做激烈的运动。

他以为昨晚那个时候叶繁星都睡了，没想到她竟然……

他握住腰间的手，眼神变得很温柔。这两天他也一直在想要怎么跟叶繁星开这个口。

想了一会儿，他也没想好，跟她说："肯定是你太想我站起来了，所以才会做这样的梦吧！"

叶繁星带着几分期待道："要是你真的能够站起来就好了。"

如果他能够站起来自己行走，她就不用每天为他担心了，旁人也不敢在背后说他的闲话了。

傅景遇看着她期待的眼神，扬了扬嘴角。

如果她知道了他已经好起来，会是什么反应呢？

下了班，苏齐和叶繁星一起出去吃了顿饭。傅景遇晚上有应酬，是顾不上她的。

她跟苏齐认识了这么久，苏齐在她的工作上帮了很多忙，最近还帮她联系了出版社，把她在微博上写的那些小故事出成了书。

请苏齐吃顿饭是应该的，顺便还能让苏齐跟她讲一些工作的事情。

苏齐懂的东西多，叶繁星发现，跟他聊一聊，会学到很多东西。

苏琳欢和沈念念今天也来吃饭。

两人进门的时候，就看到叶繁星跟一个男人在那里。

苏齐长得还算不错，像他这种傅氏集团出来的精英人物，就算长得一般也会把自己收拾得很妥帖。

沈念念一下子就发现了，拽住了苏琳欢的胳膊："你看那不是叶繁星吗？她竟然在这里跟男人约会。"

"……"苏琳欢看了一眼，看到叶繁星跟苏齐在说话，两人谈得很是热闹。

当初她说自己不喜欢傅景遇的时候，叶繁星还一副对傅景遇死心塌地的样子。

事实上现在叶繁星也开始嫌弃傅景遇了？

可不就是！有哪个女人愿意跟坐在轮椅上的男人过一辈子？

见叶繁星终于开窍了，苏琳欢很是欣慰，对沈念念说："我们去吃饭吧。"

她的意思是别让沈念念管旁人的事情。

沈念念是个直性子："凭什么不管？她都嫁给傅景遇了，还在这里跟别人纠缠不清！这怎么可以？"

"念念。"苏琳欢说，"你这样拆别人的台不太好。"

"我就是见不得她这种人嫁给傅景遇。傅景遇当初可是你的！"

沈念念说着，拿出手机拍了两张照片。

苏琳欢看着沈念念强势的样子，有些无奈。

两人找了个位置坐下来。苏琳欢准备点菜，服务员走过来看到苏琳欢，有些意外地道：“咦，苏小姐，好久不见了。”

苏琳欢长得好看，又有礼貌，去过的很多店的服务员见她一次就记住了。

虽然对方只是个服务员，苏琳欢的态度却很礼貌，她扬起脸露出了一个微笑。

服务员说：“您好久没来了！对了，今天傅先生也在这里吃饭呢。”

以前苏琳欢跟傅景遇是未婚夫妻的关系，很多人知道。

哪怕现在大家知道傅景遇结婚了，也还是忍不住把苏琳欢跟傅景遇联系在一起。

听到傅景遇在，苏琳欢愣了愣，脸色有点儿不好看了。

她最讨厌这种人人都把她跟傅景遇牵扯在一起的感觉。

自己跟他早就没关系了，她一点儿都不想跟他扯在一起。

她没说话，倒是旁边的沈念念听说傅景遇在，立马来了兴趣：“是吗？这么巧？”

“对啊！跟那个有点儿胖胖的张总一起来的，还有几个老板也在。”服务员见都是熟人，也没有保留。

沈念念已经有点儿按捺不住了：“他们在什么地方？”

她没想到傅景遇也在这里，真是太巧了！

如果让他看到叶繁星跟其他男人在这里吃饭，不知道是个什么场景？

想到这里，沈念念很是期待。

服务员说：“在那边的包厢。”

傅景遇他们吃完饭出来的时候，沈念念正好过来了。

看到傅景遇，她笑着道：“景遇哥，你在这里吃饭啊！好巧。”

跟在傅景遇身边的那几位老板也都认识沈念念，笑着打招呼：“沈小姐。”

大家都知道沈念念的父亲跟傅家的关系，所以对沈念念的态度挺好的。

沈念念笑了笑，目光落在傅景遇身上。

她看得出来傅景遇不喜欢她，毕竟她之前欺负过叶繁星。

沈念念脸上带着讨好的笑：“景遇哥，我刚刚看到星星也在这里吃饭呢。”

听到叶繁星的名字，傅景遇抬起头看了沈念念一眼。

沈念念看傅景遇的反应似乎并不知道这件事情，越发觉得这是个好机会。

她开口道：“她就在那边的大厅，你要不要去看一眼？”

蒋森见状，让人送几位老板出去，和傅景遇留了下来。

傅景遇看着沈念念道：“你专程来找我，就是为了告诉我她在这里吃饭？”

这个地方他能来，叶繁星当然也能来。

他一看这个沈念念，觉着她就是别有用心。

沈念念笑道：“我就是刚刚上洗手间路过这里而已。对了，我看到星星跟一个男的在一起，也不知道是谁。她是你的妻子，我也不好说她什么，不过既然你在这里，还是去看一眼比较好吧！”

傅景遇看了沈念念一眼，面色沉了下来。

沈念念走在前面带路，很快就到了叶繁星那边。叶繁星和苏齐还在那里吃饭。

沈念念看着叶繁星全然不知这一切已经被傅景遇看见的样子，扬了扬嘴角。

让傅景遇亲自看到叶繁星跟别的男人在一起，她很期待叶繁星的下场。

在沈念念眼里，傅景遇是个很优秀的人，从小做什么都拔尖。

现在，除了他不能行走之外，没有哪里不好。

所以她实在见不得叶繁星捡了这么大一个便宜，就巴不得叶繁星马上“凉凉”，赶紧从傅家滚出去。

此刻叶繁星正抱着一个菠萝包啃得起劲儿，想着剩下的几个菠萝包要不要打包回去，就感觉身后冷冷的。正在吃饭的苏齐也停了下来。

叶繁星回过头，看到突然出现在自己身后的傅景遇，微微愣住。咦，大叔怎么会在这里？

就算看到傅景遇也没有把菠萝包拿下来的叶繁星，被菠萝包挡住了半张脸，目光落在一旁的沈念念身上，发现沈念念正一副看好戏的神情看着自己。

叶繁星觉得，眼前的场景有点儿不对。

蒋森一路跟着傅景遇过来，听沈念念说叶繁星在这里跟其他男人约会紧张得要命，就怕真的出现什么抓奸现场。

他还真的以为叶繁星最近出了书，飘了，所以在外面乱来。

结果一看，蒋森立马松了一口气。这不是苏齐吗？

如果是其他人，还有可能被抓奸，但苏齐不一样，他当初进公司还是蒋森亲自面试的，而且他跟蒋森是校友，两人关系挺好的。

因为傅景遇收购了洛雪，所以才把苏齐叫过去管理现在的公司。

说苏齐跟叶繁星有奸情，打死蒋森他也不会相信。

叶繁星因为感觉气氛不太对，只是看着傅景遇，没有着急说话。

沈念念在一旁对着叶繁星笑道：“星星啊，好巧，没想到你也在这里吃饭，只是这位……是你的朋友？”

她用眼神指了指苏齐。

叶繁星看了苏齐一眼，望着沈念念道：“你管得着吗？”

“……”沈念念被噎了一下。是，她管不着！让傅景遇管总行吧！

她站在一旁，干脆不说话了。

傅景遇对着叶繁星抬起了手。

沈念念激动地吸了一口气。

要动手了！

最好傅景遇把叶繁星好好揍一顿，然后将她扫地出门。

像这种在外面跟人约会被抓奸的剧情，沈念念最想看了。

在她抱着这个期待想看戏的时候，只见傅景遇的手温柔地落到了叶繁星的头上，揉了揉，他声音宠溺地问道：“吃饱了吗？”

“还没有。”叶繁星说，“菠萝包好多，我吃不下，苏齐也不吃，我在想要不要带回去。你们要不要吃？”

她看向蒋森。

蒋森客气地说：“刚吃完饭，吃不下了。”

叶繁星望着傅景遇，讨好地道：“那你吃不吃？可好吃了。”

“你吃吧。”

傅景遇看了苏齐一眼，苏齐正要跟傅景遇打招呼，蒋森赶紧给他使了个眼色，他才闭了嘴，默默地看着叶繁星跟傅景遇秀恩爱。

虽然早知道傅景遇跟叶繁星的关系，但……他还是第一次见到傅景遇跟叶繁星说话，只觉得眼前的画面好温暖，好宠啊！

苏齐在公司这么久，一直觉得傅景遇是个有点儿冷漠的人，甚至觉得在他面前说话都只能小心翼翼的，但没想到他在叶繁星面前竟然这么温柔？

就好像在他眼前的根本不是他认识的傅总，而只是一个普通到不能再普通的男人而已。

沈念念看着这一幕，石化在一旁。

傅景遇亲眼看到叶繁星跟其他男人一起吃饭，竟然还不介意？

这……她还是第一次见到男人不在乎自己头上的“绿帽子”的。

也不知道傅景遇这是太爱叶繁星了，还是根本不爱呢？

傅景遇看到叶繁星之后，也没有人管沈念念了，沈念念直接变成了空气。

叶繁星让服务员把她的菠萝包打包了，然后去结账——说好她今天请苏齐吃饭的。

见她把钱包拿出来，苏齐赶紧道：“我来吧。”

他一个男人，怎么可能让叶繁星请呢？

叶繁星说：“都说了我请你，就我请你。”

就是因为自己请客，她才吃得那么心安理得，还吃了那么多东西。

苏齐说：“我来我来。”

蒋森看着争执不休的两人，直接买了单。

沈念念看着他们走了，才回到苏琳欢的桌前。

明明是想要看好戏，结果还没开演就结束了，她现在有点儿烦躁。

沈念念吐槽道："你说傅景遇是不是疯了？他都看到叶繁星跟其他男人在一起了，竟然不生气？"

她竟然只能眼睁睁地看着他们就这么走了出去。

"我都说了让你别惹事。"苏琳欢无奈地劝道，"就算别人真的离了婚，对你也没好处。"

要是傅景遇跟叶繁星离婚，说不定就会跑来找她了。

要知道她是因为傅景遇结了婚，觉得安全后才敢回来这里的。

"我这还不是为了你着想嘛。"说到这里，沈念念忍不住瞪了苏琳欢一眼，"你也真是够沉得住气的，傅景遇都把你家逼成这样了，你就去求求他、低个头会怎么样？"

"让我去求他？"苏琳欢觉得好笑，"我才不去。"

"他还是挺不错的，也许你低头他就会原谅你的。"沈念念也是为这个好闺密操碎了心。

苏琳欢看着她，道："我刚回来时找过他，他的态度根本没的谈。你觉得我还能做什么，上他的床讨好他吗？"

如果傅景遇还是以前的样子，她怎么哄他都行，可对一个坐在轮椅上的男人，她实在没兴趣。

沈念念见她这样，不知道还能说什么："那你就不怕你爸被气死？"

"我怕啊！但也没办法。你知道我的个性。"苏琳欢一副无奈的样子，说，"你别再把我跟他扯在一起了。我过些天准备去一趟北京。"

"去北京？"

"我干妈过生日。"苏琳欢现在是宁愿讨好别人也不会向傅景遇低头的，"我去看看她，她去年过生日我就没去。"

去年为了躲傅景遇，她去了国外，现在干妈过生日，她当然要去。

重点是，她还打算去见见霍振东。

这次回来，苏琳欢就直接把目标转到了霍振东身上。

她苏琳欢要嫁就要嫁这个世界上最好的男人，她是不可能会跟一个残废过一辈子的。

让她郁闷的是，上次霍振东来江州的时候，自己打了两次电话他都没来见她。

所以这次去北京，她一定要好好把握机会。

蒋森和傅景遇先出了电梯，叶繁星和苏齐走在后面。

她看着苏齐，说："那今天就先回去了。"

跟苏齐聊了这么久，她也很满足了，等以后在公司有什么事还可以继续问他。

苏齐点头："好。"

两人走出来，看到傅景遇已经上了车，正坐在车上看着他们。

苏齐跟叶繁星谈的都是工作的事情，并不觉得有什么，结果出来之后碰上傅景遇的目光，顿时就心虚起来。

他怎么觉得，傅总的眼神有点儿可怕啊？

他看了傅景遇一眼，尊敬地点了点头，又向蒋森示意了一下，才跟叶繁星说再见。

叶繁星说："那我先走了，拜。"

她上了车，趁着车子开走之前还跟苏齐挥了挥手，似乎恨不得再跟苏齐聊上两个小时。

傅景遇坐在一旁，望着自家老婆跟其他男人相处得很是自在的模样，皱了皱眉。他怎么没发现叶繁星在他面前这么热情过？

叶繁星坐在旁边看了一眼傅景遇，发现大叔正盯着自己看，问道："怎么了？"

"看上去你跟他的关系挺好的。"

"当然啦。"叶繁星说，"苏齐懂的东西很多，每次跟他谈话，我都感觉自己好像学到了很多知识。而且他现在也算是我的领导了，我总要跟领导打好关系。”

“……”傅景遇望着她道，“倒是没看出来，你第一天上班……我本来还挺担心你，你这都跟领导一起吃饭了？”

叶繁星望着傅景遇，突然觉得他的语气好像酸酸的，笑道：“你不会是吃醋了吧？这么霸道？”

“没吃醋。”傅景遇一副严肃的模样。他是那种会随便吃醋的人吗？

叶繁星突然抱住他，撒着娇道：“老公，你这样我好爱你哦！”

傅景遇的眉头抖了抖，当着蒋森的面，她还真的敢！

“松开。”傅景遇高冷地说。

他从来只跟叶繁星在没人的时候搂搂抱抱，人前都是非常正经的样子。

叶繁星见他这样内敛，故意抱住他道：“不要，我抱我老公有什么错？”

蒋森坐在前排：“我什么都看不到，你们继续。”

“……”

回到家，叶繁星很机智地一下子就把自己关进了浴室。

她拿着手机，坐在厕所里玩得很认真。

傅景遇在门外说：“叶繁星，你出来。”

虽然他的语气并不凶，可叶繁星听到他叫自己的名字，就㞞得瑟瑟发抖。

“……”她没出声。

这时候出去会死的。

傅景遇坐在门外：“你不会是打算一晚上都待在里面吧？”

好像也不是不可以啊！

叶繁星还真想一晚上都躲在这里面。

重点是她刚刚在车上一时没忍住，就撩了他。

这就跟摸了老虎的屁股一下一样，不跑那不是找死？

叶繁星安静地躲着，过了一会儿，突然发现外面已经很久没动静了。

她偷偷地打开门看了一眼，看到傅景遇正坐在那里，穿着白衬衫，低着头在看他膝盖上的平板电脑。

她只露了一下脸他就发现了她，也不抬头，说道："你今晚就在里面睡吧，别出来了。"

他淡定得很。

叶繁星狗腿子般地说："我错了，我下次不跟你开玩笑了。"

只是有时候看着他那么正经，她实在忍不住啊！

傅景遇看了她一眼："过来。"

他这危险的眼神，让叶繁星很是心虚："要不……我今晚还是睡浴室吧。"

说完她又回去，关上了门。

傅景遇："……"

他看了一会儿书，见叶繁星真的没出来，直接去了浴室，看到叶繁星躺在浴缸里，拿浴巾盖着自己，竟然真的睡着了。

见她这样，他忍不住笑了笑，难道在她眼里，他这么可怕？

还是她真的以为，她躲在浴缸里就安全了？

傅景遇拿她没有办法，离开了成天像影子一样与他寸步不离的轮椅，站起来走向叶繁星，将她从浴缸里抱了出来。

这是傅景遇第一次这样抱她。叶繁星睡得很熟，倒是很有灵性，怕自己掉下去，本能地搂住了他的脖子。

察觉到是他的气息，她还在他的怀里蹭了蹭，找了个无比舒适的姿势。

傅景遇望着自己的小妻子，扬了扬嘴角。他很喜欢她这样，在睡梦中对他毫无防备地依赖。

他抱着叶繁星从浴室出来，轻轻地将她放到卧室的大床上。

刚躺上柔软的床，叶繁星就为自己找了个舒服的姿势。傅景遇望着这个小丫头，说："猪，下次少吃一点儿。"

他的身体还在恢复期，他差点儿就抱不动她。

叶繁星抱着枕头睡得很舒服，并未理他。

傅景遇在旁边坐了下来，拉过被子给她盖上。

望着她睡觉的模样，他忍不住低下头吻了吻她。

他想起自己刚刚认识叶繁星的时候，那时候腿还没好，想抱她却无能为力。

他经常会觉得自己没用。

可是现在不一样了，他可以做的事情有很多很多，再也不用像以前一样，还让她来伺候他了。

叶繁星睡了一会儿，是被她的手机的闹钟吵醒的。

因为不管再忙，她每天都是要起来更新的，最近习惯晚上睡一会儿再爬起来写稿。

柔软的大床很舒服，她躺着有点儿不想动，身边的人帮她关掉了手机闹钟。

但叶繁星还是睁开眼坐了起来。

她蒙了一会儿，看到傅景遇就在自己身边。

柔和的灯光下，他看着她，很宠地道："怎么起来了？不睡了？"

叶繁星揉了揉眼睛："你把我的闹钟关了？"

"你这时候定闹钟做什么？"傅景遇说，"还早呢，没到上课时间。"

这还是晚上。

"起来做事。"叶繁星看着傅景遇，跟他说了两句话才发现自己竟然在床上，"我不是在浴室里吗，怎么会在这里？"

"你自己走出来的啊！"傅景遇撒起谎来一套一套的。

他也只能这么说了，总不能跟叶繁星说是他抱她出来的吧！

叶繁星望着傅景遇："不会吧！我怎么没印象？"

叶繁星觉得奇怪，盯着傅景遇看了一会儿。傅景遇被她看得有点儿心虚，试图转移她的注意力："不去做事了？"

"哦。"叶繁星想下床，却犯懒地抱住他，"不想做事。"

"……"傅景遇难得见到想偷懒的叶繁星，纵容道，"那就不做。”

叶繁星把脸贴在他的胸口安静地待了一会儿，就认命地下了床。

对她来说做这件事情不一定是快乐的，时间长了总是会有懈怠的时候，可是不管脑海里多少次冒出不想再坚持下去的念头，她最后都会坚持下去。

这样的叶繁星让傅景遇看得都有点儿动容了。旁人只知道她出了书，觉得她很厉害，但他知道她每天都在坚持。

这份韧劲儿连他这么一个成熟稳重的人看得都有点儿佩服。

因为熬夜工作，叶繁星早上起得有点儿晚。

傅景遇在书房里跟人打电话，回来的时候发现叶繁星还在睡。

他虽然想让她多睡一会儿，但知道她今天要去上课。

之前有一次他没叫她，她上课迟到，跟他生了一天的气，回头让他无论什么情况都要把她叫醒。

此时此刻，叶繁星还在睡梦里，一个温热的吻落在了她的唇上，他搂着她，肆意索取着她口中的甜蜜。

好一会儿，叶繁星睁开眼，发现自己又是被傅景遇吻醒的。

叶繁星迷蒙地看了他一眼，很乖巧地伸手抱住了他，脸埋在他的胸口。他身上的衬衫是棉的，很舒服。

傅景遇搂着她道：“还不起床？”

“几点了？”叶繁星闭着眼睛，好想好想再睡一会儿。

傅景遇给她报了时间，望着怀里的小丫头，温柔地揉了揉她柔软的发：“中午和我一起吃饭？”

叶繁星沉默了一会儿，才回道：“不用了，你那么忙，来回挺麻烦的。”

“没事。”傅景遇说，“我到时候派司机过来接你。”

除了周末，他们很久没有一起吃过午饭了，有时候连晚饭都是分开吃的。

他忙，她也很忙。

就算是夫妻也不能时时刻刻腻在一起，但只要有时间，傅景遇还是会尽量把时间留给他的小可爱。

叶繁星说：“好吧。”

傅景遇去帮她把衣服拿了过来：“赶紧穿好衣服起来吧。”

然后他就走进了浴室。

叶繁星坐在床上，望着他的背影。没错，他是走进去的！他就像正常人那样走……走进去的！

傅景遇最近一时之间就把这件事情忘了。

毕竟谁能走路之后，还愿意每天坐在轮椅上？

他站在镜子前，拿了叶繁星的牙刷帮她挤了牙膏，听见叶繁星说：“你能够走路了？”

她一种不可思议的语气。

傅景遇微微一愣：“……”

他刚刚好像……把这件事情忘了。

他站在洗漱台前，还没想好怎么应对，只见叶繁星连衣服都没穿，就穿着内衣和内裤，然后光着脚，嗒嗒嗒地从地板上跑了过来，站在门口不敢相信地打量着他：“你竟然会走路了？”

妈耶！她不会是在做梦，还没有睡醒吧？

叶繁星瞪圆了双眼，整个人都像是在做梦一般看着傅景遇。

傅景遇望着她这副惊讶的模样，见瞒不过，便不再瞒她，平静地道：“怎么，不高兴吗？”

她怎么会不高兴？

叶繁星高兴得只能用快疯了来形容自己的心情。

她盯着傅景遇看了一会儿，只见他用杯子接好了水，为她挤好了牙膏——她用的是跟傅景遇的牙刷配套的电动牙刷，情人节买的。

他挤好牙膏后道：“去把衣服穿好来刷牙。”

她穿成这样，像什么话？

虽然说现在天已经不怎么凉了，可她这副样子，万一生病了怎么办？

傅景遇的话刚说完，叶繁星直接扑进了他的怀里。

他往后退了退，身体靠到洗手台上，感觉到她放在腰间的手很是用力，而她整个人在他的怀里轻轻地颤抖着。

紧张、激动、难以置信……虽然她一句话都没说，但傅景遇还是感觉到了她的情绪。

他能够站起来，她真的很开心。

他望着这个比自己矮大半个头的小丫头，心里莫名其妙地涌出一些愧疚感："最近一直想找个时间跟你说，但是一直没找到机会。抱歉。"

叶繁星靠在他怀里，脸贴着他的胸口，听到他说话时胸腔的震动，有些委屈地道："都好了还不告诉我，你太过分了。"

他到底知不知道，因为他的事情她有多担心？爸妈和姐又有多担心？

他一个人倒是装得很好。

尤其是她前两天就觉得不太对劲，他不但不承认，还故意误导她。

这个男人真是太过分，太坏了！

傅景遇望着在怀里控诉他的小可爱，轻声笑了笑道："是我不好，让你受委屈了。"

叶繁星依偎着他，撇了撇嘴："你本来就不好，特别不好！我现在不喜欢你了。"

傅景遇笑了笑，把她抱了起来："看看你像什么样？"

"……"叶繁星想起自己现在只穿着内衣裤，尴尬得很。还不是因为看到他站起来，太激动了。

被傅景遇抱在怀里的叶繁星有一些不真实的感觉，只能傻乎乎地看着眼前这个高大英俊的男人。

她早就做好了准备，就算他一辈子只能坐在轮椅上，她也要陪在他身边，却没想到他竟然……站起来了。

在她的内心深处，惊讶和激动的情绪反复交替。明明是这么感动的气氛，傅景遇把她放在床上，却嫌弃地说："好重，重死了！抱不动了。”

叶繁星抓住他的手，有点儿想打他，激动的情绪也因此平复一些，思绪清晰了不少。

她看着傅景遇，问道：“你全都好了？”

“还需要养一段时间。”傅景遇说，“不过走路没问题了。”

他望着怀里的叶繁星：“开心吗？”

叶繁星转了转眼珠子，总觉得有哪里不太对：“开心是开心，不过……你应该不是今天才好起来的吧？”

她看他的样子，应该早就知道自己好起来了，却……一点儿消息都没有告诉她。

他到底知不知道，她前两天还在期望着有一天大叔能够站起来，那该有多好？

可那时候在她眼里，傅景遇要站起来，不过是个这辈子都不太可能会实现的梦。

可他呢？

明明他已经能够站起来了，还装。

傅景遇望着她没说话，只是装傻。

叶繁星看着他这样，说：“好坏啊，你！”

“所以你今天要不要去上课了？”傅景遇宠溺地看着她道，一副如果她不去上课，他不介意陪她做点儿什么的眼神。

叶繁星说：“要去。”

“穿衣服。”他把她的衣服拿过来帮她穿上。

叶繁星系着扣子，时不时看一眼傅景遇，说：“你再走几步我看看。”

“……”

傅景遇看着她，很是无奈，为了让她放心，揉了揉她的头，说：“我真的已经好了，可以站起来了，以后就算不用轮椅也可以走路了。”

他知道，她还不相信，毕竟这一切对她来说，太过突然。

他只是觉得她这副模样好可爱。

叶繁星望着傅景遇，眼里写满了怀疑。

穿好衣服之后，她下了床去刷牙，刷一会儿就会从门口露出一张脸来偷看他。

傅景遇望着她这副模样，无可奈何地摇头，忙自己的事情去了。

第 十 三 章

苏琳欢被打脸

吴阿姨每天早上都会准备好早餐，今天也是一样。

叶繁星收拾完，背着书包从楼上下来，走进餐厅跟吴阿姨打招呼：“阿姨早。”

吴阿姨笑了笑，说：“你昨晚说你要吃小面，我帮你做的，你尝尝看。”

“谢谢阿姨。”叶繁星坐了下来。

下一秒，傅景遇也跟着走了过来。

吴阿姨见他是站着的，差点儿以为来的是蒋森，结果一看，发现有点儿不对劲儿，怎么是傅景遇？

他平时都是坐着轮椅出场的，现在轮椅不见了，瞬间让人觉得哪里怪怪的。

傅景遇淡定地走了过来，在叶繁星身边坐下，宠溺地看着叶繁星：“慢点儿吃。”

“我快来不及了。”

吴阿姨还愣在一旁，看着这两人说话的模样，不正是平时叶繁星跟傅景遇说话的模样？

她这才终于敢确认，眼前的人是傅景遇。

“景遇，你……”吴阿姨看着傅景遇，连说话都有点儿不利索了。

傅景遇坐在一旁，对吴阿姨说：“面条还有吗？”

吴阿姨点头：“有。”

她有些慌慌地去了厨房，这感觉跟叶繁星一开始差不多，以为自己是在做梦。

直到她把面条端出来放在傅景遇面前，才不敢相信地问了一句：“你能站起来了？”

要知道昨晚他还是坐在轮椅上的。

傅景遇：“嗯。”

“我……”吴阿姨组织了半天，也没组织好语言，“我去给夫人打个电话。”

她实在没办法抑制自己内心的激动，太不敢相信眼前的一切了。

自从傅景遇的腿不能走路之后，整个傅家都笼罩在悲伤的阴影里，如今他竟然站起来了，吴阿姨总觉得这个世界的天都跟着晴了。

叶繁星望着吴阿姨激动的背影，然后看了傅景遇一眼。

吴阿姨的反应让叶繁星找到一丝真实的感觉：这样看起来她不是在做梦啊！

傅景遇拌了一下面条，发现叶繁星一直看着吴阿姨：“不好好吃面在看什么？不怕迟到？”

叶繁星瞪了他一眼：“你看阿姨都快高兴得哭了。”

叶繁星其实也快高兴得哭了。

只是这一切太过突然，她有点儿没反应过来。

傅景遇看了吴阿姨一眼，知道他一旦站起来了，一切都会变得不一样，高兴的不只有吴阿姨，还会有他家里的人。

他收回视线，对叶繁星说：“快吃饭吧。中午记得和我一起吃饭，我让人去接你。”

“知道了。”

叶繁星进学校的时候，正好遇见了苏琳欢。

自从苏琳欢被傅景遇警告之后，在学校里两人碰着了，苏琳欢也很少会主动跟叶繁星打招呼。

今天看到叶繁星，苏琳欢却走了过来，一脸担忧地看着叶繁星："你没事吧？"

"……"叶繁星不明白她指的是什么，"我怎么了？"

苏琳欢说："我昨晚和念念吃饭的时候，看到你跟一个男生一起吃饭。"

苏琳欢说这话明显有点儿试探的意思。

她不相信昨晚那种情况傅景遇还沉得住气，没有责怪叶繁星。

当场碍于面子傅景遇虽然没说什么，但回去以后应该会怪叶繁星吧？

"……"听苏琳欢提到这事，叶繁星忍不住愣了一下。

昨晚她和苏齐吃饭，傅景遇突然过来，沈念念也在场，她知道这件事情跟沈念念有关系，但没想到竟然还跟苏琳欢有关？

这让叶繁星多少有点儿不高兴。

她就知道苏琳欢不是看起来的那么好。

看苏琳欢的样子，明显就是故意纵容沈念念去挑拨自己和大叔的关系。

叶繁星想到这里，眉头皱在了一起。

苏琳欢看叶繁星皱眉，感觉已经得到了答案。

她心想：看这样子，叶繁星回去之后被傅景遇教训了啊，所以脸色才有点儿难看。

虽然叶繁星努力掩饰，但也逃不过她的眼睛。

苏琳欢好心地安慰着叶繁星："你别误会，这件事情跟我没关系。我已经劝过念念了，但她那个人有时候太固执，我没拦住她。其实就算被傅家人误会也没什么的，星星，你要是有了自己喜欢的男人就去追求自己的幸福，别勉强自己留在傅景遇身边。早晚你都要走的不是吗？谁能留在他身边过一辈子呢？我们又不欠他的。"

反正在苏琳欢眼里，待在傅景遇身边的叶繁星是没有半点儿幸福可言的。

她甚至脑补了叶繁星在傅家的悲惨生活，所以一直想当个好人拯救叶繁星脱离苦海。

听到她这番话，叶繁星差点儿没笑出声来："谢谢苏老师的关心，不过我自己的事情就不劳你操心了。"

跟大叔在一起，她不但不痛苦，还很美滋滋的呢。

她可以一直在他身边，一直陪着他。

就算全世界的人都因为他的腿嫌弃她，她也不会嫌弃他。

因为在她心里，她早已经把他当成自己最重要的家人。

更何况现在，他已经……

苏琳欢还是一副好人的样子："你要是有什么需要帮助的，记得来找我。"

"我会的。"

虽然讨厌对方，但在学校里叶繁星还是保持着礼貌，免得得罪那些喜欢苏琳欢的人。

叶繁星跟苏琳欢说完，就去教室上课了。

她刚刚走开，胡小知就走了过来："苏老师。"

苏琳欢看到是她，微笑着点了点头。

她跟胡小知走得并不近，但胡小知跟她说话的时候，她还是会很礼貌地回以微笑。

在学校里，苏琳欢对人从来都是很友好的。

每次看到苏琳欢的笑容，胡小知心里总是很欢喜。

像她这种什么都不起眼的人，有苏琳欢对她好一点儿，她就感觉幸福得很。

她看着苏琳欢说："叶繁星那个人个性一向不好，你最好离她远一点儿，免得她又对你不礼貌。"

她好怕苏琳欢被叶繁星欺负。

苏琳欢笑了笑，说："没事的，星星是个很好的人。你去上课吧！

加油哦。”

“谢谢。”听到苏琳欢的鼓励，胡小知的小脸变得红扑扑的。

好开心，她跟苏老师说话了。

苏琳欢离开后，胡小知还盯着她的背影犯了一会儿花痴。

从学校的洗手间出来时，叶繁星接到了傅玲珑打来的电话。

阳光很暖，叶繁星站在走廊上叫了一声：“姐。”

傅玲珑说：“我听吴阿姨说，景遇能走路了？”

接到吴阿姨的电话之后，傅玲珑和傅妈妈现在都严重怀疑吴阿姨是不是精神出了问题。

否则明明在轮椅上坐了那么久的人，怎么可能会说好就好？

思量之后，傅玲珑还是没有忍住，决定给叶繁星打电话问个清楚。

叶繁星笑了笑，说：“嗯。”

到现在，叶繁星还有一种不真实的感觉。

可被他抱着的感觉不会错，傅景遇跟她说的话也不会有错。

傅玲珑在电话里嘀咕道：“你不会是和吴阿姨一起跟我们开玩笑吧？”

叶繁星笑了笑道：“没有。我怎么会拿这种事情开玩笑？”

她能够理解傅玲珑的心情，毕竟事情太突然了。她亲眼见到也怀疑了很久，更何况傅玲珑他们只是听说。

说话的时候，叶繁星忍不住抬头看了一眼天空，今天的云很轻，蓝色的天空真的很美。

傅玲珑说：“那你和景遇中午有空吗？要不要一起吃个饭？”

不确认一下，她实在不放心。

“大叔让我中午和他一起吃饭。”

“那晚上呢？”傅玲珑现在只想弄清楚傅景遇到底有没有站起来这个问题。

因为吴阿姨的那个电话，现在一家人都不淡定了，但又不敢轻易确定。

这个消息太儿戏了。

叶繁星说："到时候看看，如果有时间，我再给你打电话怎么样？"

傅景遇最近太忙了，叶繁星也没办法替他决定。

傅玲珑听了叶繁星的话，沉吟了一会儿道："好吧。"也只能这样了。

她刚刚给傅景遇打了电话，结果他一直在开会。

傅景遇这个人要做什么就要做到最好，就像现在，他接手家里的生意之后，每天都很尽力。

中午，叶繁星从学校出来，傅景遇派来的司机就在老地方等着她了。

叶繁星背着书包走过去。

有同学看到她上车，羡慕地道："叶繁星好幸福啊，出门都有车来接她。"

旁边的同学嘲弄地笑了一声道："有什么好的，有本事你也去找一个残疾老公。像他们这种有钱人，未必有我们过得开心自在。"

说起这个话题，大家都笑了。

在学校里，只要大家提到叶繁星，就会想起她嫁了一个坐在轮椅上的男人。

当然，这一切都要托胡小知的福。

好在叶繁星平时根本没有留意这些。

她又不是人民币，哪能让每个人都喜欢她呢？

到了餐厅，叶繁星从车上下来，发现蒋森在门口等她。

叶繁星穿了件衬衫，下面是牛仔裤，很青春洋溢的模样，一点儿都不能把她和傅景遇的妻子这个身份联系起来。

以前蒋森总觉得她这样会丢傅景遇的脸，现在慢慢地习惯了，反而觉得叶繁星这样看着很舒服。

"蒋森。"叶繁星之前一直称呼蒋森为蒋先生，后来觉得那样太生疏，就直接叫名字了。

蒋森看了她一眼道："傅先生让我来接你。"

他往前走去，给叶繁星领路。

叶繁星看着蒋森，心里一高兴，忍不住道："大叔能站起来了，这件事情你知道了吧？"

"……"蒋森看了一眼笑得开心的叶繁星，提到这件事情，她的语气里带着几分炫耀。

蒋森扬了扬嘴角，拜托，他早就知道了好吗？

除了纪明远之外，他是第三个知道的人。

蒋森想到这里，内心无比骄傲。他可是傅先生最信任的人，比信任叶繁星还要多。

叶繁星拉长了声音说："你早就知道了啊！竟然不告诉我们，太过分了。"

蒋森看着叶繁星说："傅先生不说，自然有他不说的道理，你个小姑娘知道些什么？"

"你说我是小姑娘？"叶繁星抗议道，"我觉得你在歧视我，我要告诉大叔。"

"……"蒋森头痛地看着她，"行了，你就放过我吧。"

他容易吗？每天吃他们的"狗粮"，时不时还得被这两口子轮流欺负。

这日子没法过了！

两人说着话，很快就到了包厢。

蒋森走了进去，叶繁星跟在他身后，看到傅景遇坐在那里，大家在说话，他却很沉默。

今天一起吃饭的人中，有一直在跟傅景遇合作的张总以及苏父。

要知道，苏琳欢的父亲给傅景遇打过很多次电话，傅景遇都没接。

结果苏父今天利用张总的关系，厚着脸皮出现在了饭桌上，以至于傅景遇从进包厢看到苏父后，就再没有说过一句话。

张总在旁边冷汗直冒，很是尴尬。

苏父是他带来的。知道他在傅景遇这里能够说上话，苏父威逼利诱了好几次，他才答应。

此刻看到傅景遇的反应，张总的内心只能用后悔来形容。

早知道会是这样子，他死都不该答应带苏父来的。

直到叶繁星出现，整个包厢凝固的气氛才缓和了一些。

傅景遇一早就帮叶繁星留了位置，叶繁星看见人多，有些拘谨地走了过去，在傅景遇身边坐了下来。

叶繁星看了一眼如往常一样坐在轮椅上的傅景遇，差点儿以为自己早上看到的那个站起来的傅景遇只是一个错觉。

服务员帮叶繁星添了碗筷，叶繁星拿着湿毛巾擦手。

张总可是知道傅景遇有多宠叶繁星的，当初就是因为他拍对了马屁，才拿下跟傅景遇的合作。

此刻看到叶繁星出现，张总笑着道："傅太太，好久不见了。"

"张总好。"叶繁星礼貌地跟他打了声招呼。

苏父坐在一旁看着叶繁星，心中是有些不屑的。

他知道傅景遇娶了叶繁星，但眼前这个黄毛丫头哪里能够跟他的女儿比？

不过如今傅景遇坐在轮椅上，能够娶到这么一个老婆也不错了。

在他们眼里，傅景遇不但站不起来，也不能生孩子。

虽然心中对傅景遇轻视又不屑，但苏父现在是绝对不敢表现出来的。

他只是坐在那里，看着叶繁星。

只见傅景遇从她手里拿过毛巾帮她擦了擦手，这举动……看得苏父有点儿受刺激。

要知道，以前傅景遇去他家里吃饭的时候，都是苏琳欢在旁边伺候、讨好傅景遇。

他这个亲爹都没被这么伺候过。

然而傅景遇很高冷，就算苏琳欢那般讨好，他也很少回应。

却没想到，他今天竟然在这里伺候叶繁星。

傅景遇现在是真的无聊得发慌，苏父的存在让他浑身不自在，这样握着叶繁星的手，把注意力放在她身上，他心里才舒服很多。

苏父看着叶繁星，问道："景遇，我之前听你妈妈说，你媳妇怀孕了。不过今天看着怎么好像没有动静？"

叶繁星望了一眼这个姓苏的老男人，苏父有点儿胖，跟张总差不多，可……张总看起来就比他可爱多了。

她怀孕这件事情，都不知道是多久以前的消息了，没想到苏父竟然还记得这种小事。

这人明显是想让傅家难堪吧？

傅景遇皱了皱眉，抬头看了苏父一眼，道："我妈说过？"

他冷淡的眼神让人忌惮。

傅景遇不承认，苏父也不能强迫傅景遇承认。

他看着傅景遇，只能尴尬地笑道："可能是我记错了吧！"

傅景遇没再理会他，专心帮叶繁星夹菜，自己却一口都没吃。

张总在旁边看得心惊胆战。

以前他们一起出来吃饭的时候，傅景遇虽然会照顾叶繁星，但自己也会吃的。

此刻傅景遇这样，只能证明今天的火还没消。

张总生怕因此得罪傅景遇，讨好地说："傅总也吃一点儿吧！还是今天的菜不合您的胃口？"

傅景遇没回应，高冷的样子让人不敢冒犯。

叶繁星看着傅景遇，能够感觉到他不高兴。

虽然他针对的不是自己，可叶繁星还是不想看她最爱的大叔生气。

她拿起筷子夹起菜，讨好地道："嗯，吃一点儿。"

他早上跟她一起吃的面条，这会儿不饿才怪。

要是不吃饭，他饿坏了怎么办？

为了苏父这种人，可不值得。

苏父在旁边看着叶繁星，总觉得这个女人的举动幼稚得很。

然而下一秒，他就看到傅景遇低头吃下了叶繁星夹给他的菜。

“……”

很快，傅景遇在叶繁星的诱哄之下，吃了一些东西。

苏父看着这一幕，感觉自己的“三观”都被刷新了。

作为一个集团的董事，苏父在家里就算宠女人，在外面也都是很要面子的，仿佛女人只是男人身边的点缀。

然而这个傅景遇，宠女人都宠到生意场上来了！

这和傅景遇以前不近女色的个性完全是两个样子。

苏父看着叶繁星脖子上戴着的玉石，突然想起张总跟他说过，当初就是送了叶繁星一块石头才跟傅景遇套近关系的。

虽然心中对叶繁星轻视，但苏父现在很想跟傅景遇拉好关系，开口道：“我听说傅太太很喜欢玉石？我家里有一块，回头我让人给你拿过来，你看看喜不喜欢？”

叶繁星一脸不解地看向苏父。她什么时候说过她喜欢玉石了？

虽然叶繁星现在天天戴着这块玉，但完全是因为这是傅景遇送给她的第一个礼物。

而且谁要这个人送的东西？

叶繁星正要开口拒绝，却听见傅景遇说：“什么样的？”

“……”所以，大叔这是感兴趣的意思？

“是之前在国外拍回来的，比起傅太太脖子上这一块应该还要好一些。”

那块玉石，苏母成天拿出来炫耀，引得一堆富太太羡慕得很，可就那么一块，羡慕也没用。

苏父竟然肯拿出来，还真是够大方的。

傅景遇说：“好啊！”

叶繁星看着傅景遇，不明白他在想什么。

吃完饭，跟着傅景遇从餐厅出来，坐在他的车上后她才道：“我不喜欢玉石的。”

叶繁星自小就很穷，压根理解不了这些有钱人花那么多钱买块石头有什么意思，还不如买点儿好吃的呢！

“你都没见过，怎么知道不喜欢？”傅景遇望着自家的小可爱，将她的手握进掌心里。

别人讨好他，他都无动于衷，但是他们讨好叶繁星，他就会很给面子。

他就是要让所有人都知道，他傅景遇有多宠他的小可爱。

叶繁星：“……”

下午他们刚刚回到家，苏父就让人将东西送来了，可见他是多么想要让傅景遇放他一马。

傅景遇打开盒子，里面的玉石是绿色的，闪耀着好看的光泽。

就算是叶繁星不懂这些东西，也忍不住被这块石头吸引。

“好好看啊！”

“你要是喜欢，就给你。”傅景遇说得很是随意，这么贵重的东西说给就给，完全不可惜那种。

叶繁星望着这块石头道：“不用，看起来很贵的样子，我拿着也没什么用。”

“你喜欢，拿着玩就行了。”傅景遇对这块石头并没有兴趣，他的兴趣是——夺人所爱。

尤其是夺苏家人的所爱！

谁让他是个有仇必报的人呢？

“丢了怎么办？”叶繁星担心地说。

傅景遇道：“丢了就丢了，一块石头而已。”

苏母刚刚跟朋友打完麻将回来，听说苏父把自己最宝贝的翡翠拿去送给了傅景遇娶的那个小丫头，都快气疯了，指着沙发上的苏父道：“你知不知道这块石头有多贵重？我的天哪！你也太过分了吧！”

苏父说：“就是一块石头而已，你要是喜欢，以后我给你买十块回来。现在的重点是跟傅家的关系，你没看我都快被他逼疯了吗？”

他也是实在没办法了才想跟傅景遇和好。

苏母气得要命：“你再买十块回来也不抵这一块。全世界就这么一块独一无二的玉，你现在居然就这么送给别人了，还是送给那个小丫头。你就算要讨好她，随便送一块就行了，那种小丫头懂什么？”随便拿个东西糊弄就行了。

苏父看了这个女人一眼：“你懂什么。那小丫头好哄，傅景遇是傻的？”

自己拿个一般的东西，入得了他眼？

“哼，我不管！那是我最喜欢的东西。”因为这块玉，她在姐妹面前赚足了面子，没想到现在玉就这么被送了出去。

苏父烦躁得很：“你成天就想这些东西，也不想点儿有用的事。等家里的难关过去了，你想要什么没有？”

托傅景遇的福，他这几个月亏的岂止是那一块玉？

现在他只希望傅景遇能够对他手下留情。能够讨好傅景遇，比什么都重要。

苏琳欢进门之后，就听见父母在吵架，问道：“怎么了？”

苏母都快哭了：“你爸把我最喜欢的那块翡翠拿去送给傅景遇家那个小丫头了。”

一个农村来的小丫头，凭什么拥有这么贵重的东西？

苏琳欢愣了愣，看向父亲：“爸，你这样有点儿过分了，你明明知道这是妈妈最喜欢的东西。”

她知道父亲在外面出轨的事情，一直没有说出来，是不想让妈妈难过。

可是父亲现在这样实在太伤妈妈的心了。

苏父说：“他肯要就行，要是我送其他的，他不要也是白费。当初我们会得罪傅家，还不是为了你！早知道就让你嫁给他，哪会有这么多事情？你回来之后我让你去哄哄他，你也不去。”

苏母一听，有些不乐意了：“你什么意思？你是想让我们的宝贝女儿去讨好那个残废？凭什么？我们就这一个女儿。”

苏父看向她：“那你还在这里为一块石头这么激动做什么？女儿重要还是石头重要？”

他现在想跟傅景遇拉好关系，当然要付出代价。

苏琳欢知道父亲现在也很无奈，只好哄着母亲：“好了，妈，回头我再给你买别的玉石。你别伤心了。”

如果一块石头能够解决问题，那也是好的，至少她不用去讨好那个残疾的傅景遇。

只是让苏琳欢没想到的是，傅景遇竟然送叶繁星这么贵重的东西？

他也太舍得了吧！

当初自己在他身边的时候，他送过她什么？

好像什么都没有。

倒是傅景遇的爸妈会送她一些东西。

那时候她还安慰自己，傅景遇是男人，心思不在这些东西身上，但是现在他这样宠着叶繁星，难免让苏琳欢有些心理落差。

算了算了！

他现在坐在轮椅上，不这样做，又怎么能够将叶繁星绑在他身边？

叶繁星还坐在沙发上研究那块石头，傅玲珑从外面走了进来：“星星。”

此时此刻，刚刚到家的傅景遇还坐在轮椅上。

傅玲珑一进来看到傅景遇这副模样，心里猛地一沉，刚刚在路上充满期待的心此刻又落回了原位。

好在她有心理准备，没有抱太大的期望，于是平静地走了进来。

“姐。”叶繁星和她打招呼。

傅玲珑看着叶繁星，带着几分责怪地道：“你居然敢骗我。”

“……”叶繁星不解地看着傅玲珑，“我骗你？”

她骗什么了？

傅玲珑突然来这么一句，叶繁星压根没听懂。

傅玲珑看了看傅景遇的腿，有些失落地道："你怎么可以拿景遇的腿来开玩笑呢？爸妈都以为你们说的是真的，高兴坏了。"

结果她一来，又看到傅景遇坐在轮椅上。

"……"叶繁星看了傅景遇一眼，才知道姐姐指的是什么。

她有些无辜地道："姐，我没骗你。"

倒是傅景遇，叶繁星挺佩服他的，坐在轮椅上也不嫌麻烦。

傅玲珑看着傅景遇，带着几分埋怨道："今天吴阿姨打电话说你的腿好了，我还以为是真的。"

傅景遇淡漠地道："还没好。"

"我看到了。"看到他还坐在轮椅上，傅玲珑就死心了。

傅景遇一副认真的样子："纪明远说还需要两个月，才能彻底好起来，不过现在走路没问题了。"

"……"傅玲珑听完他的话，愣了一会儿，所以他的意思是，"你现在真的好了？"

傅景遇没有回答，而是站了起来，直接走向电梯，顺便对叶繁星说："我去打个电话，等吃饭的时候来叫我。"

他那么淡定，轮椅就留在了一旁。

直到他进了电梯，傅玲珑才反应过来，傅景遇真的站起来了。

叶繁星看着傅玲珑："姐。"

傅玲珑有些愣愣地坐了下来，可能眼前的画面实在太过刺激，她一时还不能接受。

过了一会儿，她才望着叶繁星，语气里多了几分欣喜："我刚刚没有看错吧？"

叶繁星忍不住扑哧一声笑了出来："真的，大叔都好了。只是他之前一直没说，我也是今天才发现的。"

如果不是她发现，傅景遇估计还得再瞒些日子。

至于为什么，叶繁星也想不清楚。

叶繁星说着，把苏父送的礼物收进盒子里。虽然傅景遇说要送给她，但她拿着实在没什么用，还是放着吧。

傅玲珑看到这块玉，有些惊讶："这是什么？"

叶繁星解释："别人送的。"

傅玲珑拿过玉来看了一眼，笑了一声："这不是苏琳欢她老妈最喜欢的玉吗？她经常拿出去炫耀的，怎么会在你这里？"

"……"叶繁星压根没想到，苏父还挺舍得的。

傅玲珑没在这个问题上研究，而是赶紧给傅妈妈打了个电话。

傅妈妈都等不及让傅景遇和叶繁星回去看他，和傅爸爸直接就过来江府花园看傅景遇，这感觉就跟进动物园看熊猫似的。

顾雨泽到了傅家，发现一个人都没有，家里只有管家，有些不解地问道："外公外婆呢？"

都这个时候了，他们也该在了吧。

问完这句，顾雨泽在沙发上坐了下来，拿出手机正要打电话，听到管家用激动的语气道："他们都去了景遇那里，听说景遇的腿好了，能够站起来了。"

"……"顾雨泽顿了一下，不敢相信地看着管家。

这是比起叶繁星是"一世长安"还要让他震惊的一个消息。

管家显然已经习惯了在听到傅景遇好起来的消息之后，大家这副震惊的表情，解释道："这是真的，没开玩笑。"

然后管家就看见顾雨泽跑了出去，连晚饭都没吃。

晚饭过后，叶繁星坐在院子里的喷泉池边，晃动着双腿吹风。傅景遇好起来的消息，让一家人都很激动，此刻他们正在围着傅景遇说话。

叶繁星吃得有些撑了，正好出来散散步，看到一辆车停在门口，然后从上面走下来一个人。

待对方走近了，她才看清这是顾雨泽。

他们周末拿了比赛的冠军，顾雨泽这两天忙得连家都没有回。

他匆匆地走进来，看到喷泉边的叶繁星，停在了她面前："舅舅好了？”

他一种不敢相信的语气。

叶繁星总觉得顾雨泽是要跟她抢大叔的人，防备地道：“嗯。”

她应完之后，顾雨泽就站在她面前看着她，像傻了一样。

叶繁星想，这孩子肯定是激动坏了，对他说：“他在里面呢，你可以去看看他。”

今晚傅妈妈因为这件事情还哭了一场，只不过是释放压力那种哭。

等了这么久，她的景遇终于能够站起来了。她当然很激动，内心一直忍耐着的委屈再也不用藏着了。

叶繁星说完，发现顾雨泽还是站在这里：“你激动傻了？”

虽然他平时看起来没心没肺的，但此时此刻他这么在乎傅景遇，叶繁星还是挺欣慰的，觉得也不枉大叔疼他！

叶繁星在傅景遇身边久了，看顾雨泽真的就像是看个晚辈一样。

当然，顾雨泽不知道她在想些什么，否则他可能会比较想打她。

顾雨泽没有跟叶繁星说什么，直接走进了门。

傅景遇坐在沙发上看着傅妈妈，没说什么，但只是他好起来的这一个消息，对傅妈妈来讲已经胜过一切了。

“舅舅。”顾雨泽跟傅景遇打招呼道。

傅景遇看向他，应了一声：“嗯。”

每次见到傅景遇，顾雨泽都会被他的气场震慑，虽然如此，心中还是因为傅景遇好起来的消息而由衷地感到开心。

因为太过高兴，今晚一家人就留在江府花园没走。

叶繁星刷完牙从浴室里出来，在床边坐了下来。

很晚了，她却毫无困意，只是傻傻地看着躺在床上的傅景遇。

傅景遇望向她：“怎么了？”

叶繁星说：“没事，我就是觉得有一种不真实的感觉。”

她想将他看清楚。

傅景遇笑了下道：“看了一整天，你还觉得不够吗？”

她几乎一晚上都盯着他，仿佛要将他整个人看个清清楚楚。

叶繁星还是觉得有点儿不敢相信，他怎么就突然好起来了呢？

这感觉比在大街上捡到五百万还让人措手不及。

叶繁星主动抱住他，压在他的身上，在他的脸上亲了一下：“不够，我想一直看着。大叔，你能够好起来，真好。”

“你亲了我一脸的口水。”傅景遇说。

“……”叶繁星委屈巴巴地道，“你嫌弃我？”

而且她就亲了他一下，哪里来的一脸口水？

傅景遇搂住她，把被子拉过来将她盖起来，宠溺地道：“那你继续看，我先睡了。”

叶繁星趴在他身上，声音甜软：“我这样压着你，你觉得重不重？”

“还好吧。”他望着她，抬头在她的额头上吻了一下，“重不也得受着，谁让你是我老婆？”

“过分。”叶繁星从他身上下来，在他身边躺下，嘴巴不停抗议，“我哪里重？你说，我哪里重了？”

她根本不重！

叶繁星才不会承认自己重。

傅景遇说：“你是我的整个世界，你说重不重？”

他翻过身，将她整个搂在怀里。

从他口中说出来的这句话，让叶繁星的心软得一塌糊涂。

谁说他不会说情话了？

他说起来顺口得很。

叶繁星闭上眼睛，等到傅景遇都睡着了才又睁开眼偷偷看了他两眼。

她的大叔好起来了，真好。

早上是傅妈妈做的早餐。经过了一晚上，她仿佛才终于回到现实，然后越想越开心，根本睡不着，就起来给一家人做早餐了。

沈念念一大早就去了苏家。

苏琳欢刚刚起床，正在对着镜子补水，问道：“你怎么这么早就过来了？”

“有件事情跟你说。”沈念念看着苏琳欢，一脸凝重地说。

“什么事？”苏琳欢忍不住笑了，觉得沈念念有点儿大惊小怪的，每次都是这副神情，好像有什么重大事情发生一样。

“傅景遇好了。”沈念念说。

她妈妈跟傅妈妈关系很好，早上两人打电话的时候，傅妈妈一高兴，就跟她的母亲说了这事。

苏琳欢顿了一下，看着镜子里的自己，随即笑了一声：“行了，一大早上的开这种玩笑没意思。”

傅景遇好起来这种事情，她根本不会相信。

她只当傅妈妈要面子，故意这么说的。

又或者说，傅景遇受伤的事情，给傅妈妈刺激太大，以至于现在脑子都不太清醒了。

沈念念道：“这是真的，我骗你做什么？”

“行，你说是真的就是真的吧。”苏琳欢说，“我下午的飞机。”

她今天去北京。

苏琳欢的干妈是霍振东的姑姑，她想提前两天过去，好跟霍家人打好关系。

至于傅景遇，早就是个与她无关的人。

他故意放出这些假消息，故意拿走她母亲最喜欢的东西，不就是想引起她的关注吗？

真是可笑。

沈念念道：“你就真的一点儿都不在意？”

看着苏琳欢的反应，她都快急死了。

苏琳欢说：“我爸昨天才跟他一起吃饭，他还坐在轮椅上，怎么可能就站起来了？也不知道你哪里得的假消息。”

沈念念：“……”

苏琳欢这么一说，她也怀疑了起来。

难道真的是她听错了？

就在这时，苏母过来叫她们，两人一起出了门。

一家人坐在一起吃早餐，听到沈念念说傅景遇好起来了，苏父笑了一声："不可能。我昨天跟他一起吃的饭，他没好。"

傅景遇不可能一夜之间就好起来了吧？

苏母听完沈念念的话，也笑起来，觉得沈念念有点儿可爱："念念，你从哪里得到的这些假消息？别再骗人了。傅景遇要是真好起来了，还会对他那个小媳妇这么好吗？"

在他们眼里，傅景遇对叶繁星好不过是因为腿废了才把叶繁星放在心上。

否则，那样高傲的傅景遇怎么可能会娶一个不起眼的小丫头？

沈念念被这一家人说得也不确定傅景遇到底有没有好起来了。

叶繁星坐在傅景遇身边，幸福地吃着傅妈妈做的早餐，听到傅妈妈跟傅景遇说话："景遇，你好起来的消息，其他人不知道吧？"

傅景遇道："还没有，除了家里人，我没告诉别人。"

原本他连家里的人都不想说的，更别提让他去四处宣扬了。

傅景遇现在倒觉得坐在轮椅上挺好的，至少清净。

他看了傅妈妈一眼，说："妈，既然别人都觉得我还没好，就让他们都这么以为吧。"

"哦。"

傅妈妈知道傅景遇有他的打算，没问什么。

早饭过后，一家人上课的上课，上班的上班，傅妈妈也回了家。

她这一年来身体不大好，很多工作停下来了，大部分时间在家里休息。

下午沈念念过来了，买了些东西过来探望她。

傅妈妈看着沈念念，说："坐吧。"

傅妈妈对沈念念态度好，一是因为跟沈母关系不错，二是因为傅景遇好起来了，她心情不错。

沈念念关心过傅妈妈的身体，才问道："我听说景遇哥好起来了？"

被苏家人问得心慌慌的，沈念念迫不及待地想要确认。

傅妈妈望了一眼沈念念好奇的眼神，想起傅景遇说的要低调一点儿，随口否认道："没有啊，你听谁说的？"

沈念念："……"

她是听她妈妈说的，她妈妈是听傅妈妈说的，现在看来，只是她母亲听错了？

从傅家出来，沈念念又给苏琳欢打了个电话。苏琳欢问道："怎么样，好起来了吗？"

她知道沈念念是去傅家打探消息了。

沈念念郁闷地说："没有，好像是弄错了。"

"我就说吧。"苏琳欢笑了一声，觉得傅景遇这些引她关注的把戏真的很无聊。

他能站起来？

他以为散布这些假消息，她就会对他另眼相看了吗？

她是真的觉得傅景遇有点儿好笑了。

跟沈念念打完电话，苏琳欢就上了飞机。

苏琳欢下飞机的时候，是她干妈派人来接她的。

苏琳欢这人虽然很现实，但跟人相处的时候，很懂得讨好对方，所以一直将她干妈笼络得很好。

在陪了干妈两天后，她才终于见到霍振东。

霍振东刚刚从部队回来，穿着一身迷彩服，显得英姿飒爽。

走进门，看到坐在沙发上的苏琳欢，他忍不住愣了一下。

苏琳欢今天穿了条碎花长裙，看起来很仙。她看到霍振东，笑了起来："东子，好久不见。"

霍振东看到她，严肃地问道："姑姑呢？"

“干妈打牌去了。”苏琳欢的声音很温柔，和面对傅景遇的时候是两个态度。

霍振东听完，直接转身。

他刚要走，听见苏琳欢笑道：“我有这么可怕吗？见到我就走。”

霍振东没有回头，直接说：“有点儿忙。”躲苏琳欢的意思很明显。

“才多久没见，我们就已经生疏到这种地步了吗？”苏琳欢有些伤感地说，“你去江州，见都不肯见我就走了。”

说到这里，苏琳欢站了起来。与他相比，她显得娇小很多，她诚心邀请道：“晚上一起吃个饭，好吗？”

霍振东笑了笑：“我真的忙。”

这副客套又虚伪的笑容，隔开了他和她的距离。

苏琳欢走到他面前看着他，脸上的笑容很迷人：“忙什么，忙着相亲？听干妈说，你家里在给你物色未婚妻，有没有喜欢的，带出来看看？”

霍振东看着苏琳欢，终究有点儿无法忍耐了：“苏小姐，请你自重一点儿。”

他看得出来苏琳欢在想什么，以前她讨好傅景遇的时候，就是这样。

那时候霍振东觉得，她笑起来真的很好看。

可是如今……她已经不是他眼里的仙女。

苏琳欢说：“我怎么不自重了？”

“……”霍振东没说什么，直接走了。

苏琳欢看着他的背影，有些无奈。

她本来以为这次过来挺有希望的，结果她都这么主动了，却只看到了霍振东的抗拒。

之后的几天，包括干妈生日那一晚，霍振东也没有出现。

他对苏琳欢的冷漠表现得很明显。

以前喜欢苏琳欢的时候，他没想过要跟她在一起，如今更没有想过。

晚上，叶繁星跟傅景遇在外面吃饭。

傅景遇给她夹着菜，说：“多吃点。”

傅景遇给叶繁星夹的都是蔬菜，叶繁星抗议：“我想吃肉。”

“多吃点儿蔬菜对身体好。”他知道叶繁星是无肉不欢的，但他就是学不会什么都纵容她。

在叶繁星面前，他就跟个家长似的，觉得不对的东西就会控制她。

叶繁星撇了下嘴，也给他夹菜。

虽然她不喜欢吃蔬菜，但他给她夹菜，她还是忍不住回报了一下。

傅景遇跟叶繁星不一样，她夹什么他都会吃。

就连他不喜欢吃的洋葱，只要是叶繁星夹的，他也会吃。

两人正吃着饭，傅景遇的电话响了。

他接了起来：“喂。”

电话是苏琳欢打的。傅景遇的私人电话她是知道的，只是一直不屑打。

此刻她的声音里压抑着不满的情绪：“想请你吃顿饭，我有事情要问你。”

听这声音傅景遇就知道，苏琳欢这次的北京之行不是很顺利。

傅景遇慢条斯理地夹了夹盘子里的食物，报了地址：“你可以现在过来。”

然后他就挂了电话。

叶繁星望着傅景遇，问道：“谁的电话？”

“苏琳欢。”傅景遇说完，继续给叶繁星夹菜。

叶繁星拿着筷子，沉默了下来。

傅景遇抬起头看向她落寞的神情，问道：“怎么，吃醋了？”

“没有。”叶繁星吃着东西，眼皮都不抬，吃醋的痕迹不要太明显。

傅景遇稳重地道：“她说找我有事。”

叶繁星说："你不用跟我解释的。"

苏琳欢以前是他的未婚妻，而且做什么他都是自由的。

没过多久，苏琳欢就来了。

看到叶繁星在这里，她也没有顾忌，直接走了过来。

蒋森想要拦住她，傅景遇说："让她过来。"

"是。"蒋森不知道傅景遇想要做什么，但既然傅景遇发了话，他就放苏琳欢过去了。

苏琳欢站在一旁看着傅景遇，眼神里带着几分怨气。

傅景遇没看她。

服务员走了过来，给苏琳欢添了个位置。

苏琳欢坐了下来，继续瞪着傅景遇，仿佛傅景遇欠了她几百万似的。

叶繁星坐在一旁看着苏琳欢，明显感觉出来苏琳欢在生气。

她不明白苏琳欢在气什么，又不好问，只是在旁边看戏。

傅景遇见苏琳欢坐下后，才抬起头看了她一眼："有事？"

他这副平静的模样，看得苏琳欢很生气。她几乎是用质问的语气道："上次东子来江州的时候，你是不是跟他说了什么？"

她总觉得霍振东不理自己，肯定跟傅景遇有关系。

苏琳欢去北京的事情，傅景遇是知道的。

她干妈的生日，以前她每次都会去，唯一缺席的只有去年，是为了躲他。

他端起杯子喝水："你跟他的事情，与我有什么关系？"

上次霍振东来，傅景遇陪着他在江州周边玩了几天，但提都没提到苏琳欢。

因为这个女人压根不值得他们浪费话题。

苏琳欢说："如果不是你，东子为什么躲着我？"

霍振东以前那么喜欢她，现在她已经不是傅景遇的未婚妻了，霍振东更不至于像这样天天躲着她。

傅景遇笑了："你来问我，我怎么知道？"

真的是可笑。

他曾经的未婚妻因为嫌弃他断了腿，选择抛弃他之后，现在还责怪他阻碍了她跟其他男人发展关系？

苏琳欢望着傅景遇脸上嘲弄的笑容，不服气地说："傅景遇，你都结婚了，就这么见不得我好？你现在身边都有星星了，就不能让我好一点儿吗？"

叶繁星坐在一旁，安静地当着吃瓜群众。

以前叶繁星见到的苏琳欢都是优雅从容的，不过她今天看上去，好像有点儿气急败坏，跟平时不大一样。

听了半天，叶繁星好像明白了什么：大概就是苏琳欢喜欢霍振东，霍振东不理她，所以她觉得这一切是傅景遇从中作梗？

傅景遇听完苏琳欢的话，跟她作对似的回了一句："不能。"

让苏琳欢好过一点儿这种事情，是不存在的。

虽然说霍振东的事情与他无关，但他并不介意给苏琳欢添堵。

苏琳欢指责他道："失败的男人就是你这样的，自己不好也见不得别人好。"

反正她现在过得不好都是傅景遇的错，是傅景遇阻碍了她。

因为完全不把傅景遇当回事，现在苏琳欢就是想说什么就说什么。

苏琳欢这句话刚刚说完，她就听见旁边传来啪的一声，看了一眼，发现是叶繁星将筷子重重地拍在了桌上。

叶繁星看着苏琳欢得寸进尺的样子，对傅景遇说："我吃饱了。"

她实在听不下去苏琳欢说的这些话了。

"那我们回去吧。"傅景遇说。

苏琳欢看着这个被自己这么说了都没有生气的傅景遇，觉得傅景遇就是心虚。

她轻笑了一声："怎么，不敢听了？既然你敢做，又心虚什么？"

她今天就是来找傅景遇发脾气的。

她觉得傅景遇就是喜欢她喜欢得很，所以自己对他发脾气他也不会真的跟她计较。

因为被在乎，所以她有恃无恐。

然而她不知道的是，傅景遇不跟她计较，是真的觉得自己没必要理会一个神经病。

没错，在傅景遇眼里，她真的就是神经病无疑了。

他甚至怀疑她的脑子有问题，才会有被爱妄想症。

他喜欢她吗？

除了叶繁星，他的生命里不曾有过别的女人。

傅景遇站了起来，看了苏琳欢一眼，如她所愿地说："既然你这么喜欢东子，回头我会给他打个电话，帮你劝劝他。至于他愿不愿意跟你在一起，我就不知道了。毕竟这个世界上，不是所有人都能够像苏小姐这样……"

说这番话的时候，傅景遇的语气很是平静。

苏琳欢却早已经在他站起来的瞬间愣住了。

她那天走之前，沈念念跟她说傅景遇能够站起来的消息是假的。

然后现在，她真看到傅景遇站起来了。

他居然站起来了！

傅景遇语气平静，就算苏琳欢这么过分，他也没有发火。

可在他站起来的这一瞬间，苏琳欢感觉自己的脸上挨了一个耳光似的疼。

他不需要任何言语，就能让她羞愤至死。

傅景遇磨炼多年，光是往人眼前一站，气场就让人不由得忌惮。

这样的他，在苏琳欢眼里一直是高高在上、不可一世的。

以前她作为傅景遇的未婚妻，一直引以为傲。

苏琳欢今天过来就是想警告傅景遇，别在背后破坏她和霍振东的关系。

然而此时此刻，听到他说他会打电话给霍振东，甚至要帮她劝霍振东的时候，她一点儿都没有开心的感觉。

她愣了一会儿，还想说什么，没来得及开口就看到傅景遇已经揽住叶繁星的肩膀走了出去。

蒋森站在一旁看着这一幕，有一种暗爽的感觉。

傅景遇的轮椅还在那里，他走过来负责将轮椅拿走，走之前看了苏琳欢一眼，忍不住轻笑了一声。

这么久了，蒋森从来没感觉自己哪一次像此刻这样，看到苏琳欢心里是这么爽的。

他简直有一种酣畅淋漓的感觉。

苏琳欢则感觉自己的脸都被打肿了。

电梯里只有叶繁星和傅景遇两个人。

叶繁星站在一旁偷偷打量着傅景遇。

他穿着黑色西服，比坐在轮椅上的时候多了一分冷厉气质。

大叔很安静，表情也很从容，仿佛刚刚被苏琳欢指着讽刺的人不是他。

这样的男人，从来不会与人进行口舌之争。

因为他清楚，没有什么比用事实说话更有说服力。

楼下，司机为两人打开车门，看到傅景遇站在叶繁星身边，差点儿以为自己看错了。平时傅景遇都是坐轮椅出入的，上下车都需要人帮忙。

怎么一顿饭的工夫，傅先生就站起来了？

见鬼了！

苏琳欢一个人坐在刚刚的位置上，他们都走了她还没走。

想起刚刚傅景遇说话的模样，他那么平静的眼神和语气，让她瞬间感觉自己……脸都丢光了。

她哪里知道，他竟然能够站起来？

早知道这样，当初她……

尤其是想起自己回来之后在傅景遇面前说的那些话，她更是悔得肠子都青了。

她本来想，傅景遇这辈子都站不起来了，自己又不指望他什么，想说什么就说什么了。

而且被这么一个人惦记着，她也觉得怪讨厌的。

他却站起来了。

他是她曾经最喜欢、最崇拜，在她眼里最优秀的男人……

苏琳欢捂着脸，顿时有一种头痛的感觉。

她坐着一直没走，服务员看到她坐在那里，有些担心地走过来："小姐，请问您还要吃吗？"

大家都觉得她怪怪的，也不知道到底要不要把餐桌上的东西撤了。

苏琳欢听完，这才站起来走出了餐厅。

她回到家，整个人还处在震惊中，有些头痛地给沈念念打了个电话。

没过多久，沈念念就来了，看到她一个人坐在沙发上，不解地问道："怎么了？"

平时苏琳欢都是最淡定的，但是她今天看上去好像有点儿情况不对。

沈念念把手放到她的额头上："生病了？"

苏琳欢抓住沈念念的手，语气懊恼地道："我笨死了。"

她现在好想掐死自己，从来没觉得自己像现在这么笨过！

如果她当时没有出国，留在傅景遇身边坚持一段时间，现在他好起来了，肯定爱她爱得要死。而不是像现在这样，连他妻子的身份都被叶繁星捡了去。

沈念念说："发生什么事了？"

第一次听到苏琳欢说自己笨，她还挺意外的，毕竟苏琳欢平时都是最有主意的。

苏琳欢看着沈念念，有些绝望地道："傅景遇好了。"

"啊？"

"他站起来了。"苏琳欢双手捂住脸，埋在膝盖上，声音有些慌乱，"怎么办？我今天还在他面前说了那样的话。"

她还责怪他害得霍振东不理她。

沈念念说："不会吧？他妈妈都说没有。"

她之前说傅景遇站起来了，苏琳欢还不相信呢。

"是真的。"苏琳欢现在想死的心都有了，"我亲眼看到的。"

叶繁星和傅景遇已经回到了家里，傅景遇坐在沙发上，叶繁星给他泡了咖啡。

平时只喝茶的某人今天说想喝她泡的咖啡，叶繁星就去泡了。

她泡好后放在他面前，在他旁边坐了下来，眼睛一直盯着他。

傅景遇见叶繁星一直盯着自己，不解地问道："这样看着我做什么？"

"我在想苏小姐现在该有多后悔。"

刚刚泡咖啡的时候，叶繁星忍不住将傅景遇站起来的那一瞬间回想了好几遍，越想越觉得他好帅。

尤其是他还那么淡定地跟苏琳欢说，他会给霍振东打电话。

不知道为什么，他从头到尾都没有骂苏琳欢一句，但叶繁星就是觉得，爽，特别爽。

傅景遇端起咖啡——叶繁星做的心形拉花："想那些无聊的事情做什么？你今天的故事写完了？"

"还没有。"叶繁星充满好奇地问道，"大叔，你之前一直不说你的腿快要好起来的事情，不会就是在等今天吧？"

等苏琳欢在他面前作死的时候，他故意给她难堪。

傅景遇平静地反问道："我有这么无聊吗？"

"我怎么觉得你有？"她现在觉得，大叔无聊起来的时候，真的比谁都要可怕。

傅景遇摆出严肃的家长模样："去做事，早点儿睡，别又熬夜。"

叶繁星搂着他："不要。你又凶我！"

"……"傅景遇道，"我这就叫凶你？"

"不然呢？"

他揉了揉她的脑袋："我当然是疼你才希望你每天早点儿睡觉。"

"……"叶繁星问他，"咖啡好不好喝？"

"挺好的。"

"那我以后每天给你泡。"

"我比较喜欢喝茶。"